光文社文庫

李朝残影

反戦小説集

梶山季《とし》之《ゆき》

光 文 社

目次

族譜

――その頃、僕は、徴用のがれの卑怯な気持から、道庁の、ある職に就いていた。徴兵検査は第二乙だったから、まアまア召集令状には縁遠いとしても、この非常時、くだらぬ油絵をかいているというので、徴用に駈り出される危険は十分にあったのである。

事実、その年の夏――正確には昭和十五年の八月初旬に、どういうわけか僕は、十日間の勤労奉仕を命ぜられ、朝鮮神宮のある南山の頂上で、兵隊たちからこっぴどく、痛めつけられていたのだ。なんでも、南山に高射砲陣地を構築するのが、目的だったらしい。

大陸性の気候というのは、夏暑く、冬寒いと、はっきりしているのが特徴だそうだが、その年は特に暑かった。文字通り、灼けつくような炎暑の日が続いた。まして山を切り拓くのだから、樹蔭ひとつないのだ。しかも作業は、重労働ときてる。体力に自信がなく、それで美校に行った僕が、この勤労奉仕という強制労働に、ひとたまりもなく悲鳴をあげたのは、いわば当然であった。

作業の性格から言うと、同じく勤労奉仕に来ている中学生たちに混って、山を崩し、土砂をトロッコに積んで運搬するだけの、きわめて単純な労働である。しかし、召集された二百名の徴用組は、休憩時間のたびに、「作業が少い」「中学生に較べて大人は怠けすぎる」と、絶えず係の兵隊から、文句をつけられた。なにしろ、集まった大人の連中といえば、僕に似て定職もなさそうな、文学青年のような蒼白い皮膚の男ばかりで、団体行動のできぬ者ばかりなのだから、仕事に熱心な筈がないのだ。

まア、係の兵隊の苦情はともかくとして、腹が立ったのは、七日目の午後、日射病にかかって僕が倒れたときのことである。

「樹蔭へ入って休め」

と、兵隊は歯痒《はがゆ》そうに言い、それから僕にあてつけるように、大声で怒鳴った。

「みんな明日から、頭を丸刈りにしてこい！　髪の毛を長く伸ばしてるから、日射病になる！」

髪の毛を長くしていたのは、なにも僕ばかりではない。徴用組の殆《ほと》んどが、長い髪をしていた。それに、日射病になったのは、麦藁帽子が風で吹き飛んだせいなのだ。〈なにを言ってやがる！〉僕は内心、憤慨した。そして日射病を口実に、翌日から二日ほど作業を休んだ。

最後の日には、三円とか五円とかの、交通費が支給されるということだったので、僕は病を推して参加したような、殊勝な顔で出かけて行った。頂上までは、かなり急な勾配で、たっぷり一時間はかかる。ところが意外にも、僕はすぐ、指揮をとっていた砲兵大尉から、呼びつけられたのである。

「なぜ、休むときは届けん？　無届欠勤は、貴様に責任観念が欠如しとる証拠だ！」

その大尉の表現が、あまりにも大袈裟なので、つい僕は苦笑してしまった。これがいけなかったのである。僕は大尉から、直ちに下山を命じられた。二時間以内に、医師の診断書を添えて、欠勤届を持ってこい、と大尉は言うのだ。勤労奉仕に、欠勤届もないものだと思ったが、逆らうと、あとの祟りが恐ろしい。僕は、腕時計を気にしながら山を下りた。西小門まで帰って、医者のところに行っていたのでは、時間が間に合わない。そこで山の麓の小さな医院に飛び込んで、僕は事情を話し、大急ぎで、診断書をつくってもらい、便箋を借りて欠勤届を書いた。

山道は、暑かった。拭っても拭っても、汗が噴き出てきた。僕は息を切らし、喘《あえ》ぐようにして、長い岩の多い山道を、ハアハアと駈け登って行った。それでも五分ほど遅刻だった。大尉は、診断書を覗き込み、それから僕の住所を聞いた。僕は用心深く、その診断書を書いたのは、かかりつけの医師だと説明した。

「ふむ、なかなか要領のいい奴だ」

と、相手は小さく舌打ちした。それから急に、僕の胸倉を摑んだ。

「貴様、この工合だと、病気ではなく、ずる休みだな？　正直に言え！」

……こんな苦い、不快な体験は、一度で懲《こ》りごりだった。勤労奉仕と、名目だけは立派だが、労務徴用であることには変りない。僕は、本能的に、これから先もまた、勤労奉仕させられると感じた。町会長から、各町に五名という割当があったと、後に事情を聞いてから、ますますいけないと思った。これ以上、兵隊からこき使われるのはご免だ。僕は、慌てて勤め口を探したのである。

別に、肉体労働が不愉快だ、というのではない。ただ自分の気持が、妙に割り切れない状態で、やたらと体を酷使させられることが、僕には我慢できなかったのだ。侘しい怒りに支えられながら、重いツルハシを振り、シャベルを使わせられた炎熱下の作業。まるで家畜でも扱うような目付きで、僕たちを叱り飛ばした兵士たち。それは譬《たと》えようもなく虚しい、ただ疲労だけの生活である。この、苦痛で、そして無意味な生活は、おそらく僕自身を灰色に蝕《むしば》み、無気力な男に変身させてしまうだろうと、僕は信じたのだ。

勤め口は、総督府で課長をしている、義兄の紹介によるものだった。別に事務的な才能がなくとも、僕なら勤まるということだったので、渡りに舟と、僕は二つ返事で承知したのである。だが、道庁の勤めも、決して屈強な逃げ場などではなかった……。

僕は毎朝、姉のつくってくれた弁当を、義兄のお古の手提鞄につめて、機械のように出勤した。義兄には毎朝、迎えの自動車がやってくる。だが義兄は、一度も、一緒に乗って行けとは言わない。姉は二人の子供を育てるのに夢中で、居候の僕にはあまり構ってもくれない。僕は下宿を探して移ることを考えてはいたが、いまさら探すのも億劫な気持で、ずるずると同居を続けていたのだ。

西小門の官舎から、培材中学の坂道を下り、裁判所の脇を抜けると、太平通りに出る。左に徳寿宮、右に府庁を見て、その電車通りをどこまでも北に歩くと、朝鮮総督府の白壁の建物が聳え立っている。その手前、右手にある煉瓦造りの建物が、京畿道の道庁であった。

勤めはじめると、間もなく駈足で秋は過ぎ去って、すぐ冬がやってきた。道を歩くと、プラタナスの街路樹が、大きな落葉を風のたびに吹き落すのだ。僕は、風に巻き込まれた落葉が、自分の意志に反して舗道を舞い続けている朝の風景に、急激に迫ってきた冬の跫《あし》音《おと》を聴き、そして自分自身の悲しい姿を見るような気がした。与えられた任務が、どうも順調にはかどらないからである。

支那大陸での戦局は、どうやら膠着状態であった。その退屈な戦況に苛立つように、京城の街も、なぜか次第に、騒然とした空気に包まれはじめていた。防空演習、国民服制定、志願兵制度……。その移り変りの音は、さまざまな生活断片にも聴きとれるのだ。たとえば僕の課の、窓近くに立って瞳をゆっくり前方に据えたとき、色褪せた街路樹の枝葉を透して、荘重に聳え立っている建物は、朝鮮総督府であるが、その白壁の殿堂の正面の壁には、「内鮮一体」「一億一心」などという、戦意高揚のスローガンが、掲げられてあるといった按配なのである。

〈内鮮一体、か――。よほど、南次郎という男は、この言葉が好きらしい〉

仕事がはかばかしくない時、僕はいつも窓際に立って、煙草を吸う習慣がついた。僕には、内鮮一体という言葉が、頭の中でよく納得できても、実際の仕事の面では、どうも合点がゆかない。煙草を咥《くわ》えたまま、窓から遠くを眺めやりながら、しかし僕には、風景から何ひとつ感慨すら湧かなかった。

「谷君――」

僕は、名前を呼ばれて振り返った。課長の声には、咎めるような厳しさがある。課長は僕を嫌っていた。課員の誰もが、国民服で登庁しているのに、僕だけが何時までも親父譲りの背広姿で出勤しているのが、気に喰わないのだ。課員の誰かに、僕のことを非国民だと罵ったということも、耳にしていた。だが僕は、出世欲の塊りのような課長が、明治町のカフェーの女給を、こっそり妾に囲っているのを知っていた。仲間の画家が、教えてくれたのである。

窓から離れ、煙草を揉み消してから、僕はゆっくり課長の席へ歩いて行く。自分から声をかけ、そして僕が傍へ来たのを知っていながら、わざと課長は、渋面をつくって書類を覗き込んでいる。言われなくとも、それが水原郡庁から届いた報告書であることは僕にも判っていた。僕は黙って、机の前に突立っている。〈課長は、課員の模範でそして常に多忙なのだ。判っている、判っている〉

「ああ、谷君」

課長は初めて、僕に気づいたように顔をあげる。小柄だが、顔の皮膚は、連日連夜の宴会で、酒光りがしている。それが癖の、眼鏡を右の人差指でぐいと押しあげる仕種をしながら、課長は大きく眉を顰《ひそ》めた。

「仕事の方は、どんな工合です？　順調なんでしょうねえ。ええ？」

僕は、覚悟していたものの、こう皮肉に出られると、向かッ腹が立ってくる。

「はア、大体……」

「ふーん。大体……ねえ。——この書類によると、きみの担当地域は、三割七分という低調さだが、これで大体順調なんでしょうか？」

「しかし、課長。創氏改名などというものが、一朝一夕には……」

「待ち給え！　一朝一夕にときみは言うが、抱川、加平、楊州三郡を担当した和久田君にしろ、楊平、広州二郡を受け持った二宮君にしろ、みんな七割台の成績をあげてるんだぞ。きみだけが三割七分というのは、これはどういうわけなんだ。ええ？　和久田君のところは、一朝一夕に創氏改名が行われたとでも言うのか？」

相手の言葉には、棘があった。

「そりゃア課長、和久田さんや二宮君たちは、強制的に出るからです。創氏改名は、飽くまで自発的な行為に俟《ま》つべきだと、趣旨にも明瞭に書かれていたと思います。私は、彼等の自発的な行為を……」

「莫迦《ばか》を言っちゃアいかん！　なるほど、趣旨にはそう書かれてある。しかし、半ば強制せにゃア朝鮮人は蹤《つ》いてこんのだ！　きみみたいに、ただ机に坐って面事務所にせっせと手紙書いていたって、創氏改名ができるかい！　その辺のかけひきは、この間の反省会で、よく話した筈じゃァないか。だから、きみたちは駄目なんだ……」

きみたち、というのは、画家仲間のことらしいのである。明治町の「ドミノ」という酒場が、京城に住む若い画家たちの溜り場であった。つい最近、仲間の一人が、「ドミノ」に入ってきた胡散臭《うさんくさ》い男を、私服の憲兵だと知らず酔ってからみ、一晩ブタ箱に抛《ほう》り込まれた事件があった。それを僕が貰い下げに行ったのだが、課長は誰からか、そんな僕の情報を仕入れていたとみえる。

「とにかく、来年の三月末までに、十割の目標を達成するんだ。いいね！」

僕は返辞をせず、黙って頭を下げた。

――創氏改名というのは、承知の人も多い。日本のとった植民地政策の一つで、朝鮮人や台湾人の姓名を、日本風に改めさせ、日本人になりきらせようという政策である。もちろん、内鮮一体の政策から派生的に生まれたものであった。しかも朝鮮総督府自慢の政策の一つだったのである。

だがしかし、創氏改名が、本当の意味での内鮮一体――つまり親睦強化という意志から誕生したものでないことは、その政策をやたらに推進しようとする当局の態度をみれば、明らかであった。ところが僕は、はじめのうち、この創氏改名政策に、そんな深い企みや魂胆が隠れていようとは、全く気づいてもいなかったのだ。正直に言うと、この政策は、従来、不当に差別待遇されてきた朝鮮人への、一種の恩典であるとすら考え、この仕事を与えられたときには、〈こいつは高射砲陣地をつくらされるより、やり甲斐がある〉と感激した位だったのである。

甘いといえば、たしかに甘い。僕の父親は官吏だった。僕が五つのときに一家は京城に移住した。だから僕は、小学校から中学三年までを、京城で過している。その後、一家はふたたび内地に戻り、僕は中学を卒業して美術学校へ行った。でも、なぜか僕には朝鮮の風景が忘れられず、姉の嫁いでいる義兄を頼って、また京城に舞い戻ってきたのだった。だから僕は、ある程度、朝鮮人たちの暮しぶりを、知っている積りでいた。いや、だからこそ創氏改名が、一種の恩典だと考えたのだったが……。

この朝鮮では、日本人は支配者であった。そして朝鮮人は、奴隷《どれい》的な地位にあった。僕は子供の頃、このことに別に疑問を抱かなかった。漠然と、彼等が可哀想だと思うことはあったが、なぜ朝鮮人がそうなったかに就いて、考えたことはない。僕が、日本が朝鮮を侵略したときの、苛酷で卑劣な手段を知ったのは、美校に入ってからのことである。でもそれも、頗《すこぶ》る皮相的なものでしかなかった。

「内鮮一体」という標語が掲げられても、日本人（朝鮮では内地人という言葉を使っていた）には、抜き難く鮮人に対する蔑視感が植え付けられている。それは子供たちが、鮮人に対して口をとんがらせて叫ぶ、

「ヨボの癖に！」

という何気ない言葉にも、はっきり示されていた。この言葉、当時の朝鮮ではオール・マイティだったのである。その言葉の裏には、〈鮮人の癖に日本人に口答えするな〉とか、〈生意気をいうな〉といった意味がこめられている。ヨボというのは、「もしもし」という、元来が呼びかけの朝鮮語であるが、日本人は、それを鮮人または奴隷というような意味で

使っていたようだ。

だから、彼等を創氏改名させて日本名で呼び、対等な口を利いて交際する……という政策は、古くから朝鮮に住んでいた日本人にとっては、何かいまいましいような恩典というのが、共通した考え方であり、感情でもあったわけである。この蔑視感は、この風土に三十年にわたって培われてきた。植民地のこのような感情は、なかなか拭い切れるものではない。

——ところで、僕の仕事というのは、京畿道内における、この創氏改名の宣伝と実施であった。生来、僕は政治などには疎《うと》い。僕ばかりでなく、「ドミノ」を溜り場にしている仲間の誰もが、政治だの経済だのといった問題には、ほとんど無関心だった。僕が徴用のがれの手段として、道庁の「総力第一課」に勤めはじめたという話をしたときでも、

「ふん、金さん、朴さんが、金田さん、木下さんに名前を変えたら、内鮮一体なのかい？ばかばかしい！」

と、誰かが一言のもとに片付けただけである。仲間たちは、なにもかもに白い眼を向けていた。深く考えても、どうにもならないという虚無感めいたものが、この植民地の酒場仲間には漂っていた。

勤めだして一箇月後に、僕は一つの任務を担当させられた。始興郡、水原郡、振威郡と

いう三つの郡の創氏改名の実施というのが、その仕事である。京畿道内を五つの地域にわけ、五人の課員がその担当者に命じられたわけだ。面積からいうと、新参の僕が一番狭いが、人口は一番多かった。

総力第一課、第二課には、普通の課と違って、鮮人の事務員は一人もいない。総務部の管轄であるが、命令は総督府から道知事を通じて行われる。これが課長の口癖で、また自慢でもあった。なぜ、そのような組織系統になっているのかは、一箇月も勤めると、よく判った。この二つの課は、朝鮮人に対する政策を、いかに恩着せがましく宣伝し、実施するかが任務だったのである。

たとえば創氏改名には、次のような宣伝文句が使われていた。

「いまや世界に冠たる日本国民として、肩を張って歩きたいというのが朝鮮民衆の、切なる願いである。また内鮮一体は、日本人の誰しもが、心から期待していることである。しかしその名前をみると、半島人であることが判り、肩身の狭い思いをすることになる。祖先も同じであり、顔立ちもよく似ている内地人と半島人の、ただ違っているのは、その姓名だけなのだ。いままで、日本に帰化するには、むずかしい資格と手続きが必要だったが、このたび総督府は、大英断をもって半島人各位の、切なる要望に応じ、創氏改名を実施する。これにより、内鮮間に横たわる最大の障壁はとりのぞかれ、いままでの差別待遇もなくなり、……云々」
だが、創氏改名をしたら、日本人と同等に待遇しようと、表面では甘い餌を曝しながら、その実、当局が考えていたのは、何であったか。――それは日本国民であるが故に、果さなければならない義務、つまり徴兵であり、徴用だったのである。また税金であり、供出であった。従来の志願兵制度を、一気に徴兵制度に切り換えるための、準備工作だったのだ……。（その証拠に、間もなく膨大な兵士を必要とする、大東亜戦争が起った）
僕は、その事実を知って、唖然となった。なるほど、政治というものは、こんなものなんだな、とも思った。僕だって戦争へ行くのは嫌だ。朝鮮の青年たちだって、同じ気持には違いない。まして彼等は、なにも自分たちが好き好んで、戦争をしかけたわけではない。それなのに、創氏改名が終った途端、「お前は身も心も日本人だ」とレッテルを貼られて、「さア、徴兵検査だ」と、裸になって並ばせられ、赤紙を頂戴するのだ。彼等は愕然となり、やがて創氏改名政策の、隠された鋭い鉤《はり》に気づくだろう。日本人と同等に待遇するという意味が、戦場と同義語であることのペテンに気づくだろう。僕は、それを知ると、憂鬱になった。いかに美辞麗句を並べ立てても、僕がこのペテン師の仲間であることには、変りがないからである。
「俺たちだって徴兵があるんだから、創氏改名する以上、当然さ。義務はいやで、権利だけ主張するなんて、虫がよすぎらア」

私と同じに入った二宮という男は、頭からこう割り切っていた。なるほど、それも一理ある。だったら、甘い餌ばかりでなく、正々堂々と、鉤も糸も見せるがいいのだ。鉤も糸も隠しているから、日本人は「どうも総督府は朝鮮人をのさばらせすぎる」と批評し、朝鮮人たちは「これで差別待遇が消える」と感激するのだ。僕は、方法がどうもフェアではないと心に愧《は》じた。

でも調べてみると、当局は、この政策を実施するに当って、なかなか慎重であった。少数の親日富豪家たちに、爵位のような形で日本名を贈ったのが、その第一歩だった。むろん、これらの富豪たちは、擽《くすぐ》ったいような顔つきで、日本名と朝鮮名とを二つ並べた名刺を使った。新聞も、わざと「野田平次郎氏（宋秉畯氏の日本名）」という風に書いた。

朝鮮の民衆には、官尊民卑の思想が流れている。当局は、巧みにこの思想を利用して、日本名に対する憧れを盛り上げ、ころはよしとばかり創氏改名を宣伝奨励しはじめたのである。

民衆ははじめ、警戒して飛びつかなかった。だが次には、うまい手が用意されていた。創氏改名した朝鮮人には、就職にも入学にも、特別な待遇が与えられたのである。たとえばその年の京城帝大予科に合格した朝鮮人は、いずれも日本姓を名乗る者ばかりだったのだ。俄然、創氏改名の希望者は、インテリ階級に増加した。利に転ぶのは、大衆のつねでである。人気は湧いた。

当局が、いままでの生温い態度を捨てて、強制的に創氏改名を実施する方針に出はじめたのは、この頃からであったろう。釣り上げた魚に、餌をやる莫迦《ばか》はいない。当局にしてみたら、創氏改名が、朝鮮民衆自らの要望によって、行われつつあるのだという雰囲気——準備工作が完了したら、それでよいのだ。餌は、朝鮮総督南次郎の名によって、全鮮にばら撒かれた。地方の創氏改名希望者が、低調だったからである。道知事を通じて、各道庁総力第一課に指令が出された。もはや創氏改名は、自発的ではなく、強制的に全鮮各地で推進されはじめていた。

年内に八割、来年三月末には完全実施、というのが課長から示された目標だった。しかし、からくりが判ってみると、日本人である僕には、同僚たちのように強制する気持にはなれなかった。だが、だからといって、どう足掻きようもない。それは法務大臣が、死刑の執行書に署名をしたがらない心境に似ていた。

辛い徴用から逃れるためなら、僕は他に職を探さない限り、この仕事に忠実であるよりない。朝鮮人たちは、夜中に寝込みを襲われたり、野良仕事をしているところをトラックに積み込まれたりして、強引に北海道や九州の炭鉱に、労務徴用者として送られているという噂である。納得ずくで応募させていたのでは、予定数になかなか達しない。それで郡庁の労務係が、そんな乱暴な手段をとっているという話だった。「働かざる者、食うべからず」というような空気が、漸く京城の街にも漲りはじめている。

〈笑いごとではない〉と、僕は思った。職場を離れたとき、誰が僕を徴用しないと約束してくれるのだ？　僕は若く、そして懐疑的であったのかも知れない。でもその頃、もっとも僕の欲しかったのは、アトリエでもフランス製の絵具でもなく、自分の仕事への惰性であった。熱情も意志もなく、仕事へ繋がろうとするならば、無気力な惰性しかないではないか。ただ惰性だけではないか——。

当面の嵐を避けるべく、岩蔭に身を寄せた登山者は果して卑怯者であろうか？　僕は、戦場に駆り出され、軍需工場へ徴用を命じられた仲間たちを見送りながら、そう自問自答するよりなかった。

僕の担当地域、とくに水原郡の創氏改名が遅延していた理由は薛鎮英《へいちんえい》の存在である。薛鎮英は、この地方の大地主で、立派な家系を持っていた。いわば地方の宗家である。

そのせいでもあろうか、薛鎮英は創氏改名を承諾しない。祖先に対して、申し訳が立たぬ故、こればっかりは——というのが、その理由だった。薛家が創氏改名しないので、水原郡の何万という人々が、創氏改名をしない。大地主の薜家ですらしないのに、小作人風情のわれわれが……というのだ。

薜鎮英が反日的な男だったり、民族主義者で創氏改名をしないというのならば、話は簡単である。憎悪を正義感にすりかえるような芸当も、僕には出来たかも知れない。しかし彼は、二万石という膨大な、年間の収益小作米を、朝鮮軍に献納して平然としているような、親日家だったのだ。

たしか支那事変勃発の翌年のことである。軍糧米が不足しているというので、彼は小作米の献納を朝鮮軍司令部に申し出た。はじめは司令部でも多寡《たか》を括っていたらしい。ところが翌日から、貨車で次々と竜山駅に運ばれてくる米俵の量をみて、井原参謀長も思わず「あッ」と言ったまま、二の句が継げなかった。二万石といえば、優に三箇師団の将兵を、一年間養うに足る数量なのだ。

そのニュースに驚いた新聞記者が、

「一年分の小作米収入を全部献納して、どうする積りか？」

と質問をしたところ、薜鎮英は笑って答えた。

「収入米がなくとも、税金や生活費は、若干の貯金があるので賄《まかな》える。命がけで兵士は戦っているのだから、私も真裸になってご奉公したまでだ……」

――薛鎮英とは、このような奇特な親日家だったのである。郡庁でも、どうもこの薛鎮英氏にだけは、創氏改名を強制するわけにも行かず、煮え切らない態度で傍観している風情であった。僕もわざわざ、同僚たちのように出張してまで説得する気もせず、そのまま抛っていたのである。

祖先を尚ぶ気持はよく判るのだ。朝鮮人が日本姓を名乗ったところで、果して彼等自身の幸福かどうかは疑問であった。もし、この立場が逆であったら、どうであろう。日本人は喜んで、李氏、朴氏を名乗り、朝鮮への忠誠を誓ったであろうか？　国を奪われ、言葉を取り上げられ、いままた、その姓名まで奪い去られようとする民族の感情は、果して平静に終始し得るものであろうか？

民族の血だの、感情というものは、課長が考えているよりもっと深刻なもので、南総督が敬老会を催して朝鮮の古老たちを招き、席上自らも朝鮮服を着用に及んで新聞社のフラッシュを浴び、「身を以て示す内鮮一体」などという大見出しの活字に気をよくする程度のゼスチュアだけでは、どうにも解きほぐされる筈がないと思うのだ。朝鮮服で敬老会に出席したから、日本語を使い日本姓を名乗ったから、それが「内鮮一体」ではない。決してない。

でも僕は、悲しいことに、この民族の血を踏み躙《にじ》り、その政策に荷担《かたん》し、それを宣伝する職務にある。この創氏改名がもたらす不幸をはっきり予知しながら、その職を去ることに不安を感じている。嵐を避けようとして、岩蔭に身を寄せた登山者は、そこに意外な障害物を見出したのだった。身の安全を図ろうとするなら、目を瞑って、その障害物を谷底に突き落さねばならない――。

別に僕に罪があるのではなかった。僕は総力第一課に勤め、課長の命令で動いているに過ぎない。だが矢張り、どことなく釈然とせぬものがある。暗い懐疑の谷間を低迷する、悲しい良心の反抗がある。僕は、強い重圧を感じた。奔流の凄じい音を聞いた。

奔流に捲き込まれた落葉は、ただ滔々《とうとう》と押し流されるだけで、立ち停って考えたり、後を振り返ってみる心の余裕もない。岩に嚙まれまい、渦に吸い込まれまいと、身の安泰を只管《ひたすら》ねがうだけなのだ。――課長の席から離れたとき、僕は急流に舞い落ちた一枚の木の葉を想像した。その流れから這い上れない以上、所詮、僕も一枚の木の葉だった。

〈薛鎮英という男に会ってみよう。親日家なら、物わかりの悪い男でもあるまい〉

僕は、そう決心したのである。

――翌日、僕は京城駅から、京釜線に乗った。生まれて始めての出張である。薛鎮英の住む邑《ゆう》へ行くには、餅店という小駅で下車して、三十分ばかり埃っぽくポプラの続いた国道を歩けばよい。僕は教わった通り、餅店駅で下りた。

国道に沿って、小川が流れていた。青い草叢だった土堤も、ポプラ並木も、いまは褐色に姿を変えていた。洗濯をしている農婦の、手が赤くかじかんでいる。枯草の上に乾された白い上衣《チョゴリ》や裳《チマ》は、ぬるい初冬の陽ざしを浴びながら、なにか寒々とした感じで眼に写った。

道の左右は縹渺《ひょうびょう》とした水田で、刈入れの終った稲株が、薄気味の悪いほど整然と、どこまでも続いている。僕は、もう少し早く来ればよかった、と思った。見渡す限り、黄金色に色づいた稲穂。飛び交う蝗虫《いなご》や、赤トンボ。そして吹き渡る蜉蝣《かげろう》色の秋風——。そんな光景が、ふッと頭の片隅を掠《かす》めたのである。

国道を三十分と聞いていたが、実際には小一時間ちかくも歩かねばならなかった。どこまで行っても水田なので、不安になりはじめた頃、右手に山が見え、その麓に部落らしいものが見えはじめた。薛家は、その部落の中央にあった。土塀をめぐらし、だだっ広い古めかしい屋敷なので、すぐ見当がついた。

近寄ってみると、遠くから土塀だと思ったのは、母屋を取り囲むように建てられた列房である。門を入ると、長煙管《きせる》を啣えた白髯の老人たちが、その長屋の縁側で、日向ぼっこをしながら黙然と空を見上げていた。屋敷の中には珍しく樹木を配した泉水があって、屋敷の裏手には、熟れ残った棗《なつめ》や柿の実が、たくさん見かけられた。

老人たちは、客が入ってきたのを見ても、立膝の姿勢を崩さず、悠々と煙を吐き続けている。この国の風習で、富める親戚の家に、一族縁故者が寄食するのであった。列房は、そのために建てられているのである。その我不関焉《われかんせずえん》といった居候たちの態度は、僕には面白く、鄙びて感じられた。ここにだけは、戦争の風も吹き込んで来ないかのような、朝鮮らしい長閑《のどか》さである。

苔むした中門の扉を、ギイーッと軋《きし》ませて潜り、正面の石段を昇ると母屋があった。僕は名刺を出し、出てきた家令のような男に、主人に会いたいと告げた。

薛鎮英は、年のころ五十四、五であろうか、見るからに温和で憎めない男であった。その円満な顔立ち、柔かい物腰から推して、この中老の大地主が、近隣の信望を集めているという理由が、僕にも呑み込めるような気がする。それでいて如才なく、なかなか社交的なのだ。人参茶を運んできた若い女性を、

「娘の玉順です。今年の春、やっと女学校を出ました」

などと紹介し、

「失礼ですが、谷さんは画家が本職なのではありませんか？」

と、名刺を弄びながら訊いたりする。

用件も切り出さない前なので、これには僕の方が面喰ってしまった。ここ二、三年、朝

鮮の風俗ばかりを執拗に描き続け、鮮展に入選しているのを、知っていてくれたのである。僕は小さく狼狽していた。「総力第一課　谷　六郎」と刷ってある自分の名刺が、妙に腹立たしく恥ずかしいのだ。奇妙な肩書のある現在の自分に、ふと愛想をつかしたくなるような気分がした。

薛鎮英は、自分は日本語が流暢でないので、末娘の玉順に通訳がわりに傍にいて貰うのだと笑いながら言った。家の外見は朝鮮家屋だが、通された応接間は、一流のホテルのように厚い絨毯を敷きつめ、無造作に高価な皮製ソファーなどが置いてあるといった、立派な部屋である。それでいて親娘《おやこ》の朝鮮服が、部屋に調和しているのは、不思議であった。

「この玉順が絵が好きでして、また、女学校で絵を教えて下さった日吉先生も、とてもこれを可愛がってくれまして、……お蔭で私なんかも、よく展覧会へお供させられるわけですよ。たしか谷さんは去年、ノールテイキの絵を……」

ノールテイキとは、朝鮮の女性の遊戯で、シーソー・ゲームのようなものであった。藁束を枕にして長い板をのせ、板の両端に立って交互にハズミをつけながら跳ね飛ぶ遊戯である。「跳板」と書く。正月など、若い女性が華やかな晴着で、寒空に下裳を翻しながら遊んでいる風景は、そのまま一幅の絵であった。僕は、この風景を描いて、出品したのである。

「よくご存じで……」

僕は、少し嬉しくなって、

「日吉さんに習われたのなら、F高女のご卒業ですね」

と玉順に話しかけた。日吉というのは美校の先輩である。薛鎮英は、半白の頭髪に手をやり、末娘が可愛くてたまらないような表情だった。僕の固苦しい気持は、俄にほぐれたが、仕事のことを思いだすと、また暗い気分に浸されるのだ。

僕は黙りこくって、口に含んだ人参茶の、歯に沁み通ってくる香ばしさを長いこと味わっていた。しかし、「総力第一課　谷　六郎」という名刺を手渡した以上、このまま帰ることは許されない。僕は低い声で、「実は」と言った。声は掠《かす》れて、咽喉の奥にひっかかった。

「実は、今日は創氏改名のことで、お願いに上ったのです」

薛鎮英も、娘の玉順も、僕の来意はすでに察していたような気配である。そして改まって、僕の言葉を傾聴する姿勢になった。僕は、思いつくままに言葉を並べて行った。しかしこの時の記憶は、なぜだかひどく薄れていて、どんなことを喋ったものやら、僕には明瞭な記憶はない。多分、緊張していたし、相手を説得しようと意気込んでいたからだろう。なにしろ僕に用意されていたのは、官製の宣伝文句だけである。品質の悪い商品を売りこむにしては、あまりにも僕は気の弱いセールスマンでありすぎたのだ。

「ふむ、ふむ」と、いちいち頷きながら、薛鎮英は聴いていた。ただ隣に坐っている玉順の、静かな茶色がかった瞳に出会うと、僕は、肚の中を見透かされているような、動揺を抑えきれなかった。僕はその家の主人にだけ視線を据え、憑かれたような熱弁をふるった。しかし、どうやらそれは、虚しい一人芝居に過ぎなかったようである。

なぜなら、熱弁をふるえばふるうほど、僕の心の底に、深い罅《ひび》がつくられ、大きな亀裂を形づくって行ったからである。どうやら僕は、薛鎮英に創氏改名を納得させようとするよりも、僕自身を納得させようと努力していたらしいのだ。欧州などのホテルでは、支那人までが日本名をサインし、日本人と称しているだの、日本海が陥没したため、異民族のように考えられているが、祖先は同じで、我々には同じ血が流れているだの、名は体をあらわすという諺があるが、いまや創氏改名を朝鮮人の誰もが喜んで呉れているだの……、それは確かに憑かれた人間の口吻というよりなかった。

「――谷さん。お話は、よく判りました。しかし、どんなに言われても創氏だけはできないです。薛という姓だけは、勘弁して下さい。下の名前は、日本風に改めてもいいです。……それでいけませんか？　私の代で、薛氏を絶やしてしまったら、先祖に対して申し訳ないですから――」

薛鎮英は部屋を立って、一抱えもある大きな本箱を運んできた。蓋をとると、中には古ぼけた書類がぎっしり詰っている。それは「族譜」であった。朝鮮では長男が、家督を嗣ぐことになっている。家督を嗣いで当主となった者が、一族の婚姻、生死などを丹念に記録して行くのである。それは薛氏一族の系図であり、七百年の過去帳であり、七百年の繁栄の歴史であった。

話には聞いていたが、僕は「族譜」というものを、そのとき始めて見た。そして七百年もの間、この族譜を丹念に書き綴り、またこれからも書かれてゆくであろう未来を思うと、薛氏一族の偉大な過去が、不意に膨れ上って感じられたのである。

李王家ですら、三百年の歴史しか持っていない。そしてその貴重な族譜は、戦乱によって焼失したと聞いている。薛鎮英は、この木箱に納められたのは、ここ百五十年くらいの族譜で、土蔵の中には、同じような木箱が、あと四個あると言った。

「いいですか、谷さん」

薛鎮英は、僕に呼びかけた。彼が開いて示したのは、自分が当主となって以来の、一番新しい記録だった。

「いいですか、谷さん。私の父も、祖父も、そして曾祖父も、みなこの記録を、一族の伝統と誇りにかけて護りながら、書き加えてきました。それが私の代から以後は、空白になるのです。薛一族は、私の代で終ったことになるのです。創氏改名したら……。それでは祖先に済まない。だから薛の姓だけは、許して下さい」

「それでは創氏改名にならないじゃアありませんか。薛改め薛ですか？」

「日本の人でも、一字の姓の人があります。谷さん、あなただって一字でしょう。薛という姓だけは、変えられないです」

「でも、多分それは通りませんよ。谷を創氏して谷にしたというようなユーモアは、許されないのが役所なんです」

「では、私には創氏も改名も、できませんです。谷さん、あなたには阿呆らしいことでしょうが、私には祖先は大切ですじゃ。この代で、七百年の薛家の族譜が、白い紙になるなんと、とても出来ませんです。私はいやです。ほかのことだったら、なんでもしましょう。供出もやりましょう。献金もしましょう。ですが……創氏改名だけは、私にできない。……薛家の七百年の歴史が、私の代で断絶したとならば、祖先は泣きますじゃ。子孫は私を恨みますじゃ。それを考えるとどうしても、どうしてもお断りするしか、ないです。断るしか……」

　急に声が低くなったと思ったら、薛鎮英は眦《まなじり》に大粒の涙を浮かべながら、いっしんに首をふっているのだった。古ぼけた和綴じの系譜を、両手に抱えたまま、この親日家の大地主は泣きながら首をふっているのである。僕は言葉に窮した。〈それほどまでに思っているものを……〉僕は、慰めの言葉をかけようとして、暫く戸惑った。この男が創氏改名しない限り、近隣の住民たちも小作人も、創氏改名をしないのだ。僕は掌に指をこすりつけ、垢を縒《よ》り出すような仕種をしながら、そのことをぼそぼそと訴えた。

「判りました。谷さん。うちの小作人たちには、私からよく話してみますじゃ。分家の連中にも創氏改名するように、わけを話しましょう。だから、薛一族の、この本家だけはひとつ……」

薛鎮英は、涙を拭いてそう言った。しかし僕はどうしたらよいのか、自分にも判断がつかなかった。彼の説得で、小作人たちが創氏改名をするものなら、この地方の事情にくわしい郡庁の役人が疾うの昔に工作している筈である。〈これは困ったことだぞ〉と、僕は心に言いきかせた。

先祖を尚び、七百年の貴重な族譜を守り抜こうという、彼の真情はよく判る。だが、彼が率先して創氏改名して呉れない限り、この地方では誰ひとり改名する者がいないのも、慥《たし》かなのである。

〈この男が、政策の癌《がん》になっているのだ〉

僕は薛鎮英を、憎まなければならないと、決意する。赤の他人に同情は禁物。生きてゆくという俺の目的のためには、手段は選ばれないのだ、と心に囁く。非情な、職務に忠実な官吏になれ、と心に叫ぶ。僕は盲点を蔽いかくす姿勢で胸を張り、薜鎮英のうつむき加減の横顔を睨みつけながら、〈創氏改名は、貴様たち朝鮮人のためにつくられた恩典なんだ〉と、呪文のように唱えてもみる。

でも、駄目だった。虚勢を張ろうと思っても、薜鎮英を前にしてふるった長広舌の、虚しい文句の一つ一つが走馬燈のように頭に浮かんできて、矢のごとく体の髄に突き刺さってしまうのだ。

他人を欺き、自己を偽り、それでも僕は生きてゆかねばならないのだろうか。ここには徴用以上の、精神的な苦痛があった。創氏改名に疑義を持ちながら、それを宣伝することの矛盾。その矛盾を、敢て冒していることの苦痛。僕は悲劇の谷間に、一歩一歩、近づいていることを悟る。深い侘しさが心の中に拡がってきて、狂人のように、わけのわからぬ言葉でも絶叫したいような衝動に駈られる僕。——僕は、みじめだった。

急に灯りがともった。不意に僕は、ガックリとなった。小さな溜息がわれ知らず、口をついて洩れるのである。朝鮮の田舎では、ほとんどの民家が定額燈だった。灯りが点くと、部屋の中までが、かえって暗くなったような感じにさせられる。僕は帰ろうと思った。

薜鎮英の希望通り、薜を「マサキ」とでも日本風に読ませ、一応は創氏改名の手続きをとって貰う積りである。系譜を崇び家名を重んじる、執拗なまでな頑固さの意味はよく判っておりながら、僕はそう決心したとき、ふと胸の底に蟠《わだかま》りはじめた歯痒いような感情に気づく。敗北感というような性質のものではなく、恐らく駄目だろうという予感、そしてその予感のゆえに、妙に苛立しい感情が重なるのである。

彼が創氏改名を拒んだとき、既に悲劇は、この伝統ある薛家にそっと忍びこみ、その病原菌を撒き散らしていたと言えるだろう。でも趣旨の条文には、《創氏改名は鮮人たちの自発的な行為によって》と記されてある。僕はそれを口実に、もう相手に強要する気持を失くしていた。それが僕の絵を、密かに認めていてくれた薛鎮英父娘に対するせめてもの僕の好意だった。薛をマサキと読ませるという苦肉の策も、精一杯の反抗であったかも知れない。

いとまを告げようとすると、薛鎮英は、吃驚して引き留めた。いつのまにか姿を消していた玉順も出てきて、

「なにもありませんけど、お珍しいかと思って、座敷に朝鮮料理を用意しましたから」

と言う。

振り切って帰るのは簡単だったが、それを断っては心証を害することにもなろうかと思い、しかし何ものかに魅かれる気持も手伝って、僕はそのまま馳走になった。遠慮がちで、

よく人づきあいの悪い奴だ、と言われている僕にしたら、珍しいことだった。

案内されたのは、八畳ぐらいの温突《オンドル》の部屋である。すでにテーブルが出され、料理や皿などが並べられてあった。酒は薬酒《ヤクチユウ》だった。五勺はたっぷり入りそうな、大きな盃で飲むのである。僕は乾明太魚《メンタイ》や、焼肉などを箸でつつきながら、その白酸っぱい、朝鮮独特の酒を重ねた。低く疼《うず》くように、酔いが廻った。

温突に赤い絨毯を敷いただけの、何の飾りもない室なのだが、薛鎮英が小声で披露しはじめた朝鮮民謡に、ふっと聴きとれていると、なるほど朝鮮だ、というような感動がひしひしと胸に迫ってくる。「トラジー」という有名な民謡で、なんでも桔梗《ききよう》の根という意味だそうである。

一摑み桔梗を引き抜いてみたら、根っこにたくさん子がついていた、というような唄の意味を、玉順が笑いながら説明してくれた。唄の文句は他愛ないが、その唄の節まわしには、ひどく哀調がこもっていて、それは亡国の民の、流浪の民の韻律だった。そしてその唄は、空虚な僕の心を揺さぶりながら、酔いを体に沁み渡らせた。

「こんなお父さま、珍しいです。ほんとに、珍しいです」

玉順は、物怖《ものお》じしない性格らしかった。室の外には、ひえびえとした夜の空気が迫っているらしく、薬酒はなんども温めかえられるのである。

「お父さまを苦しめないで下さい。父さま、可哀想です」

熱く燗をした薬酒を奨めながら、不意に彼女は、呟くように言う。僕はとつぜん、鞭打たれた想いで、父親の酔った姿を楽しそうに眺めている玉順の顔を凝視《みつ》めた。僕が苦しめるのではない。でも、そんな場合、なんと答えたらよいのだろうか？

僕はあいまいに、「ええ」と頷いた。そして慌てて、盃の酒を呷《あお》った。しかし、朝鮮の民謡はどうしてこんな、悲しい響きに満ちているのであろう。この侘しい旋律は、この民族の運命を象徴しているのかも知れぬ。……そんなことを、考えるともなく考えているうちに、僕の心は譬えようもない、湿った愁いに占領されて行った。《お父さまを苦しめないで下さい。父さま、可哀想です。》その湿った愁いの塊りは、みるみる容積をまし、僕を背徳の意識に虐みはじめた――。


――三箇月ほどたった。

大陸の冬は寒気が鋭い。北漢山颪《おろし》が、凍《い》てついた舗道に、無慈悲に吹き荒んでいる。ストーブの石炭の節約励行が指示されたために、部屋の中は寒かった。僕は靴の先を、たえず動かしながら、課長の前に立っていた。課長はまた例の調子で、書類をのぞきこみ、額に深刻な皺を寄せているのだ。

「ああ、谷君」

課長は顔を挙げ、しらじらしく僕の名を呼んだ。この男の芝居じみた態度にも、僕はもう腹を立てなくなっている。少くとも、この数箇月、僕は職務に忠実だった。スケジュールを立て、面事務所を督励して歩き、有力者に会っては説得したのだ。

「薛鎮英ですら、創氏改名届を出されたんですから……」

というのが、説得の場合の僕の唯一の武器だった。事実、そのことを教えると、各郡の地主だの面長だのも、文句なしに創氏改名に踏み切ってくれたのである。年が明け、一月になると、僕の担当地域は八割を越える鮮人が、創氏改名届を提出していた。

僕は、なにもかも目を瞑った。ただ目標を達成することだけに、熱中した。課長はこの意外な成績に驚き、内心僕を見直したらしかった。〈ざまア見ろ。僕だって、やる気になれば人並の仕事はできるんだ〉僕は満足した。自分でも奇妙な満足感である。僕は、課長の手許の書類が、郡庁から届いた報告書であることを知っていた。課長は多分、僕を犒《ねぎら》い、一層の努力を——と賞讃するに違いない、と僕は睨んでいた。でも、その期待は百八十度、裏切られた。

「郡庁から、こんな書類が廻ってきてるんですがねえ。薛鎮英——知ってるかな？」

僕はちょっと顔色を変えた。いやな予感が頭を掠めた。〈やはり駄目だったのか？〉でも、あの創氏改名の手続きが、すんなり関門を通過しないであろうことは、始めから判っていた。しかし、それだからこそ、僕は郡庁の総務係長に会い、特殊な事情を話して、密かに諒解を求めた筈なのだ。

「知ってます。非常な親日家です。それがどうか……」

「むろん、どうかしたんだよ。創氏改名しないんだ」

「そんな筈はありません。たしか、届けが出ている筈です。なんでも、薛英一《マサキ》と改名したと思いますが……」

「それが、創氏改名かね！　ばかな。きみが許可したのか？」

僕は、物欲しげな、郡庁の総務係長の表情を思い浮かべた。

「なにしろ、薛鎮英は、このあたり切っての大地主ですからな。餅店から水原へ行くまで他人の土地を通らずに行けるという、大地主ですからな」

たしか相手は、そんな言葉を何度か繰返した。そうか。あれは暗に袖の下を仄めかす言葉だったのか。賄賂を持ってくれば、手加減をしてやるという意味だったのか……。僕は、自分の迂闊さに気づいた。僕はそのことを、薛家に伝えるべきだったか知れない。

課長は、黙りこんだ僕をみつめ、なにかを言おうとした。僕は慌てて発言した。

「課長、薛家は七百年もの立派な、族譜を持っているんです。朝鮮は大体、大家族主義の国です。たいていの地主が、一族の歴史を丹念に書き綴って、本家の子孫に伝えています。でも殆んどが、慶長の役で、こうした貴重な文献を焼かれました。だから薛家のように、七百年もの族譜を伝承している一族は、珍しいんです。創氏改名することは、彼の一家ばかりか、一族の系譜を闇に葬ることになるといって、薛鎮英は反対しました。それを私が粘って……」

「薛《へい》改め薛《マサキ》に、創氏させたというのか！　なにを言ってるんだ、谷君！」

「いけなかったでしょうか。薛鎮英の反対する理由が理由ですし、その立場もなる程と頷かせられるので、あんな創氏改名も、特例として認めたのですが……。日本人だって一字姓はありますし、日本風に読ませる創氏改名も、ちょっと風変りで面白いと思うのですが」

「きみ！　きみは創氏改名を何と思ってるのかね？　きみは日本人なのか、それとも朝鮮人なのか、どっちだ！　風変りで面白い？　ふん、冗談を言っちゃアいかん。道楽に創氏改名させてるんじゃないんだ。すぐ変えさせたまえ！　きみには、そんな権限はない筈だ。いいな！」

「はア。……でも、課長。こんな特例も、あっていいと……。それに薛鎮英は、二万石の献納米で朝鮮軍司令部から表彰された人物ですし……」

「なにを言っとる！　特例というのは、総督が認可した場合だ。この報告書類によると、附近の小作人どもが全部、金花子や、朴吾郎なんてやっとる！　地主が入れ知恵しとるんだろう、きっと」

「……まさか。薛鎮英は、そんな男ではありません」

「そう、ひどく肩持つじゃアないか。大体、この非常時にだね、家系も血統も、ヘチマもない。かまわん。強制しなさい。強制あるのみだ！」

「しかし、課長。彼等の皇帝だった李王家も、たしか創氏改名していない筈ですが？」

「谷君！　李王家は、かりにも皇族ですよ。不敬罪にあたるような言葉は、慎しむがいい。わしは、あんたを不敬罪で、特高に送りたくはないでな！　薛鎮英は、ただの朝鮮人だ。親日家なら、創氏改名して、自分の代に新しい族譜がつくられることを、感謝したらいいんだ。すぐ創氏させたまえ。いいな！」

「はア、出来るだけ……」

「莫迦ッ、何度言ったら判るんだ。出来るだけではない。やらすのだ。甘い顔を見せると、ヨボはすぐつけあがる。甘い顔を見せるからいかんのだ」

「はア、判りました」

僕は、腹立しく一礼した。課長は、厳しい声で、

「待ちたまえ！」

と怒鳴った。

「これを見給え！」

課長は、金釘流《かなくぎりゅう》で書かれた、一通の用紙を目の前につきつけた。始興郡安養の面事務所に提出された書類である。僕の担当地域のものであった。

「創氏改名届ですが、これが何か……」

「読んでみたまえ、その名を！」

「裕川仁。ヒロカワ・ヒトシでしょう？」

「きみは絵かきの癖に、案外鈍いんだねえ。よく見るんだな。ただの創氏改名じゃアない！　恐れ多くも、大元帥陛下の御名前を使って、愚弄しておる。裕仁の御名前の中に、川という字を挿入して、皇室を侮辱している。あきらかに、不敬罪だ！」

「しかし、課長。そこまで考えたものか、どうか……」

「きみはいつも、しかし、だねえ。しかし、という言葉はいかん！　自由主義者しか使わん言葉だ。きみはこれからすぐ、憲兵隊に行くんだ。いいね？」

「――憲…兵…隊に、ですか？」

「そうだよ。憲兵隊にだ。裕川仁と改名した不届者が、訊問にあってる筈だ。参考人の呼び出しが来てる。課長は総督府へ会議で参っておりますので、私が代理で伺いました、と挨拶してな。私共は一向に存じませんでした、以後このような不祥事は起こさせません、と丁寧に謝ってくるんだ」

「私が謝るんですね？」

「そうですよ。きみは私の代理だから、私が詫びることとなのだ」

「はア、判りました」

「皇室を愚弄した、とひどく憤慨してるそうだから、気をつけて口を利くんだぞ。いいね！」

「はア……」

「判ったら、すぐ出掛けるんだ」

「はア……」

返事をしながら、僕は憲兵たちの、手荒い訊問ぶりを思い描いていた。明治町の「ドミノ」の定連だった仲間を、貰い下げに行ったときの光景である。仲間は、半死半生の有様だった。ぐったり僕の肩に凭《もた》れかかり、血だらけで口も利けなかった。ただ喘ぎ喘ぎしていた。その息づかいが今でもハッキリ耳朶《じだ》に残り、腫れ上った顔は瞼の裏にちらついている。

そのとき、憲兵たちは、思想が悪いからちょっぴりヤキを入れてやっただけさ、と威丈高に言った。そして僕の批難する視線を、傲慢にも撥《は》ねつけた。……ヤキを入れる。それは退屈な憲兵たちの、遊戯であった。おそらくその朝鮮人も、こっぴどくヤキを入れられているに違いない。撲られ、蹴られ、気を喪ったに違いない。

この酷たらしい拷問から逃れようとするには、彼等の言いなりの、虚偽の白状をするよりないのだ。すると黒い、冷たい獄窓が、彼を待ち構えている。たとえ、憲兵たちの期待したような自白をしないにしても、日本へ忠誠を誓う証明として、志願兵申込用紙に署名を強制されるだろう。すると不安な戦場が、死の翼をひろげて彼を待っている……。

――餅店駅を降りて、歩いてゆかねばならぬ国道は、白く凍って、突き刺すような北風の中を、冷え冷えと続いていた。ポプラ並木も枝だけになって、裸で震えていた。防寒靴を履いてきたのに、爪先は全く感覚を失っている。そして耳朶は吹きちぎられそうに痛かった。風はちょっとした隙間を見つけて、首筋や、外套の内側にまで入りこもうとする。

ひろびろとした左右の田圃は、厚い雪に蔽われて、白い曠野のような感じだった。また、雪になりそうな気配である。どんよりと、低く垂れこめた鉛色の空。それは僕の沈んだ気持を、いやが上にも重たくし、灰色に塗り潰すのだ。課長は、憲兵隊から僕が帰ってくると、すぐ出張を命じた。いまから行けば遅くなって帰れなくなる、と僕は言った。だが課長は怒鳴ったのだった。

「莫迦ッ、相手が、ウンと言うまで、何日も泊りがけで説得するんだッ。ウンと言わせるまで、帰ろうなんて思うな！」

僕は、腹立ちにまかせて、列車に飛び乗った。そして餅店駅に下りたのだ。だが白い曠野の一本道を歩き続けていると、ますます僕の気持は奮い起たなくなる。暗く澱むばかりなのだ。薛鎮英と顔を合わせることが、ひどく憂鬱だった。

〈なんのために、こんな苦労をしなければならないのか？　課長の点数稼ぎのためではないか〉

重い足を曳きずっているうちに、山の麓の部落が見えてきた。僕は立ち停り、しばらく考えこんだ。郡庁の総務係長の顔が、ゆっくり思い出されてきた。〈そうだ。あの男が腹癒せに、忠義顔して報告書を送ってきやがったのだ〉僕が気を利かして、そのことを薛鎮英に話しておいたなら、七百年の族譜を護るために、彼はきっと、しかるべき手段を講じたであろう。高価な贈り物も、贅沢な招宴も、敢えて辞さなかったであろう。僕は知っていて言わなかった。いや、言えなかったのだ。その結果が、こんな形で復讐されている。僕は官庁という機構の、不思議な作用を、いまさらのように驚き見直す思いだった。その機械の歯車のあいだには、汚い饐《す》えたゴミが溜っている。でも、ある部分に黄金色をした油をこっそり注すと、製品は違ったコンベアーに乗せられてしまうのだ。僕は、課長の酒で脂切った顔を思い出した。あの男も、歯車の一つだ。潤滑油を欲しがっているに違いない。

薛家に着いたとき、日はすっかり暮れていた。部落に入ってから、それでも流石に僕は気になって、民家の標札を見て歩いた。報告書の通り、みな崔とか、鄭とか、洪といった一字姓のままで、名前だけを日本風に改名している。なかには「金太郎」という奇妙な名前があったりして、僕を苦笑に誘った。それは「金　太郎」と読むらしいのだ。僕は部落の人々が、胡散臭そうに僕を眺めだしたのを知って、少し怯《おび》えた気持になった。胸の中で、空廻りする歯車の軋む音が聞えた。からまわり。きしみ。はぐるま。じゅんかつゆ。なんだか歪んだ時代の、歪んだ風景を見ているような気持になる。

薛鎮英は風邪で臥っていて、玉順に助けられながら応接間に現われた。五日ほど前に道庁から呼び出しがあり、寒い廊下で半日ちかくも待たされたため、風邪をひいたのだという。彼は微笑しながら、そのことを話し、続けざまに大きく咳き込んだ。

「それでお加減の方は――」

「いや、もう大丈夫です。来月は、これの婚礼がありますので、風邪の方で遠慮してくれたのでしょう」

薛鎮英は、日本人でも言いそうな、そんな冗談を言って笑った。玉順は、来月嫁入りするらしい。朝鮮では早婚の風習があって、両班《ヤンパン》の子弟たちは殆んど、生まれたときから結婚の相手が、親同士で決められている。玉順の花婿は、親戚筋にあたる医科大学生だということであった。「現金なやつで、いつもより念入りに看病してくれたんですよ」と、薛鎮英は嬉しそうに笑い、またひとしきり咳き込んだ。暖かそうな毛皮のチョッキを、父親に着せてやりながら、玉順は赧くなって薛鎮英の背中を敲いた。

こうした睦まじい父娘の情景は、妬ましいばかりで、ほのぼのと暖かいものが漂ってくる。その幸福そうな雰囲気は、僕の気持をややもすれば鈍らせ、曇らせようとする。しかし言わなければならないのだ。〈俺は、京畿道庁総力第一課の人間なのだ。画家の谷六郎ではない〉僕は、話を切り出すきっかけを探そう、探そうと焦った。下手に同情してはならぬのだ。そしてこれは、薛鎮英のためになることなのだ。

「薛さん」

僕は、改まって呼びかける。

「薛さん。やっぱり、駄目でした。薛《マサキ》英一では、受付けられぬというんです。課長に叱られて、またお願いに来ました。創氏改名になってない、というんです」

「谷さん。来られたときから、もうご用件は判ってました。道庁に呼ばれて、私も叱られましたから……」

乾いた声で、彼は笑った。

「創氏改名の辛さ、七百年の系譜を断ち切られる苦しみは、お察しします。でも、そこが官庁の……私はただの一課員ですし……どうにもなりません。強制する意志は毛頭ありませんが、折角、書類を提出されたことですし……なんとか、もう一度考え直して頂けませんか」

僕は、しどろもどろだった。郡庁の係長の言葉や、課長の顔がちらついて、僕の心をひるませるからだった。

「……そうですか、やっぱり……」

「お宅の、特殊な事情も、よく課長に説明したんですが、なにしろ附近の人たちが、みな薛さんの真似をされて……」

相手は、一言も口を利かなかった。僕は額の汗を拭いながら、あまり事態をこじらせない方が有利なことを、曖昧な口調で説いた。しかし、課長にしかるべく手を打った方がいい、ということは、どうしても言い出せなかった。ただ一番少い被害で、この場を切り抜けて貰いたいというのが、偽らない気持である。でもそれも所詮、僕の卑怯な保身のためではなかったか？　僕の胸の中には、僕の馴染《なじ》まない一匹の獣が棲んでいて、そんな僕の言葉や態度を、冷たい皮肉な眼で監視しているような気がする。同情を正義にすり替えるな、とその眼は僕を嘲笑うのだ。

「大学の歴史学の先生も、私の家に伝わる族譜を、貴重な珍しい文献だから、大切に保管しろと言って下さいましたです。谷さん、どうでしょう。大学の先生から、お宅の課長さんに話して頂いたら……」

〈それも、一つの方法だ〉と僕は思う。しかし、課長の性格からして、そんな工作をすると逆に依怙地《いこじ》になり、薛鎮英の立場はますます憎まれて不利になることは、火をみるより明らかだった。課長にとっては、七百年の歴史も、族譜も、一文の価値もない。課長はただ、南総督から指令された「創氏改名の早急なる実施と普及」にしか、関心がないのである。

謙虚な気持で、僕は薛鎮英と対《むか》い合っていた。非情な人間になり切れないで、逆に弱々しい人間を僕は相手に曝け出している。そのことに、不図《ふと》、泣きたいようないとおしさを感じもする。

「課長から、薛さんを承諾させるまでは、帰ってくるなと言われました」

そう僕が言うと、薛鎮英は一瞬、ちょっと瞳を光らせたが、すぐ平静な顔に戻った。

……そのとき、僕には内鮮一体政策に対する不満もなく、創氏改名に対する懐疑もなかった。罪の意識も、自己欺瞞への嫌悪もない。ただ薛鎮英に迷惑のかからぬ最低の線で翻意してもらいたいと、願うだけだった。あるいは、卑劣だが、実弾による政治工作で、歯車の動きを部分的に変えてしまうか……。

網膜には、昼間に見た血みどろの、青黝《あおぐろ》く腫れ上り、靴の鋲でなまなましく眉間を割られた、あの裕川仁という若い鮮人の影像が、くっきり浮かび上っていた。それは息も絶え絶えの、無残な姿だった。その影像が、対い合っている薛鎮英の温厚な表情に重なり、なぜか血みどろに腫れ上って見えはじめるのだ。〈この男は、あの凄まじい、地獄の拷問に遭っても、いやだと言い切れるだろうか？〉しまいには、僕は歯痒いような気分に陥って行った。

でも、薛鎮英は、決して創氏改名への翻意を示さなかった。反日感情のためではない、と彼は言った。愛国者としての、日本に協力する気持は、人後に落ちない積りである、とも言った。そして、これだけはどう考えても祖先や子孫に申し訳が立たないからと、低く頸を垂れるのである。

「しかし、創氏改名しないという理由で、どんな災難がふりかかってくるかも知れませんよ。そのことは私にも、想像できるのですが……」

僕は苛立しくそう言った。知らず識らず強い口調になっていた。すると薛鎮英は、怪訝《けげん》そうに僕を凝視した。

「私は日本のお国のために、心から尽していますす。創氏改名しないからといって、日本の政府はそんなことしないでしょう。災難というのは、供出の割当が多くなることですか？　税金が高くなることですか？　供出も税金も、高くなって構いません。日本は戦争しとるですから。……それに創氏改名は、法律で決まったんじゃアない。法律になったら、また考えてみますですよ……」

皮肉かと思われたほど、静かな口調であった。僕は戸惑い、やがて俯向《うつむ》いてしまわねばならなかった。この素朴な、地主の信頼に応えるものを、なに一つ日本が持っていないことを承知していたからである。

……その夜、僕は薛家に泊った。

温突《オンドル》の室は暖く、僕は薄い蒲団だけで眠った。喋り疲れ、矛盾した感情を扱いかね、ぐったりとなった体に、母屋の裏手から響いてくる砧の音は快く、引き入れるような眠りに誘った。

結局、僕は三晩ほど、薛家に厄介になった。夕食で顔を合わせるたびに、それとなく翻意を迫ったが、無駄であった。決心は固いのである。僕はあきらめた。「スグ　カエレ」と課長から電報が来たのを汐に、その翌朝、侘しい気持のまま僕は薛家を辞した。

「こんどは仕事でなく、ただ遊びに来て下さい。谷さん」

帰るとき、そう言って薛鎮英は、僕の手を握った。本当に済まなそうに、彼は頭を下げるのだった。

冬晴れの澄んだ碧空の色も、僕には、なにがなし淋しい。風は相変らず、稲株を残して凍りついた田圃から吹きつけてきて、ときどきポプラの梢が、さむざむと鳴った。玉順は駅まで送るからと蹤いてくる。僕は何度も、ここまでで結構ですからと断りながら、滑りそうな凍った道を踏みしめ、踏みしめ歩いた。

「父さま、強情なんです。谷さん、気を悪くしないで下さい」

玉順は、不機嫌な僕の顔色を、窺うようにして詫びた。しかし、父の気持は正しいと思う、と彼女はつけ足した。

「長いものには巻かれろ、という日本の諺を知ってますか？」

僕は、創氏改名しない理由が、薛家の家名のためだということが、この場合には不利なのだと説明した。朝鮮総督府は、日本人をつくろうとしているのである。創氏改名することによって、身も心も、日本化できると考えている。ある意味では、そんな族譜だの、朝鮮人の民族意識を葬り去るために、この政策が立案されたと言えないこともない。

「貴女は、お父さんを牢屋に入れたいですか」

と僕は言った。創氏改名することの苦しみより、しないことから生ずる悲劇の方が大きいことに、やがて薛一族は気づくだろう。

「牢屋?」

玉順は、小さく呟いたが、それっきり、黙りこくって駅まで歩いた。〈いい機会だ。あのことを彼女に話すべきだ、課長に賄賂を使って、工作すれば、或いは助かるかも知れないということを!〉僕は、なんどもなんども、そう心に囁いた。そして事実、駅までの間にきっかけを作ろうとした。しかし、玉順は黙り続けている。そのことを話すのは、苦痛だった。僕が賄賂を欲しがっているように、思われるのが嫌なのだ。

「あなたは、僕が鬼のような人間に見えるでしょうね。なにも僕だって、こんな仕事はしたくないんですよ。しかし、絵だって自由にかけない時代なんです。……いまの僕は、立派な絵が一つ描きたいんだけれど、とても駄目です」

僕は、心で思っていることとは別に、そんな愚痴めいた言葉を、ときどき吐き出しただけだった。そして、とうとう課長に対する工作については、一言も切り出さないでしまった。——帰りの汽車の中で、僕はぼんやりと瞳を窓の外に向けながら、無性に腹立たしくなってきていた。信念を枉《ま》げない薛鎮英は立派だと思いながらも、僕の好意を理解して貰えなかったことが、妙に口惜しいのである。僕は自嘲めいた笑いを浮かべた。その笑いは、唇を歪めながら、強い自己嫌悪に誘ってゆく。列車の振動に身を委ねていると、急に自分という存在が、あやふやになってきて、なにか谷六郎という人間の形骸だけが汽車の座席に凭《よ》りかかっているような、そんな不安すらおぼえた。

　課長は報告を待ちかねていた。四日間も泊り込んで粘り抜いたことについては、一言の犒《ねぎら》いもせず、ただ結果が不首尾だと聞くと、顔色を変えて怒った。

「なにが親日家だ！　きっと、民族主義者に違いない！」

　課長はプリプリしていたが、係長を呼んで相談し、

「部長に話して、今後の方針を決めることにする。ちょうどいいケースだから、一応きみはこの問題から離れて、残った仕事を続け給え」

　と僕に命じた。まるで僕の優柔不断が創氏改名を阻《はば》んでいるのだ、といわんばかりの口吻だった。正直な話、内心僕はほッとしたような安堵を覚えた。これ以上、薛鎮英に会わなくても済む、と考えたからだ。だが課長の表情が、裕川仁という若い鮮人を撲りつけていた、あの憲兵の顔つきに似通っているのを知ったとき、僕は安堵とは別に、くろぐろとした危惧を感じた。

　なぜだか、全鮮における創氏改名の実施は、八割台に達すると、ピタリと止っていた。創氏改名をしない人々は、これも奇妙なことに地方の地主だの、牧師だの、医者だのとい

う有力者ばかりなのである。課長は、薛鎮英のことを、だから「丁度いいケース」と言ったのだった。創氏改名を完遂するために、課長は薛鎮英を槍玉にあげ、残りの創氏改名しない朝鮮人たちの、見せしめにする肚に違いないのである。

——薛鎮英に、懇談したき儀これあり、ご足労ながら来る二月五日正午、道知事室に出頭されたし、という公文書が発送されたのは、それから十日ぐらい後のことだったらしい。調査の結果、薛鎮英は、京畿道内でも一、二を争う大地主で、しかも歴史を持つ旧家であり、朝鮮民衆にも影響力の大きい、微妙な存在であることが判ったのである。それで道知事が、直接あって説得してみようということになったのだった。破格の待遇というより、寧ろ当然すぎる措置である。よく知らないが、課長は薛鎮英を民族主義者、反日家だと早合点して、極秘に調査させたらしい。でもなにひとつ、そんな答えは出ず、聊《いささ》か慌てた課長が礼儀にやかましい朝鮮人の誇大主義を利用して、知事に説得させれば創氏改名の体面も保てるだろうと、芝居の筋書をかいたということだった。

薛鎮英は、朝鮮服で道庁にやってきた。僕に珍しく面会人だというので、廊下へ出てみると彼であった。温和な顔が、寒い風の中を歩いてきたせいか、血の気を喪って厳しい表情に見える。彼はもう、何のために呼ばれたかを知っていた。僕は人目に立たないよう、

わざと一階の小使室へ案内して、

「薜さん。もう一度お願いします。創氏改名は、もう法律と同じなんです。日本風の二字姓にするだけで、みんなが円く治まるんです。族譜は、そのまま記録して行けば、いいじゃアありませんか……」

と、必死になって最後の説得にかかった。

悲劇は、もう大きく薜鎮英の体を押し包み、その不吉な黒い翳を不気味に拡げているのだ。歯の浮くような、おざなりのことしか僕には言えなかったが、この珍しく素朴で、善良な朝鮮人を、不幸にするに忍びない。彼が戦えば戦うだけ、周囲の薜一族は悲劇に蔽われて行くのであった。でも薜鎮英は、

「やはり、そのことでしたか」

と、低く呻くように呟いただけであった。そして彼の瞳には、最早なにものにも揺がぬ不敵な決意が示されているのだった。僕は、彼の体を摑んで、思い切り揺さぶりたいような衝動を覚える。「ばかッ！」と怒鳴りつけ、力ずくでも創氏改名届に捺印させたいような、奇妙な衝動にも駈られる。

……この日、薜鎮英が創氏改名を承諾しなければ、玉順の婚約者であるセブランス医科大学のインターン学生、金田北萬は、政治思想犯の容疑で病院から拘引される手筈なのだ。

だが、そのことは薛鎮英には、洩らせない秘密であった。彼が信頼する日本人の名にかけても！　僕はその日の朝、係長からその計画を聞いたのである。

薛鎮英は、道知事室に丁寧に案内され、やがて料亭に導かれて昼食を摂りながら、知事から手をかえ品をかえ説得された。でも徒労であった。僕には結果は判っていたが、その話を聞くと、万事休すだと思った。既に仕事は僕の手を離れている。傍観するより方法はないのだ。

〈だが、あの男を不幸にしたのは、僕自身ではなかったのか？　僕が世間知らずだったからではないのか？〉

憂鬱な僕にひきかえ、四時すぎに微醺《びくん》を帯びて帰ってきた課長は、仕事がうまくゆかなかったにも拘らず、なぜか上機嫌だった。

「なにしろ、親日家の評判の高い男だしね、あまり高圧的に出て軍部からチョッカイ出されるのも不味《まず》かろうという知事の意見だ。まア、周囲からジワジワやるさ、いろいろと作戦も立ててあることだしな」

係長を相手に、課長は目尻に皺を寄せる。ひどく嬉しそうだった。

「一課長のぶんざいで、知事閣下と親しく話し合えたというのも、薛鎮英のご利益だなア、言ってみれば。しかし、こんどのことで、すっかり知事閣下に気に入られちゃってねエ、今夜、これから新町にお供を仰せつけられたよ……」

などと、傍若無人に笑い声を立てているのだ。新町というのは、京城の花柳界である。その話しぶりは、ひどく僕の癇に触った。

他人の不幸を尻目に、自分の立身出世にだけ腐心している男。それに相槌を打ち、お世辞をふりまく係長。どいつもこいつも、僕の気に喰わない連中ばかりだった。僕は、腕時計を見た。そろそろ、玉順の婚約者である金田北萬が拘引され、憲兵隊のサイド・カーに乗せられている時刻だった。

〈寒い訊問室で、玉順の婚約者は手荒い仕打ちを受けるだろう、しかも架空の容疑で〉

僕は湧いてくる義憤めいたものに耐えようとして、また窓際に歩み寄る。そして総督府の建物の背後にそそり立つ北漢山をみる。その山の岩膚には、南総督の発案で、「内鮮一体」という文字が大きく彫り込まれている筈だった。しかし、その窓からは、文字は見えない。荒削りの黒い絶壁のところどころに、雪が白く積っているのが見えるだけだ。

〈なにが知事閣下だ……。なにが内鮮一体だ……〉

壁に両手を押しあてて、上半身の重みを腕にかけながら、僕は大声で喚き散らしたい誘惑に耐えた。身動きのとれない圧迫感が、体の隅々の末梢神経にまで伝わってくる。深い底知れぬ泥沼に陥ちこみ、足掻いているような苛立ち。なにもかも行き詰ったというような不安。孤独感。でも僕に、いったい何ができるというのであろう。僕には、薛鎮英は救えないのである。

薛玉順が、婚約者の金田北萬が拘引されたと知って、単身来城したのは一日おいた二月七日のことだった。憲兵隊へ出頭したが、取調べ中で面会はできないという冷たい返事だった。むろん、どんな理由で取調べているのかも教えて貰えない。思いあまったように、玉順は道庁に僕を訪ねてきた。ふだんでも白い顔が、怒りのために蒼ざめていて、ひどく昂奮している風である。彼女はなにも言わなかったが、その眼は僕を責めていた。僕はたじろぎ、罪の意識に、ずたずたに虐《さいな》まれた。

父親は一昨日の夜から、風邪をぶり返して寝ついているのだと彼女は言った。

「心配すると思って、父さまには知らせずに黙って出て来ました」

玉順は、よほど憲兵隊で冷たくあしらわれたらしく、もう涙声になっていた。

僕は、口も利けなかった。ありきたりの言葉で、彼女を慰めることはできないと思ったからでもある。僕は課に戻り、係長に外出する旨を伝えてから、黙って外套を着た。火鉢にあたりながら、玉順は廊下で待っていた。

「僕が憲兵隊に行ってみましょう」

僕は、ポツンと言った。行ったところで、どうなるものでもない。だが玉順は自分の婚約者が拘引されたことが、創氏改名に関係があるのだと、女性らしい本能で嗅ぎとっているのだ。このまま彼女を突き放すことは、僕まで疑われることになる。それは耐えられない屈辱だった。だから僕は、彼女のためというより、寧ろ僕のために憲兵隊へ行く気になったのである。

まだ京城の街には、物資不足を伝えられながらも、タクシーが走っていた。僕は、ちょっと途中で家に寄ってから、今夜は叔父の家に泊るという彼女を、蛤町までタクシーで送って行った。そして憲兵隊へ車を走らせた。憲兵隊は、長い赤煉瓦の塀に囲まれて、竜山駅前にいかめしく建てられた兵営の一角にある。ここへ来るのは、三度目だった。いずれも、他人のことで。

「軽い思想犯ですよ、ハハハ……」

憲兵は、僕の名刺を眺めながら、意味あり気に笑い声を立てた。総力第一課の人間だと知って、相手は安心したようである。金田北萬を拘引する事情を、僕がよく知っており、そのために打合わせに来たものと勘違いしているらしい。婚約者が心配してわけを聞きに来たので……と僕が言うと、相手は膝を乗りだして答えた。

「いよいよ、思う壺ですな。明日はひとつ、その娘の前でいじめてやりましょう。なあに、わけはないです。朝鮮人という奴は、血が嫌いですからな。男に鼻血ぐらい出させれば、アイゴーと卒倒しますぜ。お父さん、あの人を助けてあげて……てな工合で、わけもなく父親もコロリですよ」

僕は、目の前が暗くなるのを感じた。眩暈《めまい》である。暗くなった網膜に、こんどは白く突き刺さってくるような光が霞のように漂い、かと思うと顳顬《こめかみ》あたりから虹のような色彩の渦が、やつぎばやに立ち罩《こ》め、立ち罩めしてきた。腹のあたりに、何故か生臭い塊りができて、その匂いが咽喉のあたりに這い上ってくるような、不快な気持だった。僕は蹣跚《よろめ》きながら立ち上る。この息苦しい、虹をともなった眩暈から、早く逃れたいと思ったのだ。

「明日、改めて伺います」

咽喉に、声がひっかかった。眩暈は、なかなか治まらない。いや、かえって立ち上ったために、後頭部を痺れさせて、さかんに虹の輪を瞼にちらつかせる。一礼して、僕はゆっくり歩き出していた。これ以上、残酷な言葉を聞きながら、応対することは苦痛である。

僕は額に脂汗が、うっすらと浮いているのが、歩きだして自分でも判った。

「明日は、薛鎮英も来るでしょう。今日、金田北萬の父が迎えに行った筈です。たしかな身許引受人がおれば、帰してやると言ったのですよ。未来の妻の父なら、たしかな身許引受人だと言ってやったら、金田の父親は、わけもなく喜んでましたよ、ハハ……」

憲兵は得意そうに、僕を室の外まで送ってきた。浅黒い、軍人特有の皮膚の匂いは、むかつきたいばかりである。

「そうですか」

僕は返事した積りだったが、それは声にならなかった。僕は外套の襟を立て、激しい北風の街をぐんぐん大股で歩いて行った。外の風にあたると、眩暈はケロリと治っていた。京城の街は、また雪になりそうである。灰色の煤けたような空の下で、街は無表情に続いている。行き交う人々の顔も、僕にはひどく疲れ切って見えた。

〈夢がないのだ。だから乾いている。疲れている〉僕は呪文のように呟きながら、電車にも乗らずに歩き続けた。

……予定の筋書通り、その翌日、薜鎮英は高熱をおして来城した。玉順と金田北萬の婚礼は、一週間後に迫っていたのである。さっそく憲兵隊に出頭して、引き取り方を申し出て書類に署名した。憲兵は書類をのぞきこみ、

「日本名がある筈だ。公式の書類には、日本名を書いてくれ」

と、突っ返した。芝居の台本は、すでに出来上っていたのである。創氏改名してないのですが、と薜鎮英がわけを話しても、「それでは困る」の一点張りだった。

「あなたも、娘婿は可愛いでしょう。幸いここには、手続きの書類も用意してあります。ここで創氏改名しなさい。そうしないと引き取り上の手続きが出来ないのです」

もう、薛鎮英には、相手の魂胆がハッキリ読みとれ、頑《かたく》なになっていた。

「一晩、考えさせて下さい」

太い吐息と共に、彼は立ち上った。鉛のように、足は重い……。

ところでその日、僕は勤めを休んだ。また勤め先に、薛鎮英か玉順が、訪ねて来そうな予感がしたからだ。だが、休んでも無駄だった。昼すぎに、姉の子供が、

「兄ちゃん、お客さん!」

と言うので、玄関へ行くと、父娘が暗い表情で立っていたのである。僕は途端に、息が詰るような気がした。

「道庁へ行ったら、風邪でお休みだと教えてくれましたので、お病気のところ、大変申し訳ありませんが……」

薛鎮英は、日頃の落着きを失って、恐縮したような表情で、おどおど頭を下げるのだ。僕は玄関脇の応接間に通して、ガス・ストーブに火を点けながら、罪人が裁きの場に引きずり出される思いであった。でも、やっぱり来てくれたか、という嬉しさも胸の片隅で疼いていたのである。

薛鎮英は、重い口調で、憲兵隊でのやりとりを話し、娘婿を救うためには、どうしても、創氏改名しなくては駄目だろうかと、僕に言った。憐みを乞うような、訴えるような瞳の

色である。

「誰か、創氏改名した人で、身許引受人はいないのですか」

僕は訊いた。それは金田北萬の父親が、さんざん手を尽しても受付けられなかったのだという。

〈なるほど、そうだろう〉と、僕は頷いた。彼を拘引したのも、狙いは薛鎮英の創氏改名にあったのだから。薛鎮英は、京城帝大の歴史学教授から、南総督宛に嘆願書を出して貰ったが、それっきり返事がないと語った。

「谷さん。この問題で、あなたは本当に親切にしてくれました。その上、こんな相談に来て済まないです。でも、どうしても、あなたに相談するしか……」

薛鎮英の、その言葉は嬉しい。だが、事態はもう僕の手の届かない所に来ている。憲兵隊を工作仲間に引き入れた以上、おそらく賄賂を使っても、この歯車の動きを止めることはできない。僕は、うなだれた。〈やはり、あのことを教えた方が、本当の親切ではなかったのか〉うしろめたい気持も手伝って、僕は用もないのに、何度も台所に立った。

しかし、この期に及んでも、創氏改名をせずに済む方法がないわけではない。それは唯一つ、南総督の裁決だった。総督が、特例として薛一族の創氏を免除してくれればいいのである。

「それは駄目です。南さんは、いま東京へ出張でしょう？　婚礼には間に合いません……」

淋しそうな声で、薛鎮英は笑った。去年の十一月に、はじめて会ったときより、鬢のあたりに白毛が殖《ふ》えたようだ。高熱のためか、ときどき肩で息をするのが、いたいたしい。頬の肉が、げっそりと窪んでいた。心労のせいであろう。しかし、窶《やつ》れてはいても、七百年の歴史に培われてきた、一種の気品のようなものは、決して崩れていない。

「もう、私は自分では、どうしたらいいか、判らなくなりました。……だから、玉順に決めさせます。この子の、言う通り、思う通りにしてやりましょう。ハハ……」

ややあって、薛鎮英は、決心したように呟いた。玉順は、小さな手帛《ハンカチ》を、はじめ瞼に押しあてていたが、その父の言葉をきくと、ワッと泣き伏してしまった。茶の間から、姉がびっくりして応接間をのぞきにきたほどの、大きな泣き声だった。嗚咽のたびに、水色のセーターが揉むように波打つのである。

「玉順。北萬は、お前の夫になる男だ。お父さんと、北萬と、どっちでも選べ。お前の言う通りに、お父さんはしてやるよ」

薛鎮英の声音は、顫えを帯びていた。

……そのときこの親日家の胸中に萌《きざ》しはじめ、燃え熾《さか》りはじめていたものは、一体なんであったろうか。祖先を思う一念よりも、七百年の族譜よりも、もっと尊い、朝鮮民族の誇りにかけてもといった気持は、働いてなかったであろうか？　日本政府の陰険な、卑劣な仕打ちに対する怒りは、こめられてなかったろうか？　僕は、慄然とした。薛鎮英は、悶えるように嗚咽する愛娘の背中を、しばらくは眺めやる風情であったが、しかし僕が気づくと、その瞳はうつろなもので包まれ、唇だけが強く引き緊められていた。僕は居堪らない気持で、玉順の低い嗚咽を聴いた。体の髄深く、鋭く突き刺さってくる嗚咽であった。

金田北萬への拷問は、日増しに激しくなった。柔道場で気を喪うまで投げられたり、鞭打たれたりした。金田北萬の父母や兄弟たちは、薛鎮英を呪った。金家は全羅北道全州の名家で、疾うに金田と創氏改名していた。族譜もなく、その方が病院を経営するのに、好都合だったからでもあろう。ただ男の子は北萬だけだった。その北萬を殺す気かと、母親は気も狂わんばかりに号泣し、薛鎮英に創氏改名を迫った。しかし、金田北萬に救いはなかった。

薛玉順は、婚約者の体より、父の家系を択んだのである。

金田北萬は、ただ真面目で、甘やかされて育った医科大学生であったに過ぎない。自白しろと言われても、材料もなかった。はじめから無実なのである。

しかし憲兵たちは、予定の筋書が狂ったことの腹立ちも手伝って、

「お前は民族主義者だろう！　朝鮮の独立を望んでいるだろう！」

とかわるがわる、徹夜で虐《さいな》み続けた。この華奢な青年は、なぜ急に自分が、そんな嫌疑をかけられたのか、判らない。

撲られ、首を絞められ、気を喪うと冷水を浴びせられながら、金田北萬はただもう眠りたい一心だった。頭の芯に、腐敗した瓦斯《ガス》が充満しているようで、もう何も考えられなかった。眠りたい欲望だけが、彼を支配した。現実の苦痛から逃れたい一心で、彼は憲兵のさし出す調書に拇印を捺した。ガックリとなった。

その時になって、始めて憲兵は、彼に憐れむような好意を見せた。そして彼が、薛鎮英の創氏改名のために、利用された小道具にすぎないことを教えたのである。金田北萬は、薛鎮英を恨み、玉順を恨み、憲兵を憎み、そして日本を憎んだ。こうして、一人の民族主義者が誕生したのである。火の気のない冷たい独房で、薄い毛布にくるまってガタガタ震えながら、金田北萬は、すべての日本人を呪った。事実、この時から彼は、反日の心を燃やしはじめたに違いないのであった。（釈放されたその日の午後、金田北萬は、京城郊外の志願兵訓練所に入所させられた。むろん強制志願である。彼の名簿には、赤い丸がつけられ、教官となった下士官《［ママ］》たちは、この青年に思う存分ヤキを入れた。生傷の絶え間はなく、家族への面会は愚か、手紙を書くことすら許されなかった。でも、金田北萬は、昔の彼ではなかった。同じような思想と経験を持つ若い鮮人の青年は、この訓練所にはウヨウヨいた。彼が同志たちと共謀して、集団脱走をはかり、捕えられて獄死したのは、それからずっと後のことである。）

薛鎮英には、第二次の工作が始まっていた。末娘であり、妻を失ってから掌中の玉のように可愛がっている玉順を、その頃でも珍しい婦女子徴用工として、仁川造兵廠に強制収容しようという計画である。もちろん、玉順一人だけを特別に択びだすわけに行かないので、附随的に、界隈の小作人の娘たちも、徴用工の対象として駆り出されることになっていた。

——僕が、その計画を知ったのは、偶然だった。係長の留守に、書類を届けに行って、「薛玉順以下七十名の徴用に関する試案」という、起草しかけの文書を発見したからである。中身を読まなくても、僕には、すぐピンときた。

その夜、僕は薛玉順に、速達を書いた。そして早く就職した方がいいと、僕は奨めた。ところが折り返し来た彼女の手紙では、就職先のあてはないという。でも、まごまごしてはおれなかった。そして思いついたのが、薛鎮英が小作米を献納した陸軍倉庫である。

陸軍倉庫には、中学時代の友人が、何人か勤めていた。僕は訪ねて行って、上司を紹介

してもらい、

「実は薜鎮英の娘が、陸軍倉庫にでも勤めてご奉公したいと言っている」

と話した。裏の複雑な事情は、なにひとつ説明しなかった。

「おう、二万石献納の薜鎮英か！」

相手は彼を憶えていたので、話は簡単だった。職務はいくらでもあるという。その日のうちに話は決まり、玉順は次の月曜日から勤めることになった。トントン拍子という言葉があるが、僕はこの時ほど楽しかったことはない。徴用先に予定されていた仁川造兵廠は、三八式歩兵銃がつくられているという話だった。どんな工場かは知らないが、創氏改名の工作に利用される位なら、玉順などには勤まらないような職場であろうことは、はっきりしている。僕自身、十日間の徴用に音を上げて、道庁へ就職している位なのだ。彼女に、そんな辛い思いをさせ、日本の卑劣なやり口を恨まれることは、忍べない苛責であった。

「どうして、名前だけのことなのに、そんなに目の敵にするんですか？　なにか、父さんが悪いことしたんですか？」

蛤町の叔父の家に寄寓して、陸軍倉庫へ通勤するようになったある日、彼女は就職のお礼を言いに来て、ちょっと皮肉のように僕に抗議した。玉順の話によると、幸い彼女だけは陸軍倉庫の事務員として就職しているので徴用を逃れたが、その他の娘たちは、造兵廠に送られ、粗末な宿舎と食事と被服だけを与えられて、馴れぬ仕事に油まみれになって働かせられている、ということであった。「病気になっても帰して貰えない」と、玉順は、自分だけが楽な仕事をしているのが、申し訳のないような口吻なのである。彼女には、自分の家の小作人の娘たちが、自分の父の犠牲になっていることが、よく判っていたのであろう。

しかし僕は、この第二次工作の被害を、未然に防いでやったことで、なにか胸に痞《つか》えていたものが、すうーっと下りたような気持がしていた。造兵廠に送られた女子徴用工の中に、肝心の薛鎮英の娘が含まれていないと知ったときの、課長や係長の意外そうな顔。それを思いだしただけでも、僕はひそかに復讐を仕遂げたような快感を覚えるのだ。

その頃となっては、創氏改名は最早、法律ででもあるかのようであった。そうして、この政策は全鮮に殆んど徹底したようで、警官たちは各民家を廻って標札が書き改められていないと、「牢屋へ入れるぞ」と、至極当然のような口を利いた。創氏改名を渋っていた地方の有力者たちも、しないと反日主義者のレッテルを貼られ、供出にしろ、税金にしろ、すべてに不利になると脅かされて、あきらめたように標札を書き変えていた。薛鎮英の娘婿が、投獄され、志願兵訓練所に入れられたというニュースが、密かに伝わっていたからでもある。

しかし薛鎮英は、創氏改名が法律で定められたものではないことを、よく知っていた。当局としては、薛鎮英だけのために、創氏改名を立法化することは威信にかかわる。それは日本政府が、薛鎮英のために、敗北したことを意味するのだ。従って、あくまで立法化せずに、彼に創氏改名させようと、必死になっていた。なにも創氏改名を承諾しなかったのは、彼一人ではない。全北知事の孫永穆、慶北知事の金大羽なども、最後まで創氏改名をしなかった人達である。でも、それらの人たちは、薛鎮英のように民間人ではなく、行政官庁に勤めていたため、巧みに特例を認めさせたにすぎない。不幸なことに、彼は権力のない民間人であったのだ。

……そのころになると僕は、ときどき、生きている自分というものに、強い疑問を抱くようになっていた。自分が判らないのである。凡てが茫漠として、希望は喪われたかのようであった。心の支えとなるものは、なにひとつない。それなのに僕は、徴用されることもなく生きている。毎日毎日が、黙っていても過ぎてゆく。

僕は、ややこしい書類を作製しながら、ふと顔をあげて周囲を見渡してみる。京畿道庁総務部総力第一課第三行政係。そこに、谷六郎という男が坐っているのだ。そして隣の机の男も、真向いの机の男も、同じ仲間として僕を眺めている。課長から係長へ、係長から担当課員へ伝わってくる命令を、なに一つ疑問を持たず、鵜のみにして機械のように働いている。それでいて、なんの屈託もなさそうなのが不思議だ。

〈おれは、機械にはなれない〉僕は、そう呟く。異質な自分を感じる。でも、僕も歯車の一つになっているのだった。これは一体どういうことだろうか。矢張り僕も、立派な機械なのか。僕は不意に、あの眩暈に似た、いやアな、低く澱み澱みしながら拡がった、暗い虹の色を思い浮かべる。鉛のように重たく、疼くように激しく、僕の周りを取り巻いている、黒い渦。僕は、この渦から逃れられない。自分の感情は釘づけにされたまま、深い沼の底へ引き摺り込まれて行っている。

〈こんな時代に、考え、苦悩する方が狂っているのだ〉

僕は、そんなことを、ぼんやり納得していた。考えること、批判すること、それらは自分の身に逆に突き刺さってくる鋭い棘だった。だからこそ、禁忌《タブー》なのだ。その頃、僕に必要なのは、仕事への完全な惰性であった。忠実な官吏でありたいと、僕は希った位である。

「この度は、娘玉順のことにつき、色々と親身も及ばぬご配慮を忝うし、このご恩は決して忘却いたしませぬ。貴方のご好意は、生涯の喜びとも申すべく云々」と、薛鎮英から漢文体の達筆な礼状と共に、巴旦杏《はたんきよう》の籠が届けられたのは、六月に入った頃であった。玉順が陸軍倉庫に勤めだして、間もなくである。

僕たちは、五月一ぱいで創氏改名の仕事を終り、こんどは国語常用運動という任務に就かせられていた。国民学校から朝鮮語の教科書は、すでにのぞかれていたが、更に新聞をはじめ凡ての刊行物を廃止し、どこでも日本語を使用するという運動なのである。

朝鮮語を使う者は、戦争非協力者であり、反日主義者である。皇国臣民はすべからく、日本語を常用すべきである。……大体、そんな一方的な発想から、「皇国臣民の誓詞」という馬鹿馬鹿しい呪文が、つくられたのであった。

「一ツ、私達ハ、大日本帝国ノ臣民デアリマス」「一ツ、私達ハ、心ヲ合ワセテ、天皇陛下ニ忠義ヲ尽シマス」「一ツ、私達ハ、御国ノ為ニ、立派ナ日本人ニナリマス」という文句は児童用の「皇国臣民ノ誓イ」である。このほかに大人用の誓詞があった。「一ツ、我等ハ帝国臣民ナリ。忠誠モッテ皇国ニ報ゼン」といったような三箇条の文句だった。

僕たちは、この三箇条を、人が五人集まればこれを斉唱し、一切の儀式の前には全員これを唱える習慣を、普及しろと命じられた。この呪文を唱えているうちに、日本語常用の熱がたかまり、愛国思想が徹底されるというのである。またしても僕には、どうにも馴染めない仕事であった。

薛鎮英の手紙を判読しながら、僕はその後どうなっているのだろうと思った。彼を救えるものなら救ってやりたい、という気持は相変らず心の片隅にある。だが上司が、どのような次の手を打とうとしているのかは、その仕事を離れた一課員の僕には、判らないのだ。判らないから、僕は、微かに苛立つ。子供の頃、僕は郊外で、蛇が嬲《なぶ》り殺しにされているのを目撃したことがある。生きたまま皮を剝がれた蛇が、草の上を苦しそうにのたうち廻っていた、あの凄惨な光景。それが思い浮かべられてならないのだ。

いまの薛鎮英の姿に、僕はこの蛇を連想していた。そして、皮を剝ぐのを手伝ったのは自分である。その蛇は、草の上から埃っぽい道に落ち、藻掻きながら泥まみれになって死んで行った。薛鎮英は、いま、のたうち廻っているのである。固く拳を握りしめ、ハッと息をのんだまま凝然と突立っていた幼い頃と同じように、僕は薛鎮英の苦しみをただ傍観するばかりなのだ。

彼が、創氏改名を承知さえしたら、ことは凡て円満に解決するのだった。だが、法律化されない限り、彼にはその意志はない。薛鎮英には、いまや七百年の薛一族の誇りがあるだけなのだ。彼の敗北は、一族の敗北であり、朝鮮民族の敗北だった。五千年の歴史をもつ民族の歴史をなくされ、三千万という民衆の言語と文字を奪われ、更にその姓名まで取り上げられようとする瀬戸際なのである。

薛鎮英は、意地になって、族譜を護り抜こうとしていた。「法律ではない。私は自発的に創氏改名する気はない」というのが、彼の言い分なのだ。だが当局にしてみたら、その言い分が尤もであるからこそ、腹が立つのであろう。勝敗は始めから判っていた。奇蹟の行われぬ限り、である。

――そうだ。勝負は最初から見えていた。僕は薛鎮英に、怯えるような灰色の死の翳が、次第にその色を深め、やがて黒い喪章に変りつつあるのを、漠然と感じとっていた。それは始めから助からない、重症患者だったのだ。僕は手術を主張した。でも患者は、手術を厭がったのだ。僕はカンフル注射を打ち続けながら、ただその生命を僅かに長らえさせたにすぎない。〈でも、俺は、強引に手術すべきではなかったろうか?〉

僕の予感は、不幸にも的中した。意外にも早く、それは的中したのである。

『チチシス「六ヒソウギ ス」ヘイ』

電報は、暁方に配達された。昭和十六年十月二日の朝のことである。僕は寝呆け眼をこすりながら、義兄からその電報を受け取った。そして電文を読み下しながら、不吉な予感に、なぜか指先が顫えた。

「六日に葬式を出すというのに、電報を寄越すなんて、人騒がせな奴だな」

義兄は笑いながらそう言った。僕は、返事をせず起きてカーテンを開けた。窓の外は雨だった。夏が終って、京城の街はほッと一息ついたところである。官舎の庭に植えられた葡萄が、青い大きな実をつけて、涼しそうに雨に濡れていた。ぼくはその後、玉順から連絡もなく、夏の盛りに薜鎮英から、見事な成歓真瓜や、二十世紀を送ってきたりしたので、なんとかうまく納まってしまうのではないかと、考えたりしていたのだ。

〈いや、病気だろう〉

僕は、不吉な空想を払いのけながら、自分に言い聞かせた。あれだけ強情一徹な男が、自殺する筈はない。自殺したとしても、それは創氏改名の所為ではないだろう。もしそうだったら、父を殺した片割れである僕に、玉順が電報を打って寄越す筈がない……。

その日、僕はいつもの通り、姉のつくった弁当を、義兄のお古の手提鞄に入れて、雨の中を出勤した。午後から僕は、学務課の男と国語普及の講習会のため、開城へ出張することになっている。課長は十時ごろ、宿酔みたいな顔つきで出勤してきた。出張予定表にハンコを貰い、旅費を出して貰うため伝票をもって、僕は課長のところへ行った。

「ご苦労だね、谷君」

課長は、刷毛で印鑑を掃除しながら、いつになく笑顔をみせた。そして勿体ぶった手つきで、書類にハンコを捺すと、

「ああ、そうだ」

と僕に顎をしゃくるのだ。課長は椅子の背に首をもたせるようにした。それは彼が、自分の手柄話を部下に聞かせるときの一つのポーズだった。

「は？」

と、僕は答えた。

「きみが手古摺《てこず》っていた、あの男な。……ホラ、献納米の」

僕は、耳を疑った。課長が、彼の死を知っているとは、意外だったからだ。

「薛鎮英ですか」

「うん、そうか。その薛鎮英。とうとう九月三十日に、創氏改名したそうだよ。昨日の昼に、道庁へ報告があった。さんざん、苦労させやがったがな。……これで京畿道は、完全に十割目標を達成できるわけだ」

「彼が……創氏改名ですって？」

僕は、ごくりと唾を嚥み下した。そんな莫迦なことがある筈がない。玉順から、死んだという電報を受け取ったばかりではないか！

「ほう、驚いたかね！　課長のわしが、知事閣下に出馬して頂いて、乗り出した仕事だよ。谷君。きみは、わしにも出来ないと思っていたのかね？」

課長は、目を細めた。そして給仕の運んできた茶を啜った。僕は、また眩暈を覚える。

慌てて僕は、課長の机に両手をついた。

「そんな、そんな筈はありません！　薛鎮英は、死にました」

「えッ、死んだア？」

相手は、流石に愕いたように、上半身を急に起した。ちょっと顔が強ばっていた。

「きみ、それ本当かね？　原因はなんだ。自殺か？」

課長は、急き込む調子できいた。その相手の狼狽した表情を見たとき、僕には、なにもかも事情が判ったような気がした。それを聞いて係長が立ってきた。

「薛鎮英が……本当かい？」

係長は、声を押し殺して言った。そして独語のように呟いた。

「まさかなア」

「死んだのは本当です。でも、病気か、事故かは判りません」

僕は、二人の男たちを見た。思わず強い口調になっていた。二人は顔を見合わせ、一瞬、不安そうな色を漂わせる。〈そうだ。この男たちが殺したんだ〉僕は直感した。なにか次の工作の手を打ったのだ、こいつらが。おそらく僕の眼は、咎めるような、強い色になっていたのであろう。課長は鼻の先で、フンと笑うような仕種をして、僕の視線を撥ねつけた。そしてまた、椅子の背に首をのせた。そして天井を見やりながら、言い放ったのである。

「あんな非国民が死んだって、線香の一本も上げられるもんじゃァない。なア、係長」

僕はカアッと逆上《のぼ》せた。体が、怒りのために震えた。体の周囲に、白熱性の閃光がひらめいたような気がした。思わず握りしめた拳が、激昂のためわなわなと戦《おのの》いた。どうにも今の課長の言葉だけは、許せない気持がした。

「課長！　今の言葉は、取り消して下さい。薛鎮英は、日本人の誰よりも、立派な人間です。少くとも、僕たちよりは」

感情が激してきて、声が次第に大きくなってくるのを、どうしても僕は抑えられなかった。課長は、むッと気色ばんだ。

「谷君。僕たちというのは、わしのことも入っているのかね？」

「……死んだ人間を、冒瀆するのは止めて下さい。彼は非国民ではありません」

あまりにも激しい僕の剣幕に、課員たちは愕いて、立ち上りかけたりした。課長も少し狼狽して及び腰になったが、やっと気を鎮めたかのように、回転椅子にがたんと腰を落した。そして小憎らしく微笑した。落ち着きを示すような、無理につくった笑いだった。頭に血管が青く浮き、唇のあたりがピクピク痙攣している。

「ホウ！　そんな立派な人間が、なぜ創氏改名などで手古摺らしたんでしょうかね。立派な人間とは、そんなものかねえ」

僕の怒りを、はぐらかすような口調が、口惜しかった。〈怒ってはならない。そんなことを、言ってはいけない〉心の片隅で、何者かが懸命に僕を、引き留めようとしているのは知っていた。今、僕のしていることが、非常にまずい影響をもたらすであろうことは、よく判っていた。でも、課長たちが薛鎮英に創氏改名させた以上、そして現に彼が死んだという電報が来ている以上、そこに、僕には、量り知れない陰謀が働いていたことは、明らかである。

そのことを、僕は指摘したかったのだが、それはうまく言葉にならなかった。課長は、課員たちをジロリと一瞥し、僕を無視したように眼鏡の玉をハンカチで丹念に拭いはじめるのだ。僕はまた、あのいやアな眩暈に襲われていた。目の前が昏《くら》くなり、後頭部から急激に血が降下して行くような感じである。

「課長は創氏改名にだけ拘泥《こだわ》って、彼の家の族譜をご覧にならないから、そんなことを言うんです。一体、彼のどこが非国民ですか？　非国民が、頼まれもしないのに、一年分の小作米を献納したりしますか？　非国民というのは、こんな時代に、明治町の女給を妾に囲ったりしている人間を言うんです。そんな愚劣な、出世主義の男に比べたら、薛鎮英ははるかに立派です。僕は、そう言ったまでです」

係長は、顔色を変えた。そして僕の体を押しやるようにしながら、

「なにを言うんだ、谷君！」

と、低く制止した。係長は、課長の方を不安そうに窺った。〈ああ、やっぱり言ってしまったな〉と、僕は思った。自嘲めいた笑いがこみ上げてくる。でも、この職場を棒にふる肚が決まると、不意に眩暈が消えて冷静さが甦ってきた。僕は、係長の手をゆっくり払いのけ、血の気を喪って立ち上り、言葉を必死に探している課長の顔を見やってから、

「係長！」

と呼んだ。

「係長。あなたは、何かを誤解してる。僕がいつ、課長のことを申したでしょうか？　それとも係長は、課長が明治町の女給を妾に囲っている非国民だとでも、仰言りたいんですか。ですが、課長はそんな方ではない筈ですよ。朝鮮軍に二万石の米を献納した男を、非国民だと極めつけるような方ですからね。よほど立派な方でなければ、そんなことは言えない文句ですから、ね」

思いのほか、言葉はすらすら出た。係長だけは、課長の秘密を知っているらしい。皮肉たっぷりな僕の反撃に、眼を白黒させている。課長の顔は見なかった。だが額に青筋を浮かせ、口も利けず、拳をワナワナと顫わせている様子は、気配でわかった。

「とにかく、僕は薛鎮英の家へ行ってみます。今日は、欠勤ということにして下さい」

僕はどちらにともなく一礼して、自分の席に戻った。そして机の抽出しを整理しはじめ

た。係長は、呆然と突立ったまんま、どうして事態を収拾したものかという風に、落着かぬ視線を僕の方へ走らせている。課の中は、シイーンとしていた。

「谷君！」

憎悪のこもった声で、課長が言った。僕は微笑を浮かべた。

「判ってますよ、課長。僕はもう、今日限りここには来ない積りです。あなたの悪口を言ったから非国民だ、非国民だから辞めて貰うというわけでしょう」

係長が傍に飛んできて、小声で、

「早く謝り給え！」

と言った。僕は、首をふった。急に眼に涙が出そうになった。

「私物は全部整理しました。開城出張は、二宮君にでも代って貰って下さい」

手提鞄をもち、僕は課のドアーを押した。そしてゆっくり、一段ずつ階段を踏みしめて下りて行った。馬鹿な真似をした……という自嘲ともつかぬ感情が、僕を押し包んだ。一生懸命に自分から縋《すが》っていた綱を、僕は自分の手で断ち切ってしまったのだ。だが、いつかは僕の重味を支えきれなくなって、ぷっつり切れるであろうことは承知していた。そのときまで、未練たらしく綱に縋っているより、この方がいいかも知れない。僕は、自分を慰めた。

道庁を出てから、僕はゆっくり、その赤煉瓦の建物を振り返ってみた。いまごろ課の連中は、僕のことを莫迦な奴だと私語しあっていることだろう。〈そうだ。僕は莫迦な男だ！〉でも、不思議に気持はカラッとしていた。なにもかも失ったというより、肩の重荷を下ろしたような、そんな気持だった。僕は雨に濡れながら、光華門《［ママ］》通りを、ぶらぶらと歩いて行った。雨は静かに街を濡らし、樹の葉を濡らし、土瀝青《アスファルト》の道を濡らしている。僕は、いつか玉順が、「北萬と父さんと、どっちでも択べ」と言われて、泣き伏した光景を思い浮かべた。その彼女が択んだ父が急死したのである。彼女の愁嘆ぶりは、想像できる。そのことに心が動きはじめると、やがて雨は僕の心を濡らし、暗く澱ませて行った。

――薛鎮英の死は、予期通り自殺だった。創氏改名が殺した、というよりない。玉順から、涙ながらに彼が自殺するまでの事情を聞いているうちに、僕の顔は忿怒に歪んで行った。自分が日本人だと、大きな顔をしていることが、つくづくと恥ずかしかった。

第三次工作の対象に択ばれたのは、薛鎮英の五人の孫たちである。学年は違うが、孫たちはそれぞれ国民学校で、級長や副級長に選ばれていた。どのように手を回したのか知らないが、当局は教師を使って、その孫たちをいためたのだ。それは一種の、神経戦術というべきものであった。

「おや、このクラスにはまだ日本人になりきれない生徒がいるな？」

というような調子から始まって、終いには、

「創氏改名しないのは日本人ではない。明日から学校へ来なくてもいい！」

という風に、教壇の上から、じわじわと締めつけて行ったのだという。なにも判らない他の生徒たちは、この教師の言葉を楯にとって、薛鎮英の孫たちを、よい機会だとばかりにはやし立てる。大地主の孫だけに、こんな機会でもなければ、いじめられぬのだ。

孫たちは、帰宅するなり祖父の室に駈け込んで、なぜ創氏改名して呉れないのか、と不満そうにきいた。薛鎮英は、最初のうち、しなくともよいのだと教えたらしい。ところが泣きながら帰宅するようになり、挙句の果は、朝になっても学校へ行かないと、駄々をこねて泣くようになった。わけを聞いてみると、先生が創氏改名しない子供は学校へ来るな、と言ったという。二、三日は、なだめすかして登校させた。しかし終いには、皆からいじめられると言って、どうしても学校へ行かないと泣くのだ。

頑是ない子供であった。祖父の意地も、族譜の尊さも知らない。孫たちは、ただただ祖父が創氏改名をしてくれないのが、悪いのだと思っている。また、そのように学校で教え込まれている。さすがに薛鎮英も、五人の孫から責め立てられて、すっかり神経衰弱気味となった。来る日も来る日も、五人の孫が、かわるがわる哀訴嘆願するのである。これでは、神経が参らない方がおかしい。彼には、可愛い孫たちが、あんなに泣き喚いて祖父を

責める以上、学校での迫害がどんなものか想像がついた。孫たちが三日も学校を休んだと知ると、彼は一晩中起きて、なにやら片附けものをしていたらしかったが、翌朝、孫たちを集めて言った。

「さア、お前たちの言う通りにしてやるよ。だから、もう休まずに、学校へお行き！」

孫たちが有頂天になって、登校するのを見送ってから、薛鎮英は面事務所に赴いた。そして「草壁」という日本姓で創氏改名の手続きをすませた。面事務所の役人が書類を見ると、なぜか届主である彼の項にだけ日本名が書き入れてなかった。

「薛さん。あなたは、草壁なんと変えるんですか」

吏員は訊いた。届主の名が空白のままでは困る。薛鎮英は手をふって笑った。

「私の名は、まだ考えてないんです。今夜中に考えますから、家族のだけ、取り敢えず受付けて下さい」

淋しい足取りで、彼は家に戻ったが、それっきり居間に閉じ籠って、夕食まで出て来なかった。遺書をしたためていたのであろう。夕食後のひととき、薛鎮英は家族たちと、いつになく楽しそうに談笑して、孫とふざけたりして団欒の一刻を過した。寝に就いたのは定刻だったが、真夜中、薛鎮英は起き上ると新しい衣服をつけた。そして母屋の裏手にある古井戸に、石を抱いて投身したのである。

死骸は翌朝発見された。飼犬が、古井戸の周りをくるくると吠えて、家族に異変を伝えたのである。玉順はじめ、息子たちにも電報が打たれた。駆けつけた玉順は、冷たい父の遺体に抱きつき、身悶えしながら号泣した。家族が調べてみると、僕に宛てた遺書が一通混っていた。僕に電報が打たれたのは、そのためである。

玉順たちの目の前で、僕は薛鎮英からの遺書を開いた。いまこそ僕は裁かれるのだ、という気持がして、膝頭が小刻みに震えていた。ところが遺書の中身は、意外なことであった。先ず生前の短い交誼を謝し、愚かにも祖先に殉ずる私を笑って欲しいと述べたあと、彼はこんなことを私に依頼してきたのである。

「……私一代にて、伝統ある薛一族の族譜も無用の長物となりたるは、誠に残念なれど、さりとてこの資料を焼却するにも忍び難く候。就きては、よき理解者たる貴下に、その取捨を一任したく、でき得れば京城帝大にでも寄贈方、お骨折り下さらば幸甚これに過ぎたるはなく……」

漢文だから判読であるが、日本文に直せば大体そんな文章になる。つまり薛鎮英は、僕が族譜に感動して、彼のために蔭ながら心を痛めていたことを、理解していてくれたのである。そして、その族譜を京城帝大にでも、寄贈して呉れないかと、依頼して逝いたのである。僕は、熱くなった目頭をおさえた。鼻柱を疼痛が走った。

『昭和十六年九月二十九日。日本政府、創氏改名ヲ強制シタルニ依リ、ココニ於テ断絶。当主鎮英、之ヲ愧ジ子孫ニ詫ビテ、族譜ト共ニ自ラノ命ヲ絶テリ』

とが、その族譜の最後に、彼が記入した諺文の言葉である。

遺骸は祭壇に飾られ、三日おいて葬儀が朝鮮の古式にのっとり、華やかに行われた。花車のように飾りつけた柩を牛に曳かせ、人々はその牛車の上で舞いつつ、死者の霊を慰めた。そして墓地へ、蟻が這うような遅々たる歩みを続けた。哀号《アイゴー》を連呼する泣き巫女の、麻縄をぎりぎり頭に結えた姿や、麻の朝鮮服で柩を守りながら従ってゆく家族たちの姿は、参列する弔客を深い悲しみに誘った。蜿蜒《えんえん》と長蛇の如く、葬儀に参じた者は六千名を越えた。近来、稀にみる葬儀であったとは、土地の古老たちの言である。新聞は小さく薛鎮英の死を報じ、申し合わせたように、死因は神経衰弱と片附けてあった。

葬儀のあと、僕は頼まれるままに、跡始末など手伝って、その夜は薛家に泊った。僕は課長が葬式に参列しなかったことや、そらぞらしく知事の弔花が飾られていたことなど思いだし、どうしても寝つかれなかった。中庭を誰かが歩き回っているような跫音がするので、起きてみると、玉順が肩を落し地面をみつめながら中庭に佇んでいた。落胆のせいか、ひどく窶れたように横顔が見えた。

「眠れないんです、どうしてもお父さまが可哀想で……」

玉順は、僕に気づいて、淋しそうに微笑った。僕も庭へ下りて、道庁を辞めたことなどを、ポツリポツリと喋った。別に、弁解する積りではなかった。だが玉順は、その言葉をきくと、怒ったような、いや、歯軋《はぎし》りするような激しい口調で、

「もう遅いです。みんな、遅いです」

と吐き捨てた。

婚約者を奪われ、父を殺された朝鮮の乙女の、激しい怒りが犇々《ひしひし》と僕の身にも伝わってきて、なんと返事してよいか判らないのである。もう、遅い。みんな、遅い。僕は呻くように呟くだけだった。金田北萬からは何の便りもなく、面会に行っても会わせて貰えなかった、と玉順は語った。僕はうなだれ、

「憎いでしょう。僕を恨んで下さい」

と、憔悴した玉順の横顔に、洩らすよりなかった。

――僕はそれから三月ばかりして出征した。大東亜戦争がはじまっていた。

大袈裟な見送りは嫌だからと、義兄たちや絵の仲間に断って、ただ一人で、僕は列車に乗った。そして三等車の座席でぽつねんと、発車までの時間を過した。窓ぎわには、僕と同じように赤紙をもらった人々が、家族や職場の仲間に別れを告げている。でも、僕は一

人ぽっちだった。〈これでいいのだ〉と思っていた。なにも悲しくはなかった。どこか贖《しょく》罪《ざい》に似た、寧ろ晴々とした気持すらあった。

李朝残影

一

――野口良吉が、京城の花柳界で変り者扱いされていた、金英順という女性を知ったのは、昭和十五年の夏のことであった。

たしか、蒸し暑い、蚊の多い雨の夜だったと記憶している。

金英順は、いわゆる妓生《キーサン》であった。日本でいうところの芸者である。

当時、京城の花柳界には、芸者と妓生の二つが公認されていたのだが、日本芸者と異なり、妓生の方は、年々衰微の一途を辿って、鍾路《しようろ》の旗亭に、わずかに昔の面影をとどめる程度であった。

それも日韓併合以来、時の波に押されて職業化し、日本化してしまった妓生たちが多いのであった。つまり昔の妓生の、見識や格式などは、時代の流れと共に、喪《うしな》われていたのである。もしかしたら金英順はそうした、喪われ滅びてゆく妓生の品格を守り抜こうと、ただ一人で反抗していた女なのかも知れない。

李朝時代の妓生といえば、吉原の花魁《おいらん》も遠く及ばない、朝鮮の民衆にとっては、貴族的な存在であった。

たとえば野口は、自分の父親から、昔の妓生の名刺を見せられたことがある。かつて軍人だった野口の父は、すこぶる几帳面な性格で、一日も欠かさず日記をつけ、その日に応対した人間の名刺を、日時と要件をメモして、きちんとスクラップ・ブックに貼りつけておくような所があった。その名刺帳の古い一冊に、「正三品　平壌・月桂」「正四品　晋《しん》州・玉蘭」というような、わけのわからない小型の名刺が、貼ってあったのである。

それは、妓生の名刺であった。

「晋州とか、平壌というのは、むかし妓生の産地だったんだな。平壌第一、晋州第二といわれて、二人とも大した美人だったよ……」

酒に酔って、機嫌のよかった野口の父は、まだ中学生だった彼に教えてくれたものである。

「正三品」とか「正四品」というのは、位階勲等の一種で、正三品は郡守と同じ官位だった――。つまり李朝時代の妓生とは、それほど社会的地位をもった存在だったわけである。

遊女芸者が、日本で官位をもらったという話は、いまだ一度も耳にしたことがない。

李朝では、とくに官妓の制度を定め、内医院、恵民院の女医、尚衣院の鍼線婢《しんせんひ》という名義で、三百余人の妓生を、宮殿のなかに養っていた。鍼線婢とは、裁縫を司る女官という意味である。

これは高麗《こうらい》の楽制に倣《なら》って、礼楽《らいがく》を国政の第一に定めたため、礼宴に女楽を必要としたからであった。

これらの官妓たちは、宮中に酒宴があるときは、宴席につらなり、顕貴・高官たちに酒杯を斡旋し、歌舞音曲によって興趣を添えた——と文献にある。つまり国政を牛耳《ぎゆうじ》る人々の襟首をしっかと握って、その一顰《びん》一笑により、裏面から、間接的に政治を動かす地位にあったと、考察できる。就職とか、訴訟だとかに、彼女たちが大きな影響力を持っていたであろうことだけは、想像に難くない。

産地といわれる平壌、晋州には、妓生を養成する学校まであった。歌舞・音曲・読書・習字は、いわば必須科目で、詩や絵画まで教えたそうである。

もちろん、妓生にも階級があった。

一牌、二牌、三牌の三段階があり、三牌は准妓生とも呼ばれた。その成績や行状によって、二牌に進級したり、または三牌に落されたりした。そして一牌というのは、ほとんどが宮中に出入りできる官妓で、みだりなことでは肌を許さなかったという定説がある。

遊ぶにも、手続きがうるさかった。

その女性を見染めたら、狭斜《きょうしゃ》の巷《ちまた》の情に通じた、紹介者を捜さなければならない。そしてお礼をして、その通人に伴われて、妓生の家に何度か遊びに行く。

顔なじみになったところで、ようやく紹介者を通じて、おそるおそる妓の意向をたしかめて貰うわけである。そして頭から断られたら、それでお終いだった。

相手が承諾したとなると、大変である。

金子《きんす》に添えて、新しい着物を幾重ねか妓生に贈り、相手がいやと言うまでは、その関係を絶ち切れない。いわゆる旦那となるわけで、費用はすべて男の負担となるのだった。

准妓生といわれる三牌クラスを相手にするときでも、遊興するにあたって、五日間とか十日間とか期間をきめ、そのあいだは、妓生の家に入り浸って、起居を共にする慣わしであった。だから妓生は、大衆にとっては高嶺の花に等しかったのだ。手の届く対象ではなく、また妓生たちも誇りを持っていた。

——しかし、時代の流れは、妓生の地位も技芸も、そして品格すらも堕落せしめてしまった。高嶺の花だった妓生は、蝎蒲《カルボー》と呼ばれる卑しい売春婦のような存在にと、変化してしまったのである。

金英順は、そのことを嘆いていたのかも知れない。少くとも、はじめのうち野口良吉には、そう思えた。

彼女が売り物にしている、李朝時代の宮廷舞踊に、野口がはじめて接したのは、たしか万歳事件に因縁のふかい、鍾路仁寺洞の「紅夢館」という料亭だった。

美校時代の俵春之という友人が、満州に新しくできた映画会社の、美術部助手として赴任する途中、京城に立ち寄ってくれたのが、そのキッカケである。

野口の父は、南山麓の「千代田楼」という旅館の娘と結婚し、大正九年に軍人を辞めて以来、旅館業に専心していた。彼は、その父と母との間に生まれた一人息子である。

父は陸士か、海兵を受けさせたがったが、幸い彼は強度の近眼で、自分の志望通り、美術学校へ進むことができた。そして学校を卒業すると、京城にもどって、私立女学校の絵画教師となる傍ら、好きな油絵をかいて暮していたのだった。

そのころ、彼が画題に択んでいたのは、朝鮮の風俗の面白さである。

日本化されてしまって、どしどしと朝鮮の風俗は、巷から姿を消していた。

たとえば旧正月に、朝鮮の男たちは「柶戯《ユツノリ》」という賭博《とばく》に興じたり、婦女子は「跳板戯《ノールテイキ》」を楽しむ。

柶戯とは、堅木の円い二本の棒を、縦に割って四本とし、これを投げ、その変化する五種類の俯仰によって勝負を争うゲームだ。これは朝鮮独特の遊戯だった。

跳板戯は、藁の束、カマスなどを枕にして、その上に板を載せる。そして板の両端に一人ずつ立って、交互に跳ね揚がる。いわばシーソーみたいなものだが、若い女性が、色彩の華やかな服装で、新春の寒空に裳《チマ》を翻すその風景は、まさしく一幅の絵画だった。

しかし近年では、その季節に農村へでも訪ねて行かねば、柶戯も、跳板戯も、見られないのである。野口良吉は、それを残念に思っている一人だった。

京城は、その周囲を、白岳・駱駝・仁王・木盃の諸山に囲まれ、南に漢江の流れを控えた、天然の要塞ともいうべき街である。そして李朝の太祖と、四世の世宗王のときに築かれた、長さ十六粁、高さ十米の城壁、八楼門に護られた街でもある。

その城壁を築くのに要した人員は、延べ四十二万九千八百七十名、ほかに石工が二千二百十一名——と、文献に残っている。五百年あまり、風雨に耐え抜いてきたその京城のシンボルだった城壁も、日韓併合以後は、市街の発展にともなって取り壊され、楼門も、南大門と東大門の二つを残すのみとなっている。

——昭和十五年の八月のある日、野口良吉は、友人の俵と、昼間はスケッチ・ブックを抱えて城壁めぐりをやった。そして夜になるのを待って、

「今夜はひとつ、朝鮮情緒の纏綿《てんめん》たるところを案内しよう」

と、彼は、いっぱしの朝鮮通のようなことを言い、俵春之を、鍾路の街へ連れだしたの

だった……。

　野口は、光化門から東大門に向かう、鍾路通りの風景が好きだったのである。この電車通りにだけは、昔さながらの朝鮮の雰囲気があった。それは、日本人の銀座ともいうべき本町通りとは、全く対照的な、朝鮮人の町だった。

　鍾路入口にある和信百貨店。その真向かいの南隅にある、巨鐘を飾った普信閣。十三層の大理石塔のあるパゴダ公園。そして通りに軒を並べた商店——。

　野口にとっては、子供の頃から、馴染みの深い鍾路の街の風物だった。彼はこの街から、いろいろと朝鮮について、知識を授けてもらったものである。

　知識の種類は、雑多であったが、一例をあげると、店舗の名称がある。

　朝鮮では、質屋のことを「典当舗」と呼ぶ。それを知ったのも、この鍾路の町であり、「五房在家」というのが荒物屋で、「馬尾都家」という名の、馬の鬣《たてがみ》や尾を卸売りする奇妙な店が存在することを教わったのも、この鍾路の町にスケッチに来たからだった。

　温突《オンドル》に貼る黄色い油紙を売っている紙舗、乾し明太魚《メンタイ》、干鱈などを積み重ねた魚物廛、文房具を売る筆房、朝鮮独特の、ゴンドラのような木靴、ゴム靴を飾った鞋店など。——この鍾路へやって来ると、珍しい、意欲をそそる風景が、並んでいた。野口が特に好きだったのは、道路を往来している行商人たちの姿であった。

大きな鋏をガチャ、ガチャと鳴らし、銅貨がなくとも、鉄屑で交換してくれる屋台の朝鮮飴屋。客の荷物を背負って、運搬する人夫。往来を縫って、石油カン一杯三銭の水を売って歩く水汲人夫《ムルジャンス》。

独特の笠《カッ》をかぶり、周衣《ツルマキ》を羽織って、長煙管をくわえながら悠然と客を待つ薬草屋。夏は甜瓜、冬は焼栗で、黄色い声を張り上げる果物の行商人……。

数え立てれば、それこそきりがなかった。

野口良吉は、この鍾路の街の風物によって、朝鮮人の生活を知り、そして年ごとに喪われて行く朝鮮の風俗を知ったのである。

……事実、鍾路には、朝鮮の匂いがあり、習慣があり、色彩があった。頽《くず》れつつある民俗の風物詩。そのようなものがまだ、この街には残っていた。

だからこそ彼は、美校の卒業制作にも鍾路を舞台にえらび、パゴダ公園で憩っている朝鮮の老人夫婦を描いたのだった。卒業して、ふたたび京城での生活がはじまると、野口は一種の執念のようなものにとり憑《つ》かれて、朝鮮の風俗を追いかけた。

京城の繁華街の一つである鍾路では、立ってスケッチしていても、敵意を感ずることはなかったが、一歩足を郊外に踏み入れると、野口は自分の体に注がれる朝鮮人たちの視線に、冷たく突き刺さってくるものを覚えた。

その敵意のこもった視線は、彼と同年輩の朝鮮人の青年たちから、とくに強く感じられるのである。それは彼の横顔を突き刺し、背中に貼りつき、ときには芯の柔かい鉛筆を持った指の動きを止めた。

〈なぜだろう?〉

はじめのうち野口は気にかけなかったが、そのうち朝鮮人たちが、なぜ敵視するのかが疑問に思われるようになった。

朝鮮人を「ヨボ!」と罵り、まるで奴隷のように扱っている一部の日本人が、あることはたしかだ。しかし野口は、京城で生まれ京城で育って、朝鮮人に親しみを抱いているのだ。その好意を持つ人間を、朝鮮の風物を追いかけている自分を、なぜ彼等が憎しみの眼で眺めるのか——。彼には、どうにも理解ができなかったのである。

そうして金英順という朝鮮の舞姫は、野口に、なぜ憎むかを教えてくれた女性でもあったのだった。こう考えてくると、野口良吉には、その夜のことが、宿命的に感じられてならない。

鍾路の街を四丁目まで歩き、そのあと野口は二丁目の裏通りにある酒幕《スリチビ》に、俵春之を案内して行った。

朝鮮料理と朝鮮の酒とを味わうには、この薄汚い酒幕が、いちばん良い。

電車通りから鍾路の裏通りに入ると、急に世界が一変して、じめじめと湿っぽくなる。それは立小便の汚臭と、不潔な下水の匂いとが入り混り、暗い路地が迷路のようにくねくねと続いているせいだった。

建物は瓦葺きだが軒が低く、窓が小さくて、いかにも陋屋《ろうおく》といった感じで並んでいる。民家もあれば、商家もあった。酒幕を見分けるのは、入口の朱い柱と、檻聯《かんれん》である。檻聯とは、入口の左右の柱に掲げられた聯句で、「寿如山」「富如海」とか「去千災」「来百福」とか、きまりきった文句が書かれてあるものだ。

野口が何度か来たことのある二丁目の酒幕には、

「花映玉壺紅影蕩」
「月窺銀瓮紫光浮」

という風流な檻聯が掲げてあって、それが彼の目印であった。反った軒庇と、朱い柱とを見ながら店の中に這入ると、広い土間がある。

そして正面の、一段と高い位置に、小さな竈《かまど》が二つ築かれているのだ。そして竈の前には、二人の男が黙然と坐っている。店の中には肉を焼く煙と、ニンニクの焦げる匂いとが、むッと生暖く籠っていた。俵春之は案の定、ゴホン、ゴホンと咳をして、驚いたように彼を見た。

「スリチビとは、こんな所さ。この店なんかまだ良い方で、田舎へ行くと、もっとひどい店があるんだ」

「ひでえ所だなあ……」

野口は得意になって、知識をふり廻した。酒幕の幕という字は、小屋という意味であること。都会では飲食店だが、田舎では宿屋をかね、蝎蛹《カルボー》を置いた売春宿もあること。酒には濁酒《マッカリ》、薬酒《ヤクチュウ》、焼酎の三種があり、娼婦のいる店を色酒家、ただ酒だけを提供する店のことを内外酒店ということ、など、など——。

「なるほど。野口は朝鮮通だよ……。だが、こう煙くって、暑くてはかなわん！」

俵は、頸のあたりの汗を拭って笑った。

土間の左手には、豚や、牛の頭が吊されてある。そして下の台には、得体の知れない、赤い肉塊や、白い臓物が、笊《ざる》に盛られて並んでいた。

中央の土間に、木製のテーブルとベンチがあって、七、八人の客が、朝鮮語で笑いながら語りあっている。二人は、入口に近いテーブルに腰を下ろしていた。

「料理は、なににする？」

野口は友人に訊ねた。

この店では、薬酒を注文すると、肉でも汁でも料理が一品つく。それが酒幕での約束事なのだった。

「なにがあるんだい？」

「代表的なのは、コムタンというスープと、肋骨を焼いたカルビさ」

彼は、指さして教えた。

右手の料理場には、大きな籠があって、二抱えもあるような鉄の大鍋から、白い湯気が濛々と立っている。これは豚の足や、牛の臓物を煮立てて作ったスープの鍋なのだった。左手の牛や豚の頭の脇には、カンカンに熾《おこ》った炭火の山があり、その上に渡された太い金網の上では、香ばしい煙が立ち罩《こ》めている。それは牛の肋骨や、臓物を焼いているのだ……。

「その肋骨とやらを、食ってみよう。それからキムチだ」

俵春之は、煙たいのか、目をしょぼしょぼさせながら、元気よく言った。

「残念ながら、キムチは夏にはないね。せいぜい、酸っぱくなった大根の漬物ぐらいだ」

彼は説明して、店の女主人に、薬酒とカルビを注文した。

客の注文がでると、籠の前に坐った二人の男は、同時に立ち上って、壺の蓋をとり、鉄の杓子で酒を鍋に移した。皿のように浅い鍋である。

左手は器械的に動いて、乾いた松葉をひとつかみ、竈の下にほうりこんでいる。火種があるのか、すぐ朱い焔が立ち、燃え上った。男たちは、鉄の杓子で浅い鍋を、カラン、コロンと音を立てさせはじめる。とろ火で暖めながら、ゆっくり掻き廻して燗をつけるためだった。

その悠長な、薬酒の燗のつけ方は、さすがに大陸を感じさせる。それはふと、支那大陸で戦争が起っていることを、野口に忘れさせてくれた。だが、根がせっかちな俵の方は、その長閑《のどか》な情景が、かえって苛立たしいらしく、

「おい。酒はまだなのか」

と、何度も催促したものである。

酒と肴がくると、俵の機嫌はすぐに癒《なお》った。

肉のついた肋骨を両手に持ち、俵春之は猿のように下歯を剝きだしにして、それと格闘しはじめたのだ。そうして「辛い」とか「旨い」とか、盛んに感想を述べ立てた。

一旅行者にすぎない友人には、見るもの、味わうもの、すべてが珍しく、楽しいのであろうけれど、野口にとっては、彼ら二人が、日本語でしゃべりだした途端に、七、八人いた先客が、不意に黙りこみ無口になったことの方が、いささか気がかりだった。気がかりと言うより、不気味でもあった。

三杯目には濁酒《マッカリ》を飲むことにして、肴には白い臓物を焼いて貰った。その頃には、先客

の姿はほとんど消え、白麻の背広を着た一人の紳士だけが、ビールを傾けていた。

「おや。みんな居なくなったな？」

俵春之は不審そうに言った。

そのとき、野口は、友人が軍人のように頭を丸刈りにしていることに気づいた。毛が薄く、若禿の傾向のある俵は、美校時代にも一分刈りで押し通していたのである。

「軍人みたいな頭をした貴様が、日本語で大声でわめき散らすから、みんな恐れをなして逃げだしたんだよ……」

苦笑しながら野口は言った。

「この俺が、軍人に？」

「そうさ。私服の憲兵だとでも、思ったんだろうね」

「そいつは悪いことしたなあ」

酒が入って、浮き浮きしている俵は、いきなり濁酒の入った丼《サバル》をつかむと、一人でビールを傾けている背広の紳士のテーブルに歩いて行った。そして、

「あんたは、僕を軍人と思うか？」

などと質問している。

野口良吉は、あわてて、友人の傍に行った。

「おい。静かに一人で飲んでるのに、邪魔しちゃいかん！」

するとと、笑顔になったその背広の紳士は、流暢な日本語で、

「このお店は、はじめてですか？」

と、野口に話しかけて来たものである。

二十数年も、京城の街で暮していると、一見しただけで、朝鮮人と日本人との区別がつくようになる。また言葉を聞いたら、百発百中だった。なぜなら、朝鮮人には、濁音、半濁音の発音が、上手にできないからである。

〈おや？〉

野口良吉は、その紳士を見た。

酒幕で、背広をきてネクタイをしめた男の姿を見ることは、決して珍しくはない。その人々は、きまって良家の子弟で、朝鮮のインテリであった。

だから彼は、その白麻の紳士も、そうした種類の人間と思っていたのだ。でも、その流暢な日本語を耳にすると、〈もしや日本人では……〉という疑問が、胸を横切って行ったのである。

「この男ははじめてです。私は四度目ですが」

彼が答えると、相手はうなずいた。

頬骨が出て、顎のえらが四角く張り出ている。そして髭は、俵春之のように薄かった。朝鮮人の顔である。

「あなた方が、軍人や警官でないことは、私には一目でわかりますよ。まあ、一杯ご馳走しましょう……」

その四十年配の朝鮮の紳士は、古市町にあるセブランス医科大学で教鞭をとっており、朴奎学という者だと名乗った。出された名刺には、すでに創氏改名したとみえて、小さく「木下奎五」という日本名が印刷されていた。

「朝鮮ではですね、薬酒を飲むとき、盃に残った滓《かす》は地面に捨てて、バッカスに捧げる風習があります。また濁酒の丼《サバル》は、両手で捧げ持って飲みます。これをタイホーで飲む、と言います。これが酒を飲むときの、礼儀なんですね……」

朴奎学の話は、さすがに朝鮮のインテリだけあって、ことごとく耳新しく、そして野口には面白かった。

「昔から京城では、南酒北餅という諺があります。昔は、南山の麓あたりに、良い造り酒屋があったということでしょうね。そして北には良い餅屋があった……」

「へーえ。僕の家は、南山の麓ですよ」

セブランス医大の朴助教授は、彼の家である「千代田楼」の名前を知っていた。母方の祖父となる野口久兵衛が、その千代田楼を経営したのが明治二十七年だから、歴史の古い旅館だったせいでもあるのだろう。こんなことから話が弾んで、その夜、朴奎学は野口と俵の二人を、仁寺洞にある「紅夢館」にと誘ってくれたのである。

二

朴奎学が野口に興味を持ってくれたのは、たしか彼が、絵の材料としての朝鮮が、だんだんと喪われて行く……という趣旨のことを語ったからに他あるまい。

「あなた方は、絵描きさんなんですね？」

「そうです。僕は、この鍾路の街が好きなんですがね、たとえば軒先に雲雀《ひばり》の鳥籠を吊していた理髪店は一軒もなくなったし……なんだか悲しいですよ」

「よく知ってますね」

「ええ。中学の帰りに、毎日のように通って遊んでましたから……」

「絵の材料ですか――」

朴奎学はしばらく考えこみ、やがて瞳を輝かせて不意に二人に言った。

「あなた方は、踊りに興味ありませんか」

「踊り？　どんな踊りです？」

「古い宮廷舞踊ですがね」

「ははあ――」

「李朝のころ、宮廷に仕えていた妓生が、踊っていたものなんです。いまは殆んど衰えてしまいましたけど、その正しい踊りを、伝承したと言いますですか、とにかく踊れる妓生が一人いるんですよ」

「ああ、崔承喜のような……」

野口良吉は合点をした。

「そうです。崔承喜のは、バレー化したわけですが、その基本となる宮廷舞踊ですね。この踊りには、朝鮮の美があります」

「面白そうですね」

彼がうなずくと、俵春之も、

「妓生でも、ただの妓生でない所が、面白いじゃないか！」

と、変な賛成の仕方をしてくれた。

「紅夢館」は中庭のある、純粋な朝鮮家屋であった。門を入ると中庭があり、それを囲んでコの字型に幾つかの部屋が並んでいる。各部屋への往来は、上に反った軒廂の下を、廊下がわりに使用している様子であった。

中庭には植木もない。殺伐とした庭である。朝鮮では、これが常識であった。

朴奎学の話だと、京城にこうした料亭が生まれたのは、明治の年代に入ってからで、それ以前は妓生がそれぞれ一軒の家を持っており、客はその妓生の家に出掛けて行く習慣だったという。京城における料理屋の嚆矢《こうし》は、すぐ近くの「明月館」がそれだということであった。

通されたのは、門を入って右手の一室である。

朝鮮の家屋は、冬季の寒さに耐えるような構造に建てられている。

木造の平屋づくりで、外壁は土と石を混ぜて分厚く塗り、内壁はその土壁の上に紙を二重に貼っただけのものが多い。戸は、大人が身を踞《かが》めて出入りできる程度の大きさで、窓は殆んどない。そして床は温突《オンドル》であった。冬季保温の点からは申し分ないが、採光がわるく、床の間も押入もないので日本人が生活するには不向きである。でも構造から考えて、夏は暑苦しそうなのに、意外と涼しいのは、床の温突が冷やりとしているせいである。

六畳ぐらいの温突の部屋が二つあり、奥の方には朝鮮莫蓙《ござ》が敷きつめられてあった。

朴奎学が女中に、なにかを朝鮮語で告げると、まもなく扇風機とビールが、その部屋に持ち込まれてきた。そうして小さな箱膳の上に、料理が幾皿か並べられて、つぎつぎと運ばれてくるのだ。

料理はすべて、精進料理のように、淡泊な味のものばかりだった。油で揚げた昆布。ぜんまいとモヤシの煮付。小さく裂いた桔梗の根の酢の物。豆腐に銀杏、野菜を加えて煮た汁物。乾し明太魚《メンタイ》を叩いて身をほぐし、焼いてゴマ醤油に漬けたもの。それらは一つ一つ、朝鮮の風味を持っていた。ビールと料理とは、間断なく運ばれてくるが、肝腎の妓生の方は、いっこうに姿を見せなかった。

「彼女……遅いですね」

野口がたまりかねてそう言うと、朴奎学はニヤリとして、

「大丈夫。いま二、三軒先の料理屋に来てます。順番があるですから――」

と、答えた。

野口良吉は、軍人上りの父親を持ったお蔭で、京城では一度も、こうした紅燈の巷に、足を踏み入れたことがない。

酒と煙草の味を知ったのも、上野の美校に入ってからだった。中学時代の友人は、弥生町や新町の遊廓に通ったり、初音町の坂の途中にある蝎蛹《カルボー》の巣窟に出入りしていたが、野口には出来なかった。女学校の教師となった上に、家が旅館だから、料理屋で酒を飲んでも、すぐ父親の耳に這入るからである。

品行方正を余儀なくさせられていた彼にも、朴奎学が案内してくれた紅夢館が、意外と高級な料亭であり、その舞姫を招ぶことは、売れッ子の芸者を呼ぶ以上に、困難らしいことは呑みこめた——。

二時間ほど待つと、降りだした雨にまじって、コの字型に建てられた向かい側の部屋から、淋しい洞簫《どうしょう》の音が聞えはじめた。

「あ、来ましたですね」

朴奎学は、その音《ね》を聞くと入口の障子戸を押しあけて外を覗いた。

すると向かい側の部屋に電気が点き、黒い影がゆらいでいる様子であった。

「雨に降られたので、着替えたり、楽器を調節したりしているんでしょう」

朴奎学は、なにもかも凡てを心得ている風で、ときには心憎かった。彼の言葉通り、間もなく楽器を持った一団が、三人の部屋を訪れた。

みんな六十歳を越えた老人たちで、黒い漆を塗った笠《カツ》をかぶり、白い赤衫《チヨクサム》の上に黒い支那絹の周衣《ツルマキ》を着用していた。周衣とは日本でいう羽織である。

朝鮮服は、上衣と下衣から成り立つ。男はその上に周衣を羽織り、女子は下衣の上に裳《チマ》をつける。

ともに袷、綿入、単衣の別がある。

襦衣《チョゴリ》というのは、冬の上衣。袴《バチ》というのは冬の下衣である。赤衫《チョクサム》とは単《ひとえ》の夏の上衣で、単の下衣を袴衣と言った。男子の服装で、笠と周衣を着けるのは、礼装である。

老人たちは、伽倻琴《かやきん》だの、洞簫だの、長鼓、笙《しょう》、鉦鼓といった、物珍しいはじめて見るような楽器を、それぞれ手にしていた。そして楽器を隅に並べると、立膝をして、なにかを待つ顔つきだった。

〈この調子だと、舞姫というのは、五十過ぎの婆さんだろうな！〉

ビールを飲みながら、野口良吉は、そんなことを空想したのを覚えている。だが、彼の予想は違っていた。

障子の潜り戸をくぐって、姿を見せたのは二十代の若い妓生だったのである。

金属の装飾のついた冠をかぶり、玉色の広い丸袖の衣裳をつけ、胸高に幅のせまい金襴の帯をしめ、脇に垂らしている。足には、白い爪先だけが嘴のように上へ反った襪《ポソン》（足袋）を履いていた。

「この人ですよ、宮廷舞踊を踊れるのは――」

朴奎学は顔なじみらしく、朝鮮語で、その舞姿の妓生と会話をかわしたあと、彼らに教えてくれた。

彼女の名前が、金英順だと知ったのも、その紹介されたときである。

「最初に踊って貰うのは、勧酒歌と言いましてね、朝鮮の酒宴では最初に、どうしても唄わなければならない大切な歌です。それを踊ります」

野口たちは、朴奎学という粋な通人に連れられて、この紅夢館に来たことを感謝した。朗々と歌いつつ舞う金英順が、いったい何を讃えているのか、皆目わからないのを、朴助教授がいちいち通訳してくれたからである。

……それは酒の功徳を讃え、お互いの長寿富貴を祈願する歌であった。

直訳すると、

『不老草をもって酒を醸し、万年盃に満々と酌めり。盃を挙ぐるごとに、南山の寿を祈らん。この盃を把《と》らば、万寿限りなかるべし。把り給え、把り給え。この酒の盃を把り給え。こは酒に非ずして、漢の武帝の承露台より受けし露なるぞ……云々』

という漢文まじりの、ややこしい歌詞なのであった。そしてその勧酒歌の文句は、えんえんと続くのである。

雨の音は高まっていた。

そして温突の次の間では、四人の老楽人が無表情に、雅楽の調べを奏でている。二拍手と三拍手の、こまかい交代によって、複雑なリズムが作り出され、より優雅に、より心を緊めつけるような侘《わび》しい音楽が、金英順の歌舞と共に、部屋のなかに立ち罩《こ》めだす。

〈ふーむ〉

野口良吉は、低く唸った。

生まれてはじめて聴く、李朝の宮廷雅楽である。それは日本の雅楽と似通っていたが、どこか哀切な響きが強い。

でも彼が感動したのは、その雅楽のみやびやかな調べでは決してなかった。舞っている金英順である。

——野口は、飲みさしのビールのコップを握り緊めたまま、ただ彼女の舞いぶりに見惚れている自分に気づいた。そして、ちょっと赤くなって、コップを膳の上に置いた。「勧酒歌」のつぎに、彼女が舞ってみせたのは、「春鶯囀」という歌曲である。野口は、この「春鶯囀」には、すっかり心を惹かれた。画家としての本能が、不意に刺激されて、一挙手一投足が瞼の裏に、ぴたッ、ぴたッと飛びこんでくる感じだった。

とにかく動きが美しい。

水色の羅衣《うすぎぬ》のような袂が翻ったかとみるまに、空間には、嫋々《じようじよう》として美しい線が流れてゆく。

それは梅の梢から梢を飛び交う、鶯の姿を模しているのであろうが、足捌きは少いのに部屋いっぱいを舞っているような、そんな天衣無縫さが感じられるのも面白い。

野口は、日本の能の仕舞を連想した。動きが少い癖に、大きな動作を感じさせる能楽を——。

春の日射しを浴び、嘻々として戯れる鶯たち。そして春を謳歌するごとく、囀りつづける鶯の姿。

金英順の踊りには、そうした情緒が、鮮やかに、しかも美しく表現されていた。見詰めている野口良吉の胸には、じいーんとこみあげてくる、強いものがあった。胸の底から、彼の感情を揺さぶりはじめた、なにものかがあった。

感動というよりは、文句なしにただ「これだ！」と叫びだしたいような性質のものである。換言すれば、絵にしたいという欲望かも知れなかった。

未知の世界、未知の画材に触れたときの、つよい感興。それが渦まきつつ、彼を捉えはじめていた……。

金英順は、そのあと「舞山香」という踊りを舞って、さっさと引き揚げて行った。時間にして四十分たらずである。

「どうでしたか？」

朴奎学は、微笑を浮かべたまま、二人に訊ねた。

「なかなか、美人ですな！」

俵春之は、率直に、舞姫に対する感想をのべた。野口は、すぐに口を利くのが、億劫な気持で、黙っていた。

しかし俵の言葉で、いま部屋から消えて行った金英順の、白い表情が瞼の裏に浮き上ってきた。

〈眉の濃い、勝気そうな妓生だったな！〉

彼はそう思い、次には、

〈なぜ、あの妓生には、不思議な翳があるのだろうか？〉

と考えた。どちらかというと、険のある顔立ちだった。鼻がつんと高く、眉の濃いせいかも知れない。しかし漆黒の髪の後《おく》れ毛や、白く透けて見えるような薄い耳朶には、なぜだか暗い翳のようなもの――薄倖の女性のそれが、漂っている。

「野口さんは、どうですか――」

セブランス医大の鮮人助教授は言った。

「はじめて、埋もれていた朝鮮を、見たような気がします。侘しいけど、人の心に訴える美しさですね」

彼は、そんな曖昧な返事をしたことを憶えている。野口のその感想は、滅びてしまった李朝の宮廷舞踊を讃えるようでもあり、金英順という奇妙な魅力をもった舞姫の美しさを讃えているようにも受けとれた。

——これが金英順を知った最初である。

朴奎学は、その夜は自分の奢《おご》りだと言い、二人のためにわざわざ車まで呼んでくれて、「日本の若い人にも、朝鮮の美を理解してくれる方がある。そのお礼ですよ」と言った。

二人は雨に濡れて走るタクシーの中で、蚊に喰われた頸筋や、手足をポリポリと掻き、少し興奮しながら金英順のことを語りあった。朴奎学の奇特な行為についても、語りあった。

翌日、目を覚ますと、俵春之の方は、昨夜のことなどは忘れて、けろりとしていたが、野口良吉の頭には、金英順が舞った「春鶯囀」の美しい体の線が、まだ息づいていた。

そして俵が京城を去って行っても、その印象は消えなかった。いや、消えるどころか、ますます印象は強められて行った。

〈あの朝鮮舞踊の美しさを、日本人は知らない。俺は、あの美しさを、キャンバスに描かねばならぬ……〉

いつしか時間が経つにつれて、彼の脳裏には、一つのエスキースが出来上って行った。

——薄暗い、紅夢館の一室。

その部屋の片隅で奏でられる、低く匐《は》うような、優雅な宮廷楽。

そのリズムに乗って、無心に舞い続ける英順の、白い能面のような顔と、手から肩にかけての美しい曲線。

天井からは、瓔珞《ようらく》のようなランプが吊り下っている。高窓から射し込む月光は、老いた楽人の、立膝して長鼓をうつ横顔を、青白く照らしている……。

大体そのような構図だった。

だが、果して彼は、宮廷舞楽の調べの音や、嫋々たる舞踊の曲線に、心を惹かれていたのだったろうか。

野口は、金英順という妓生に、その彼女自身のもつ冷たい翳の部分に、心を魅かれたのではなかったのか。

それは自分でも、よく判らなかった。

ただ野口良吉が、俵を満州に送ってから二週間後に、ふたたび紅夢館の門を潜ったことは、書いておかねばなるまい。もちろん彼一人だった。

女中に頼むと、やはり三時間ぐらい待たされてから、金英順は姿を現わした。そして三曲舞ってみせてから、にこりともせずに姿を消して行った。

絵のモデルになってくれと、頭を下げて頼む積りでいた野口は、老いた楽士たちに護られて退場してゆく彼女に、話しかける言葉を持てなかった。

三度目に英順に会ったとき、彼は、

「踊りはよいから、酒の相手をしてくれないか」

と英順に言ってみた。彼女は、片頬だけで笑って、

「ほかの妓生を呼びなさい」

と、日本語で答えた。

「でも、きみだって、妓生だろ？」

彼は不思議に思って訊いた。

「そう。私も妓生。でも、私は踊りだけ。ほかは、しないよ」

英順は、眉をぴくりと動かして、怒ったように答えた。

彼女は、絵のモデルになって呉れという彼の申し出を、即座に断った。そしてその夜は踊りもせずに、憤慨した表情で、あらあらしく立ち去ったのである。その英順の口調や態度には、日本人の画家の誘惑などには、負けるものか……というような反撥ぶりが、ありありと浮かんでいた。

三

野口良吉は、意地になった。数えで二十四歳だったから、血気さかんな年齢でもあった。それに自分を誤解している朝鮮の舞姫が、なんとなく腹立たしかった。

意地でも、彼女をモデルにしてみせる、と彼は心の中で力みかえった。彼女の舞の美しさを、表現できるのは自分ひとりだと、ひそかに歯痒がったりもした。

二ヵ月ぐらいの間に、十度あまりも紅夢館に通い続けたろうか。野口はやがて、小遣い銭に窮しはじめた。

女学校から貰っている八十円の給料では、三曲二十五円の金英順の舞踊は、たった三回しか呼べない。給料は一銭も家に入れないでもよかった。その意味では、親がかりの野口は、恵まれた環境にあったとも言える。しかし、四人の楽士と一人の舞姫とで構成された、一時間たらずの舞の料金が、二十五円とは高すぎた——。

母親は一人息子の彼には甘かった。だからねだれば、十円や二十円の小遣い銭は呉れる。それ以上になると、厳しい父親の目が光っていた。そうでなくとも、急に、

「良吉。少し夜遊びがすぎはせんか」

と、吐言《こごと》をいいはじめた父親である。

彼は、この金策の方法に当惑し、しかし未練を絶ち切れないで、ある日セブランス医科大学に電話してみた。

朴奎学の援助を求めようと思ったのである。

「ほう。そんなに惚れこんだですか！」

助教授は、嬉しそうに笑い、近い中に英順に会って、モデルになるように奨めてみようと、約束してくれた。

「でも、京城で一番の変り者という金英順ですからね。私が言っても、ダメかも知れませんよ」

「モデル代は、払う積りです。一時間二十五円は、とても出せませんが——」

「そうですか。兎に角話してみましょう」

朴奎学は、彼との約束を忘れずに、日曜の夜だったか、むこうから電話してくれた。

「いま、仁寺洞の紅夢館にいるんですがね。彼女はどうしても、嫌だそうですよ」

野口は受話器に獅噛《しが》みついた。

「待って下さい。僕も、今すぐ行きます」

タクシーを飛ばして鍾路まで行き、紅夢館へ駆けこむと、朴奎学と金英順とは、二人きりで部屋で酒を飲んでいる所であった。老楽士たちも、隣の部屋で、今夜は客になって騒いでいる気配である。

　野口は、自分のさした盃を一度も受けようとしなかった彼女が、朴助教授と親しそうに酒を酌みかわしているのを見て、嫉ましい気持がした。その嫉ましさの反面に、〈日本人である俺を莫迦にしている！〉という気持が動いていたのも事実だ。

　野口が部屋に這入ると、英順は片膝を立てたまま、怒ったように横を向いた。

「いろいろ貴方のことを説明したんですが、モデルになるのはご免だというんですよ。しかし彼女が踊ってるとき、クロッキーをとる位なら構わないそうです……」

　朴奎学は、おだやかな声で話した。それが彼女の精一杯の譲歩であり、協力だというのである。

「なにしろ、知事閣下が写真を撮ろうとしたら、舞扇を投げつけたような変り者ですからね。まあ、それ位で勘弁してやって下さい」

　とりなすような朴助教授の、上手な日本語を聞きながら、野口は横を向いている英順の、彫りの深い鼻の形を、小憎らしく感じた。この国の民族には、あまり高い鼻の女性を見かけない。それだけに横顔は、冷ややかに彼の眼に映じた――。

「では、スケッチする分には構わないというわけですね」

「そうです。同じ姿勢で、長いあいだ辛抱するのは、重労働ですから……」

「わかりました。どうも、お口添え下さって有難うございます」

野口良吉は、医大の助教授に、お礼を言った。結果は不満足だったけれども、その場合、お礼を言わざるを得なかったのである。

いつしか京城の街にも、秋が忍び寄って来ていた。秋になると、朝晩めっきり冷えこみはじめ、やがて三寒四温の大陸性の気候をもった冬が訪れてくる。

紅夢館をでたあと、朴奎学は、気落ちしたような彼を、いつかの酒幕に誘ってくれた。

そして薬酒を傾けながら、金英順のことについて、あれこれと語ってくれた。その話によると、金英順は、

「絶対に男と寝ない」

と高言している、妓生の中での変り種であった。年齢は野口より三つ年長で、二十七歳になった筈だという。

なぜ彼女が妓生となり、どこで宮廷舞踊を習い覚えたかは誰も知らない。

宗廟のある苑南洞で、母親といっしょに暮していることだけは分っている。まだ独身で、老いた楽士たちも、彼女の近くに住んでいた。彼女が評判をとっているのは、美人であることよりも、伝統が頽《すた》れつつある李朝の舞楽を正確に伝承している点なのだ。特に朝

鮮の両班《ヤンパン》たち――つまり富豪たちに、珍重されていた。

また英順が、権力に媚びず、ただ技芸一筋に生きようと努めている態度に、一部の日本人たちも後援を惜しまないでいる、ということだった――。

だが野口の耳には、彼女が男と寝ないというのは、日本人の男には肌を許さないという意味であり、権力に媚びないというのも、日本の高級官吏や軍人たちを、冷たくあしらうという意味に聞えて仕方がなかった。

朴奎学の言葉使いには、どことなく、そんなニュアンスが感じられたからである。

「ときに、彼女の絵を描いて、どうするお積りですか？」

助教授は、薬酒の残り滓を、土間にあけながら訊いた。

「鮮展に出品する積りでいます」

「ああ。日展に対抗して、出来た展覧会ですね」

「締切日は来年の一月末ですから、もし出品するのなら、あまり余裕がありません」

「そうですね。入選発表は二月末ですか」

「ええ。入選したら、見に来て下さい」

二人は、こんな他愛のない会話をかわして夜十時すぎに別れた。

――だが、昭和十六年一月締切りの鮮展には、その舞い姿の絵は、出品できなかった。

英順が病気になったからである。頭の中に、構図が出来上っていても、一度もクロッキーをとらずに、背景となる四人の老楽士たちを、キャンバスに写しだす自信は、野口にはなかった。

仕方なく彼は、江原道にある外金剛に出かけて、名もない淋しい山寺でスケッチした風景画を出品した。

外金剛は、女性的な内金剛とは異なり、豪壮かつ雄大な、山岳美と渓谷美とを誇っている景勝の地だ。そして野口が訪れた十月下旬には、すでに紅葉は散りはじめ、渓谷のところどころは氷柱で飾られていた。

ただこの時の想い出は、二日ばかり滞在した山寺で、「梨薑酒《りきょうしゅ》」という奇妙な味と匂いをもった朝鮮の酒を、ご馳走になったことであろうか。なんでも原料は、鎮南附近から産出される、極上の焼酎なのだそうである。

この焼酎一斗に、梨五箇、生薑五十匁、桂皮五匁、鬱金五匁、砂糖四斤を混入して、素焼の甕《かめ》に詰め、十日ぐらい密閉する。その後、清潔な麻の袋で静かに濾すと、淡褐色の、飴湯のような色をした混合酒ができあがる。

この梨薑酒は、口に含むと一瞬、清冽な香気が、ツーンと鼻を撲《う》つのだった。その香りには、馥郁として咲き誇る沈丁花のような強さと、北風が渓谷を通り抜けるときのような冷徹さがある。

それでいて味は、とろんと甘い。舌の表面に、なめらかに纏わりついてくる、いわば白酒のような、丸味のある甘さなのだ。白酒のような甘さと、ブランデーのような強い香気をもった奇妙な酒——。それが梨薑酒だった。

睾丸を抜いた、一見すると尼僧のような山寺の僧侶が、彼に奨めてくれたのだが、野口は日本酒でも飲むように一気に飲み乾そうとして、思わず香気に噎《む》せ返った。

〈香りは、ブルー系統のウルトラマリンだな。そして味は、アリザリン・レーキのような、強烈な赤だ……〉

味と匂いを、ふと色彩に置き替えながら、野口はなぜか金英順の表情を、心の片隅に甦らせていた。

むろん梨薑酒と彼女とは、なんの関連もない。しかし、奇妙な酒である点では、共通性があった。どちらも共に、野口を苛立たせる存在であるかのごとくである。

〈でも、きっと俺は描いてみせる！〉

野口は僧房の縁に胡坐をかき、外金剛の変化に富んだ、斑状複雲母花崗岩の絶壁を、せっせと闘志を燃やしつつ、スケッチを続けたことであった……。

この『外金剛の晩秋』と題する二十号の油絵は、幸い初入選して、彼の父親を喜ばせた。

「まあ、軍隊でいうと、少尉任官という所じゃろう。とにかく、よかった！」

父親はようやく一人息子に、画才があるのを認めたような口吻だった。だが野口には、初入選の喜びよりも、雪解けと一緒に、金英順が、紅夢館に元気な姿を見せだしたことの方が、嬉しかった。

彼は、小遣いの許す範囲で、仁寺洞の料亭に通った。そして精進料理のような肴をつつきながら、舞姫の順番が訪れるのを待ち、長鼓の音と共にスケッチ・ブックを構えた。

相変らず英順は無口で、態度はよそよそしかった。彼にはその彼女のよそよそしさは、自分が日本人であるせいに思えて、あるときには息苦しく、あるときには腹立たしく、そして恨めしかった。

六月からは、それらのクロッキーを基礎にして、習作にとりかかった。絵が行き詰まると、ふたたび紅夢館の朱塗りの門を潜る。またアトリエに籠って絵具をとく。

こんな生活の繰り返しで、勤め先の私立女学校が夏休みに入る寸前には、まあまあの出来栄えかと思われるエチュードが、曲りなりにも完成していた。だが野口は、英順の踊りの美しい線を、ただ摑まえ、表現しようと躍起になっていた――。

七月はじめのある日曜日、彼はその習作の絵を大事に抱えて、午前十時ごろ自分の家を出た。苑南洞に住んでいる英順の家を、捜して訪ねて行くためであった。

巨大な鍋の底のような京城の街には、もう強烈な真夏の太陽が、頭上に君臨していた。南山町、倭城台《わじようだい》の二つの町は、南山麓に発達した街である。倭城台には、朝鮮総督の官邸もあり、いつしか海軍武官府も生まれていた。

松の木の多い南山町の坂道を、だらだらと下っているときは、まだ幾分は涼しい。しかし目抜き通りである本町通りを横切って、明治町を行くころには、日曜日で人出が多いせいもあって、野口のワイシャツの背中の部分は、じっとりと汗ばんでいた。

本町の入口には、朝鮮銀行、三越、中央郵便局、殖産銀行など、石造りあるいは赤煉瓦造りの大きな建物が、広場をとり囲むようにして聳え立っている。野口は汗を拭いながら、東大門行きの府電に乗り、黄金町四丁目で乗り換えた。

ここから北に、鍾路通りを横切って、動物園、植物園のある昌慶苑前まで、府電が開通していた。苑南洞というのは、昌慶苑の南に位置していた。

電車通りの交番で、「宮廷舞踊をやる妓生」と言っても判らなかったが、「四人の老人楽士と組んで仕事をしている妓生」と説明すると、英順の家はすぐわかった。

苑南町という名前の停留所から、少し南に歩いて、左の道を曲って十分ぐらい歩く。するともう、そのあたりは、一種独特の匂いのある朝鮮人の小さな、土と石とで固められた家屋が密集している地帯である。

共同の井戸がところどころにあり、そこでは白衣を着た主婦たちが、洗濯物を使いなれた砧《きぬた》で叩き、わあわあと大声で語りあっていた。これを水砧を打つと言うのだそうだが、白衣を常用する朝鮮の主婦の仕事は、先ず洗濯だと言っても過言ではない。川とか井戸端はもちろん、小さな水溜りのような汚い池のそばでも、石の上に白衣をおいて、ぼてぼてと水砧を打つのである。そして洗った着物は、青い草の上にひろげ、天日で乾かすのが最上とされているらしかった。

野口は、巡査に教えられた通りに、歩いて来た積りだった。だが目印の棗《なつめ》の樹は見当らなかった。自然発生的に、いつのまにか出来上った村落が、そのまま町になったようなものだから、小さな迷路のような道が入り組んでいるのである。

彼は日本語のわかる小学生をつかまえ、金英順の家をきいた。胃拡張なのか腹だけがぽってり突き出た子供だった。

漢字で名前を書いても、相手は首を傾げている。野口は思いついて、脇にかかえた習作の絵の蔽いをとって、彼女の舞姿を子供に見せた。

「ああ。その人なら、わかるソ！」

子供は俄に彼を尊敬するような目の色になって、先に立って案内してくれた。

一夜に、幾組もの希望客があり、相当の収入が予想されたので、野口は両班《ヤンパン》の住むような、瓦のついた土塀をめぐらした英順の家を、想定していたのだ。しかし、実際に彼女が住んでいたのは、中流以下の小ぢんまりした藁ぶきの朝鮮家屋だったのである。野口は壊れかかったような門の戸をあけて、中へ這入って行った。

小さな庭があり、なるほど棗の樹が、藁屋根に隠れるように葉をひろげている。一人の老婆が、釣瓶井戸で水を汲んでいた。彼が話しかけると、老婆は怯えたような表情になり、慌てて家の中に駆け込んで行くではないか。とりつく島もないとは全くこのことである。

絵を抱えたまま、当惑したように、狭い庭先に佇んでいると、やがて門の外では、近所の人たちが群がってヒソヒソ話をはじめる気配が感じられる。野口は、家を間違えたのかと思ったが、暗い炊事場をかねた土間の入口には、金英順という標札がかかっていたので安心した。

「ご免下さい！」

「ご免下さい……」

彼は、なんどか声を張り上げた。

四度ぐらい声をかけたとき、英順が迷惑そうな、怒りを含んだ強《こわ》ばった顔つきで外へ出てきたのであった。

「やあ……どうも突然……」

野口良吉は、照れたように額の汗を拭った。小一時間ちかく探し廻ったので、シャツは汗で濡れている。

昼間見る彼女の顔は、ふと別人のような気持がした。白粉が刷かれていない上に、眩しい日光の下だからであろう。

少くとも夜見るときの、あの冷たさはない。また、重々しい舞衣裳を着けているときとは違って、ふつうの娘のような、水色の短い赤衫《チヨクサム》を着て、桃色の裳《チマ》をつけているので、一段と美しさに輝いて見えた。

「なんの用?」

咎めるように、威丈高になって英順は叫んだ。両手を腰にあてがい、それはちょうど朝鮮の婦人が、口喧嘩するときのポーズである。野口は当惑した。

紅夢館では冷たい仕打ちをとる彼女でも、こうして訪ねて行けば、少しは暖かく人間味を見せてくれるかと、彼は甘く考えていたのだ。しかし、後になってわかったことだが、英順が咎めるような言動をとるのは、当然だったのである。朝鮮では、古来より男女の別が厳しい。夫婦同伴で外出することなど、もっとも無恥な行為として批難される。だから「男女別あり」で、たとえ夫婦であろうとも、下層の者でない限り居間を別々にする。一般に婦人は、男客に接するのを恥辱だと考える風習であった。従って、いかに自分の主人や家族と親しい人が訪ねて来ても、面談をさけ、やむを得ない場合には、よそよそしい態度をとるのである。況《ま》して野口のように、女性ばかりが住んでいる家に、のこのこ出掛けて行くことは、礼儀知らずも甚だしく、相手を侮辱したことになるのであった。

野口は、暗い家の中の土間から、娘を護るように、先刻の老婆が、敵意をこめて彼を睨んでいるのを見、そして壊れかかった小さな門の外で、群衆が集まっているのを知った。

「ちょっと……出来上った絵を見て貰って、批評して貰おうと思ったんだ……」

彼は、十五号ほどの習作の絵を、とりだして英順に示した。

「都合が悪いようなら、置いて行くから……この次、お店で会ったときに……」

口の中で、もぞもぞと彼は喋り、その絵を英順に手渡した。英順は、じいーっと自分の舞姿を見つめていた。彼は片手をあげ、門に固まっている群衆をかきわけるようにして、彼女の家を逃げだしたのである。

いつも、朝鮮人部落でスケッチしているときに感じられる心細さ——それは不意に自分だけが取り残された異質な人間のような、つまり異邦人であるという心細さであったが——彼は英順の家でも、それを鋭敏に感じとったのだ……。

〈あの絵を、彼女は破り捨てないだろうか?〉

苑南町の停留所に佇んで、びっしょりかいた汗を拭ったとき、そんな不安が、彼の心の底にひろがってきた。習作の絵だから、焼き払われても未練はないが、この数ヵ月、あの英順の舞姿と取り組んで来ただけに、その労苦の結晶が、むごたらしく扱われることは不愉快だった。

——翌日、彼が家から十米ほど離れた小さなアトリエにいると、女中が電話だと呼びに来た。電話の主は、セブランス医大の朴奎学だった。

「明後日の夜、紅夢館へ来て呉れませんですか。時間は……そう、早い方がいいです」

「なにか、ご用事でも?」

「いいえ。とてもよいことです。では六時ごろに——」

朴奎学は、なにも言わずに電話を切った。

野口には、朴奎学の用件が、金英順に関することだとわかっていた。そのほかに考えられないからである。その日、六時かっきりに野口は、紅夢館の朱い門を潜った。

すっかり顔なじみになった女中が、彼を見ると、なぜだかニヤニヤして、いつもと違う部屋へ案内してくれた。怪訝そうに首をひねって、野口は室の潜り障子戸の前で立ち停った。女中は、〈早く這入れ〉というような素振りを残して、立ち去って行く。まだ夜は、完全に京城の街を占領し切れないでいると見えて、中庭を横切って行く女中の白い朝鮮服が、幽霊のように目に映った。

部屋へ入ると、中で待っていたのは、金英順である。野口は、朴奎学の姿を探したが、まだ来ていない様子だった。

電燈のスイッチをひねってから、野口良吉は英順と向かいあって坐った。英順は、まだ舞衣裳をつけず、頸から上だけ白く化粧をしている。

「この間は、済まなかった……」

彼は、形式的に頭を下げてみせた。英順は小さく微笑した。はじめて見る、変り者の妓生の笑顔だった。

「絵を返します……」

英順は、風呂敷で包んだ絵を、壁際から手にとり、それから、朝鮮の風習では、女だけの家に、独身の男が訪ねてくると、近所から誤解されるのだ……と言った。

「知らなかったんだ……ただ、絵を見て貰うには、昼間の光線の方がいいと思って……」

「絵は見ました」

「……それで、どうだろう。あの絵は、いいですか。だめですか」

英順はしばらく考えこんでいたが、急に、挑むような視線を彼に据えてきた。

「ねえ、野口さん。あんた……朝鮮の踊りを描きたいの」

切りつけるような、彼女の言葉だった。

「それとも、私を絵にしたいの？　いったい、どっち？」

野口は、その鋭い語調に、一瞬ひるむような気持で目を伏せた。そして、どもりながら答えた。

「僕が絵にしたいのは、宮廷舞踊でも、あなた自身でもない。踊りのなかに、あるいは、あなたの中に隠されている……なんというか、朝鮮の美しさなんだ。滅びつつある朝鮮の風俗、それの持つ哀しい美しさを、僕はかいてみたいんだけど……」

——あとになって、英順は、このとき彼が口にした「滅びてゆくものの美しさ」という表現に、心を打たれたのだと語ったが、野口の言葉は、そのまま真実を伝えていたであろうか？　それは疑問である。

朝鮮の美しさとは、野口良吉にとっては、自分より三歳年上の、金英順という女性の美しさではなかったのか。日本人の男とは寝ないことを宣言し、あらゆる権力に反抗している妓生が、金英順なのだ。梨薑酒のように不可思議な匂いと味をもった朝鮮の女……。それが金英順ではないのか。野口は、舞の美しい線よりも、朝鮮民族には珍しく彫りの深い顔立ちよりも、彼女のもつ影の部分、なぜ、そんな冷たい態度をとるのかという、暗い過去の部分を、まさぐり取ろうとしていたのではなかったろうか？

逆に言うと、それで京城の花柳界で、名物となったように、英順という妓生の冷たい表情、冷たい目付きに、野口は心を魅かれはじめていたのかも知れないのである。

しかし野口にとって、そんな心理的な考察は必要ではなかった。

「この、貴方の絵の踊りは、死んでいる」

と彼女は批評し、

「その理由は、こんな小さな温突《オンドル》の室だから――」

と笑ったのだ。

つまり英順に言わせると、李朝の宮廷舞踊は、大広間とか、陽のあたる広場で舞われたものなのであった。だから、明るい陽の下で舞わなければ、その美しさは捉えられない。暗い六畳ぐらいの温突の室では、舞の美しさが死んでしまう……と言うのである。

「では、どこで？」

「一番いいのは、景福宮の慶会楼ね」

英順は、断言するように答えた。

景福宮とは、李朝の太祖・李成桂が、京城に都を移してから、白岳の南麓に築いた宮殿である。その後、戦火のため荒廃したのを、慶応三年、摂政大院君によって再建された。

当時の宮殿は、敷地十三万坪、城壁だけで三粁に及んでいる。その正門は、光化門と言い、地名として残っていた。そして建物も、勤政殿、思政殿、慶会楼などを残して取り毀《こわ》され、朝鮮総督府の宏壮な白堊の建物が、いまかつての宮殿にかわって聳え立っている。

慶会楼は、その総督府の北背後に、高さ四米半の石柱四十八本をもって、支えられた大楼台であった。東西三十四米、南北二十七米もあり、階上階下は、君臣の宴会場にあてられていたのである。

野口も二度ばかり見学したことがあったが、広い濠の中央に、浮き島のように雄大な甍《いらか》の、楼《たかどの》が天を摩し、四囲を睥睨している有様は、捨て難い李朝の風情があるのだった。

「あそこで、踊ってみたい……。その時なら、モデルになるよ、私！」

金英順は、そう言った。野口は嬉しくなって、立膝した彼女の、流れるような水色の裳《チマ》の裾に、接吻したいような衝動に駈られた。

四

かつての王宮の宴会場である慶会楼で、舞っている彼女をスケッチすることは、並大抵のことではなかった。

なにしろ総督府の敷地の中であり、月曜をのぞく毎日、午前十一時、午後一時半、午後三時と、一日三回の拝観時間が定められてあるのだった。

案内人は一定のコースを、一定の時間をかけて案内する。そして入場人員と、出場人員とが喰い違うと、目の色を変えて騒ぎ立てるのである。

こんな調子だから、長鼓、洞簫、伽倻琴、笙、鉦鼓などを運びこみ、慶会楼の階上で、「春鶯囀」などを奏で、英順が舞うということは、不可能に近かった。

野口は、英順とも相談して、舞台を太平通りにある徳寿宮に移すことにした。

この徳寿宮は、故李太王殿下の譲位後の居宮で、過去九年間、慶運宮と称し、王宮だったこともある。その意味では、宮廷舞楽にふさわしい、ゆかりの土地でもあった。

この徳寿宮だと、李王職の管轄であり、大人・小人共、五銭の拝観料で一般に公開しているから、楽なのである。

……こうして金英順は、夏休みの毎日、午前中一時間ずつ舞衣裳をつけて、徳寿宮の青い芝生の上に立ってくれるようになった。

キャンバスの前に坐っている彼は楽だが、同じ姿勢で両手を伸ばして立っている英順の方は、楽ではない。

午後には、一時間一円のモデル料を貰いたさに、四人の老楽人たちがやってくる。野口は、その四人の楽士を、宮殿の前の芝生に坐らせ、背景の絵の方を仕上げるのだった。ときには英順も午後まで居残っていて、彼のためにポーズをとってくれることもあった。

彼女は、雨の日をのぞいて、きっちり十五日間、野口のためにモデルになってくれた。ある日、彼女が舞衣裳をつけた頃から雨が落ちはじめ、晴れそうもないので、仕方なく徳寿宮の大赤門の前からタクシーを拾って、彼のアトリエまで帰って来たことがある。

一人息子の彼は、自分の家である千代田楼のすぐ近くに借家を一軒かりて貰い、そこをアトリエにして暮していた。ただ食事と風呂にだけは、旅館であるわが家に通った。英順は、アトリエの内部に興味をひかれたのか、いろいろな質問をした。

「これ、なアに?」

「なにに使う?」

「どんな風に?」

英順の言葉のセンテンスは、いつも短い。それは、日本語をあまりよく知らないからではなくて、日本語を拒否しようとするから、そうなるのであった。(もっとも、これは後で判明したのだが――)

いつになく親しみをこめて、彼女が話しかけてくれるのが愉しく、野口は、絵の道具や使い方について、あれこれ説明してやった。この雨の日の、アトリエの数時間は、いままで二人の間に立ちはだかっていた巨大な土の壁を、一気に削りとる形となった。

英順の瞳の色、言葉つきからは、それまでのよそよそしさが搔き消え、いつか朴奎学と二人で紅夢館にいた時のような、警戒心のない態度にと一変したのである。

野口は、完成したスケッチをもとにして、三十号の油絵にとりかかることにした。夏休みが終り、また二学期の授業がはじまったので、野口がキャンバスに向かえるのは、日曜日と祭日だけであった。

野口は絵筆をとりながら、いつしか自分の心の底深くに、あの朝鮮の妓生の面影が、強く灼き付いているのを知った。女学校の教壇に立っていても、クラスに何名かは混っている鮮人女学生の顔を見ると、ふッと金英順の透けて見えそうな白い耳朶や、理知的な鼻や、濃い後れ毛などが、断片的に浮き上ってくるのである。

〈あの朝鮮の妓生に、恋しているのか？〉

〈三つも年上の、あの舞姫に？〉

彼は、自問自答する。そして、そんな自分を、笑おうとする。しかし、心に巣喰った英順の影像は、いっかな追いだせなかった。追いだせないばかりか、それは毎日毎日、彼の胸の底で呼吸をし、膨れ上って、体積をましはじめるのだ……。

どうにもたまらなくなって、紅夢館へ出かけたこともある。しかし、徳寿宮でポーズをとり、彼のアトリエへ来たときの彼女と違って、舞っている時は、以前よりも冷ややかな感じさえする英順なのだった。野口は失望もし、また彼女の笑顔を見ようと躍起になるのだった。

九月末の日曜日である。

とつぜん、セブランス医大の朴奎学が、旅館の女中に連れられて、彼のアトリエにきたことがあった。彼が、千代田楼で暮していると思い、そちらの方に間違えて訪ねて行ったものらしかった。

「昨夜、久しぶりに紅夢館へ行って、いろいろ彼女から話を聞きましたですよ。とうとうモデルになって呉れたそうですなア……」

朴奎学は、アトリエに入るなり、描きかけの三十号のキャンバスの前に立って、目を細めたり開けたりした。

「五分通り完成という所です」

野口は、含羞《はにか》みながら言った。朴助教授は腕時計をみて、

「まだ、彼女は？」

と訊いた。

「え、彼女？」

野口が言うと、相手は微笑して、

「二人で、野口先生を激励がてら、絵を拝見して来ようということになりましてですね。落ちあうことになっとるんですよ」

「へーえ。それは、それは」

彼は朴奎学の、そんな心遣いが非常に有難く思えた。鍾路二丁目の酒幕で会い、紅夢館に一夜、招待してくれただけの因縁が、金英順を中にこれほど発展し、これほど親密になったのだ。人間の交際とは、わからないものである。野口は、家まで駈けて行き、母にアトリエまで来て欲しいと告げた。家を出ると、紫の薄い裳《チマ》をひるがえしながら、果物カゴを持った英順が、パラソルを翳しつつ、南山町の坂道をのぼってくる姿が見えた。

「やあ。朴先生は、もう来られてますよ」

彼はニコニコして話しかけた。

「ああ、苦しい。この前は車だったから、すぐ近くだと思ったけど……」

英順は、白い額にいっぱい汗をかいている。赤蜻蛉の飛び交う季節にはなっても、京城の街は、まだ残暑がきびしい。夏から一足とびに冬になる感じなのである。

「それ……持ちましょう」

野口は、英順の手にしていた果物カゴを受けとり、近所の目を気にしながら、大股に道を登って行った。すぐ近くの、坂道に面した家に、教え子がいたからである。

坂道を右手に折れ、一番奥が、彼の借りている家だった。八畳の洋間と、六畳の和室、それに玄関と台所という小さな家である。洋間の方が、アトリエに使われていた。

「そこで、彼女に会いました」

野口は朴奎学に報告して、和室の方に座蒲団を用意した。

「野口さん。この老人たちの顔は、ちょっと淋しそうですね。なにか、意味があるんですか?」

朴助教授は、キャンバスの前に英順をのこして、六畳の方へあがってくる。

「意味はありません。ただ四人の楽士さんとも、なにか演奏してるとき、昔を懐しむような表情をするもんですからね。それで、淋しいような、懐しいような表情に描いてみたんですよ……」

英順は、野口の母が挨拶にくると、畏《かしこ》まって日本風に坐った。野口は二人を母に紹介した。

「ああ、この方……。モデルになって頂いたのは」

母はすぐに納得したらしかった。ときどきアトリエの掃除に来て、彼女の顔のスケッチでも見ているからであろう。

「よろしくお願いしますよ……」

五分ばかりいて、母はすぐ帰って行った。

朴奎学は、医大助教授をしているだけに、なかなか教養のある人物で、絵画についても知識は豊富である。そして話すのは、もっぱら野口と朴奎学とであった。

肝腎の金英順とは、夏休みが終って、休日しか絵がかけないという話をしただけである。そのあと三人は、明治町に出て、早目の夕食を摂《と》って別れた。別れぎわに英順は、

「私の顔の絵が心配だから、ときどき来てみる」

と微笑《わら》って言った。

――ただそれだけのことだったが、野口には、この突然の来訪が、どんなに嬉しかったことか！　その夜、彼は浮き浮きして、眠られなかったことを覚えている。

英順が帰り際に言ったことは、嘘ではなかった。

次の日曜日の午後、大邱《たいきゅう》の青リンゴを持って、訪ねて来たからである。

夏の日射しと、秋に入っての日射しとは、随分と違うものである。野口良吉は、徳寿宮で見た彼女の皮膚の色と、アトリエで見る英順の皮膚が、かなり喰い違っているので驚いていた。だが、秋の柔かな日射しの方が宮廷舞踊にふさわしい。

野口は、そのことを彼女に話して、顔を描くために日曜ごと、時間をさいてくれないかと頼みこんだ。ちょっと口実めいた、後ろめたさを感じながら――。

とにかく彼は、英順と二人きりで会う、こうした時間をつくりたかったのだ。そして思いがけず、彼女は素直に承知してくれたのである。

……日曜日は、彼にとっては、楽しい、待ち遠しいものになった。

日曜ごとに、妓生がアトリエを訪ねてくると言って、母は近所の評判を気にしたが、「絵のためだ」と言えば、さほど野口に逆わなかった。目的は彼女の顔だけだから、英順はアトリエに入ると、椅子にきちんと腰をおろしている。それだけでは退屈だろうと思って、野口は画集や、自分の写真アルバムを、彼女にあてがった。

一時間ほど坐って、しばらく休憩し、また三十分ほど坐って貰う……という約束が、三回目には三十分ほど坐って貰い、あとは雑談して別れるという形となった。

雑談といっても、彼女は自分から積極的に話しかけないので、野口の方から、妓生の生活について、あれこれ質問するわけである。英順は、自分たちの暮しぶりについては、率直にしゃべった。

「一時間二十五円といえば、妓生のなかでも最高の線香代だろう?」

と彼が質問する。

「線香代と違う。五人一組。踊りを見せる料金だわ」

と、ポツンと彼女が答える。

「それだけ、高いお金を貰っているのに、どうして、あのような家に住んでるの？」

と彼が訊く。

「そうね。二十五円とるのは、両班《ヤンパン》だけ。日本人と……」

さも当然のことのように、彼女は応じる。

野口には、彼女の応答によって、妓生の世界の裏側がわかり、妓生の歴史がわかることが面白かった。

英順の話によると、一時間二十五円という料金は、日本人客、および朝鮮の富豪たちに要求する額であって、実際には、たとえば朴奎学のように宮廷舞踊を可愛がってくれる朝鮮のインテリには、たった五円で奉仕していた。日本人と両班の場合だけ、十円を検番に納めて、残りの十五円を平等に五人で分配する。すると一人あたま三円になる。奉仕料金のときは一人一円である。

この勘定でゆくと、一晩に日本人が三組ほど彼女を呼んでくれて、たった九円の収入なのであった。

「一晩に、たった一円のときもあるよ。ただチップは、全部、私のもの……」

野口は夏の盛り、老いた楽士たちが、徳寿宮にいそいそとやって来たカラクリが、やっと呑みこめるような気がした。金英順は、その老楽士たちに、正統の宮廷舞踊を教わり、その恩義に酬いているわけだった。

――十一月に入ると、京城の街は、もう冬仕度になる。小雪が舞いだすのは、この月の下旬からだった。

アトリエに煉炭火鉢をもちこみ、その日曜日の午後も、野口良吉は、最後の顔の修正にかかっていた。

キャンバスに描きだされたのは、徳寿宮を背景に、老いた楽人が雅楽を吹奏している前で、愁いを含んだ朝鮮の舞姫が、秋空を見あげつつ舞っている……という構図である。

老人たちは、昔を懐しむように、ある者は瞬き、ある者は恍惚と英順を眺め、ある者は目を伏せている。

そして英順は、かすかに横顔を見せて、自分の白い右手を凝視している。その右手を凝視する英順の瞳の色が、なかなか思い通りに出せないのであった。

野口が、絵具をパレットであわせていると、アルバムを見ていた英順が、不意に声をかけてきた。

「これ……誰？」

彼は、

「ん？」

と生返事をした。

父母の部屋にあったアルバムを、持って来て英順に見せていたのだ。英順は自分から立ってアルバムを見せに来た。

「こ、この人よ……」

野口は覗きこみ、苦笑した。彼女が指しているのは、軍人だった頃の、彼の父だったのである。

「ああ。僕の親父だよ」

「あんた……お父さん？　この人？」

なぜだろうか。英順の声音には、噛みつかんばかりの緊迫したものがあったのだ。

「もと軍人だったんだ。僕のおふくろと結婚してから、軍人を辞めたけど……」

不意に英順は、手にしていたアルバムを、完成寸前の彼のキャンバスに叩きつけた。パーンという、平手打ちのような音がした。

「な、なにをするんだ！」

ぐらり、と画架装置は倒れそうになり、キャンバスは横のめりに床に落ちた。腰を浮かせた野口は、あわてて、その絵を手にうけようとして、椅子から転げ落ちた。

絵の方は、まあまあ無事だった。

彼女はなぜ、彼の父の昔の写真を見て、そんな行動をとったのだろうか。完成寸前の絵に気をとられ、ほっと一息ついて見廻すと、玄関の戸があいており、英順の姿は見えなかった。

「おい、きみッ！」

「なぜ逃げるんだッ！」

彼は跣《はだし》のまま飛びだした。しかし、坂道まで出ると、体裁わるくなって、英順を追いかけられなかった。そして宮廷舞踊で知られた変り者の妓生は、紫の裳をひるがえしつつ、小走りに坂を駈け下って行くところであった。

五

金英順をモデルにした絵は完成した。

だが、彼女は紅夢館へ訪ねて行っても、彼の部屋には、

「行けない」

というだけで、姿を見せない。

彼は、洞簫の噎《むせ》び泣くような音、哀調のこもった長鼓の音を求めて、英順に会いたい一

心で、茶屋町から鍾路界隈を彷徨した。そしてある料亭から出てきた老楽人の一行を見つけて交渉したが、英順は料亭の中に隠れて、出て来ようともしなかった。

〈彼女に嫌われた……〉ということは彼にだってわかる。しかし彼が知りたいのは〈なぜ、嫌われたか〉ということなのであった。

その原因は、あの日のアルバムの写真なのであろう。そして自分の父が関係していることはわかる。

写真は、結婚前の父母が、郊外あたりで肩を並べている、いわば婚約中のものなのであった。母は着物を、そして父は将校の制服をきて、軍刀を吊っている。

〈あの写真の、なにが気に要らないんだろう？　彼女は、軍人が嫌いなのか？〉

野口良吉は、そう思った。

英順に会って、その理由を聞けば、なにもかもハッキリするのだが、彼女が会いたがらない以上、彼は、怒りの理由を推測して行くよりなかった。

アルバムの写真を示して、母に訊いてみると、

「たしか、水原あたりにピクニックに行って、撮って貰った写真じゃないかしらね」

と、記憶は曖昧だった。

こうなると、父の記憶にたよるしかない。

野口の父は、旅館組合長をしているので、日頃、外出しがちだった。だから、夜にでも聞きだすより方法はなかった。

――忘れもしない。

ちょうど太平洋戦争がはじまる前夜――つまり十二月七日の夜のことだ。

野口は、父の荒平が帳場にいるのを見て、例のアルバムを持って這入って行った。

「お父さん。ちょっとお聞きしたいことがあるんですが」

「なんだな？」

荒平は、番頭に帳簿を返しながら、彼を見た。

「この写真なんですけどね」

「どれだ？」

父は老眼鏡をかけて一瞥し、番頭の手前、苦笑しながら頁を閉じた。

「お母さんと一緒に撮ったのは、たしかこの写真がはじめてですね」

「ああ。古いのがなければ、そうだろう」

「この写真を撮った場所は？」

「さあ、忘れてしまったよ……」

「お母さんは、水原の近くだとか、言ってましたけど……」

父の荒平は、不意に厳しい口調になった。

「おい、良吉」

「はい……」

「この古い写真に、なんの関係があるんだ」

「ちょっと、大切なことなんです」

「大切なこと？」

「ええ。景色がよさそうだから、生徒を連れて写生旅行に行こうと……」

「この十二月にか？」

「いいえ、春になったらですよ。来年の計画表をつくるんです」

彼は嘘をついた。女学校で先生をしているという立場を、利用したのである。その彼の言葉をきくと、父はまた老眼鏡をかけ、アルバムの頁をくった。

そして電燈の光にかざした。

「水原か……」

父の荒平は呟いた。

写真の背景には、低い丘陵が見え、左手に木造の村役場のようなものが見える。野口の父は、記憶を探し求めている様子だったが、

「ああ！」

と低く言った。

「これは発安場だよ」

「ハツアンジョオ？」

「いまは発安里といっている。鳥山から西へ真ッ直ぐ入ったところで、大して景色のいい所じゃないぞ」

荒平は老眼鏡をはずした。

「なぜ、こんな所に？」

「ああ、昔は守備隊があってね。リンゴか梨でも捥《も》ぎがてら、お母さんが遊びにきたときの写真だろうよ」

父の言葉には、なんのためらいもない。

野口は、落胆した。なにか父の言葉から、金英順の怒りの理由のヒントでも、摑もうと思ったのだが、それは無駄のようであった。

「桃や、ブドウじゃないんですか？」

「昔は、リンゴや梨、杏《あんず》などが多かったね。この発安場守備隊は、なかなかの手柄を立てた守備隊なんだぞ。万歳騒動のときに――」

野口は、目を光らせた。

「万歳騒動って、なんです？」

「お前はまだ、生まれてなかったろう……。いや、生まれた年だったかな？」

父は朝日の袋から、吸口のついた煙草をとりだした。そして赤くなっているストーブの煙突にそれを押しつけた。

「朝鮮人たちが、万歳《マンセイ》、万歳《マンセイ》！　と騒ぎ立てた事件だよ。鍾路のパゴダ公園に、朝鮮の学生が集まって、独立宣言文を読み上げた……これがキッカケで、朝鮮中が大騒ぎになった事件だ」

「そんなことが、あったんですか」

野口は、初耳だった。

「あったとも。三月一日に起きたので、陸軍では三・一騒擾《そうじょう》といってたな。これのためにパンフレットまで出た位だ。こんごに備えるという意味でね」

「すると、この写真の守備隊は……」

「ああ。暴徒を鎮圧したわけだ。……もういいだろう。わしは忙しい！」

野口は、帳場を出た。千代田楼の建物は、エの字型に建てられていて、玄関を入って左手階下が女中部屋、その二階が父母の部屋になっている。

その足で彼は、父の書斎というか、居間へと入って行った。荒平は几帳面な性格で、壁には棚を組んで、名刺帳、日記帳、宿泊名簿などを、年度別に整理している。

そして一方の棚には、軍人時代の蔵書と、旅館の主人となって以来、買い求めた本その他が並んでいるのであった。

ためらわずに野口は、古い時代の棚を探して行った。背表紙のすり切れかかった、パンフレット類の中を探して行くと、『朝鮮騒擾経過概要』という表紙の活字が見つかった。

手に取って第一頁を開いてみると、『三月一日、約三、四千名ノ学生ハ予定ノ通リ「パゴダ公園」に集合シ、独立宣言書ヲ朗読シ、示威行進ヲ開始スルヤ、群衆コレニ附和シ……』という冒頭の文章が目に入った。

〈これだな!〉

彼はそれをポケットにねじこむと、なに食わぬ顔をして、自分の城であるアトリエに逃げこんだ。

昔の、大正八年ごろの軍隊の文章だから、漢字が非常に多く、野口は閉口したが、かまわず飛ばして読んで行った。

この平和な朝鮮で、二十数年前に、このような一大騒擾事件が発生していたとは、彼には信じられないことだった。しかし、こうして経過概要まで発行されている所をみると、紛れもない事実らしい。

そして当時の朝鮮では、この事件のことは歴史の教科書にも載らず、日韓併合以来、ただただ平和であるとのみ強調されていた。

……その経過概要によると、この独立運動の首謀者は、天道教徒、基督教徒たちで、それに一部の学生たちが参加した。独立宣言文を起草したのは、歴史学者の崔南善である。

三月一日、学生たちは同盟休校をやり、パゴダ公園に参集した。最初の計画では、天道教主・孫秉凞《そんへいき》によって、この独立宣言文が読みあげられ、祖国の独立万歳を三唱した後、デモ行進に移る予定であった。

だが、パゴダ公園の熱狂した学生たちをみた大人たちは、暴動の恐れがあると心配し、まぎわになって会場を、仁寺洞「明月館」の楼上に変更したのだ。

そして明月館で宣言文を読み、内輪だけで万歳を三唱し、警務総監に電話して自首して出た。

血気さかんな学生たちは、こうした大人たちの裏切りを知り、憤慨した。そして最初の予定通り、宣言文を群衆にくばりつつ、東西二隊にわかれて、デモ行進に移ったのである——。これが約九ヵ月、朝鮮半島を蔽い、燃え続けた燎原の火の、発火点だった。

パゴダ公園を出た時、それは数千名の学生たちだった。小川にも等しい存在だった。だが、万歳を連呼しつつ、学生たちが、李太王殿下の霊柩が安置されてある、徳寿宮になだれこんだ時には、小川はすでに大河となっていた。

「朝鮮独立万歳《ちょうすんのくりつまんせい》!」

群衆の怒号は、やがて鍋の底のような京城の街を揺り動かし、全市街は、たちまち洪水の渦に狂いはじめた。

その日のうちに、平壌、元山に飛び火し、翌日は黄州、鎮南浦、安州、さらに三日には開城、兼二浦、沙里院、宣川、咸興……といった風に燃え拡がって行った。

軍では、あわてて全鮮に戒厳令をしいたが、すでに手遅れだった——。

〈でも金英順と、この三・一騒動とは、関係ないじゃアないか——〉

野口良吉は、パンフレットの経過概要で、三月分の項を読んだだけで、うんざりしてしまった。ただ彼には、過去にそうした事件があったという事実の方が、新鮮な駭《おどろ》きだった。彼は、その夜、寝つかれないで、枕許のスタンドをつけ、雑誌を読んでいたが、不意に思った。金英順が、怒りを示したのは、父ではなくその背景になっている、発安場の守備隊のことなのだ——。

彼は、パンフレットの、頁をめくってみた。騒擾の経過は、月別かつ道別に、記されてある。

四月の暴動の項の京畿道の欄に目を通しはじめた彼は、不意に起き上った。そうして愕然と目を瞠《みは》ったのである。

それには、次のような冷酷な文章が並んでいた。

『……京城府内ニ於テハ官憲及軍隊ノ至厳ナル警戒ノタメ、騒擾ヲ惹起スルニ至ラズ。表面上ノ秩序ヲ維持シ得タリト雖モ、郡部ニ於テハ激烈ナル騒擾ノ影響ヲ受ケ、四月上旬ニ至リ猖獗ヲ極メ、郡庁、面事務所、警察官署、憲兵駐在所ノ襲撃、民家及ビ面事務所ノ破壊、放火、橋梁ノ破壊、焼棄ナド、アラユル暴行ヲ敢テシタルノミナラズ、約二千名ノ暴民ハ、水原郡雨汀面花樹里警察官駐在所ヲ襲ヒ、之ヲ包囲暴行シタルヲ以テ、駐在巡査ハ発砲応戦シタルモ衆寡敵セズ、弾丸尽キ、遂ニ惨殺セラレ、ソノ屍ハ凌辱セラレタリ。

状況右ノ如ク、殆ンド内乱ノ如キ状態ニシテ、為ニ同地方ノ内地人ノ如キハ、危険ヲ冒シ婦女子ヲ一時他ニ避難セシムルナド人心恟々、形勢混沌タリシガ、当時、来著セル発安場守備隊長ハ、現況ニ鑑ミ、暴動ノ主謀者ヲ剿滅スルノ必要ヲ認メ、四月十五日、部下ヲ率イテ堤岩里ニ到リ、主謀者ト認メタル耶蘇教徒、天道教徒ナドヲ集メ、二十余名ヲ殺傷シ、村落ノ大部分ヲ焼棄セリ……云々』

発安場の守備隊が登場して来たのは、ただこの一箇処であった。

〈主謀者ト認メタル耶蘇教徒、天道教徒ナドヲ集メ、二十余名ヲ殺傷シ……〉

——野口は、その活字を眺めて、ぼんやりした。

軍隊らしい簡潔な文章だった。しかし一人の巡査が殺された報復手段としては、あまりにも酷たらしいことをやるものである。これでは虐殺だった。機関銃ででも一斉射撃をしたのだろうか。集めて二十余名を殺傷したというからには、そのあと、村まで焼き払うというのは、どういう積りなのだろう。

野口は、蒲団の上に起き直り、風邪を引くのも忘れて、その無味乾燥な活字を、腕を組み凝視しつづけた。

彼の頭脳の襞《ひだ》の中では、堤岩里という、自分の知らない小さな部落で、部落の主だった人間が集められて、おろおろしている光景が目に浮かんだ。笠《カツ》をかぶり、白衣の上に周衣《ツルマキ》を羽織った村の長老たち。

それらの人々は、実際に花樹里の駐在所を襲撃した首謀者だったかも知れない。また、全然、縁もゆかりもない、熱心な基督教、天道教の信者だったかも知れないのだ。

それから二十数名の朝鮮人たちは、〈暴動の首謀者を剿滅〉する目的で、暴動後、数日たって〈殺傷〉され、村落を〈焼棄〉されたのである。

〈もしかしたら、父はその当時、守備隊長だったのではないのか？〉

野口はそう思い、怯えた。

彼の父が、そんな無法な殺戮《さつりく》をする人間には思えない。しかし、金英順の忿怒に満ちた、ギラギラ光るあのときの瞳の色を思いだすと、なにか自分の父の顔を見て、憤慨したとしか思えなくなるのであった。

――翌日、日本は太平洋戦争に突入した。京城の街は、真珠湾攻撃のニュースと、その大戦果に、湧きに湧いていた。戦勝祈願だというので、野口の勤めている女学校の生徒たちも、南山にある朝鮮神宮へ参拝に行かされた。三百八十四段の広い石段では、参拝の小学生、中学生たちが、ひっきりなしに往復していた。しかし野口には、日本の戦争のことよりも、金英順の方が気がかりだった。

参拝のあと、彼は電話帳で、京城の「芸娼妓組合」の事務所を調べ、金英順の戸籍について問い合わせた。

女事務員が応対に出て、

「しばらくお待ち下さい」

と言ったきり、なかなか埒《らち》があかない。

野口は五分ぐらい待たされた。次に出たのは男の声で、

「いま忙しいので、調べられないのですがねえ。なにしろ戦争でしょう……」

と、暗に断る口吻である。野口は、怒鳴りつけた。

「こちらは憲兵隊だ！　早くせんか！」

彼の剣幕におどろいて、相手はすぐ、妓生金英順の項を探し、電話口で読み上げてくれた。

彼女の戸籍は、野口がもしやと危惧していた通り、京畿道水原郡郷南面堤岩里であった。

「ご苦労さん――」

電話を切りながら、野口良吉は、冬だというのに、額に膏汗《あぶらあせ》をにじませていた。

〈やっぱり、だった……〉

家に帰って、地図を調べてみると、発安里のすぐ隣の部落が、堤岩里であった。戸数は五十四戸というから、部落としても小さい方であった。

朝鮮の邑《ゆう》・面《めん》は、日本でいう町・村である。

里というのは、日本でいう字《あざ》で、部落をさすのであった。

〈英順は、三・一事件で、日本軍の虐殺のあった部落の生まれだった……。しかも大正五年生まれだから、そのときは数えで四歳だ。記憶はある！〉

野口は、慄然とした。と同時に、自分がもし不当に父親を殺されたとしたら、その恨みを生涯かかっても、持ち続けるのではないか、という気がした。

堤岩里と発安里とは、目と鼻の先なのだ。母親から、

「お前のお父さんは、発安里の守備隊に殺された」

という話を聞けば、成長するに従って、その守備隊の兵士たちを、そして建物を憎むようになる。いや、その発安里の景色そのものすら、憎悪の対象となるのである……。

〈英順は、あの写真の背景を見て、それがどこか判ったのだ。そうして、そこに軍服姿でにこやかに佇んでいる野口荒平を見て、自分の父親を殺したのは、この軍人だと、思いこんだのではなかったか……。つまり野口良吉の父が、殺したのだと――〉

野口には不図《ふと》、彼女が日本人の男とは寝ないと宣言したという意味が、俄に、ある大きな重量感のあるものとなって感じられだした。もし、彼女の父親が、堤岩里で殺傷された二十数名の〈首謀者〉の一員だとすれば、日本人を憎む気持も、野口の絵のモデルになりたくない、という気持も理解出来るのである。

舞を見せて日本人から高い料金をとるのも、知事に扇を投げつけたのも、なにもかも納得がゆくではないか。

父親の突然の死によって、彼女の一生は、不幸なものとなったことは想像に難くない。その証拠に、范南洞の汚ならしい家屋に、母親と二人きりで住み、一時間一円か、せいぜい三円の収入を得て暮している。

……あれこれ思い煩うと、野口は英順にあって問い糺してみたい気持が、勃然と湧いてくるのであった。だが万歳事件の当時、彼の父も軍人だった。そして発安場守備隊の前で、母と仲好く写真を撮っている所をみると、まんざら無関係だとは言い切れない黒い怯えが、野口を押し包むのであった。

〈父がその頃、守備隊長だったら、どうしよう？　そして英順の父を、殺した張本人だったら？〉

野口良吉は、ある良心の苛責を感じて、日ましに憂鬱な教師となって行った。

六

野口良吉の、金英順を描いた三十号の油絵は、『李朝残影』という題名を付して、鮮展に出品された。

野口は、この絵にだけは、自信を持っていた。英順を知ってから、すでに一年あまりが過ぎている。そしてその一年あまりは、すべて彼女の舞姿への執念で、凝り固まっていたといっても過言ではないのだ。美術館に搬入したのは、年が明けてすぐであった。なにも、そんなに急ぐ必要はなかったのだが、アトリエの隅で英順が絵になって埃をかぶっていると思うと、なんとなく憂鬱だったからである。

彼は、どちらかと言えば、内攻的な性格の方であった。くよくよと思い悩むタイプであった。

父親に、三・一騒擾事件の当時のことを、はっきり聞けばよいのに、それができない。発安場の守備隊のことを、たしか父の荒平は、「なかなか手柄をたてた守備隊だ」と表現したように記憶している。手柄をたてた、ということは、父自身、堤岩里の殺戮によって水原郡の暴徒が鎮圧できた、と信じている証拠だった。そして、それは他人の手柄だったというようにも、解釈できる。

それなのに、野口には、どうも父が事件に関連しているように思われて、つい切り出せないのであった。なぜかというと、暴動が治まったあと、無辜《むこ》の民を殺傷した罪は、軍隊といえども追及されたに違いない……と推測されるからだ。そして父荒平は、三・一騒擾の直後――大正九年に、陸軍歩兵大尉の肩書のまま、退職しているのである。

〈父の退職と、堤岩里事件とは、関係があるのではないか?〉

野口良吉は、そう考えただけで、息苦しくなった。そして、必ず、父親の写真をみて、血相を変えた英順のあの時の強ばった表情が、彼の胸を銀の針で突き刺すのだった……。

紅夢館にも、足が向けられなかった。

三・一騒擾事件や、堤岩里の殺傷事件を知らない以前ならともかく、英順の怒りの理由がなんとなく想像できる現在では、顔を合わすのも辛いのである。その癖、たまらなく会いたかった。

〈なんだ……。たかが朝鮮の妓生じゃないか！〉

野口は、自分に言い聞かせる。

自分の絵のモデルになってくれただけの、手すら握ったことのない妓生である。年長でしかも朝鮮人で、父《てて》なし子の妓生で……と、彼は金英順の欠点を、洗いざらい数え立ててもみる。彼は、英順のことを忘れよう、考えまいと努力はしている積りなのだった。

――街には景気のいい軍艦マーチの前奏曲で、刻々と日本陸海軍の戦果が報道されている。そしてその攻撃ぶりは、全くはなばなしかった。

マライ沖海戦では、英国の最新鋭をほこる二戦艦を葬り、一月三日にはマニラ市を占領、二月十五日にはシンガポール陥落と、息つくひまもない強襲によって、京城の府民たちを戦勝気分に誘いこんだ。

だが野口には、金英順のことが頭にこびりついて、浮き浮きするどころではなかった。スラバヤ沖海戦の戦果が、報道されている二月末のことだった。野口の勤め先の女学校に、京城日報の記者が、とつぜん彼を訪ねて来た。

〈なんの用事だろう?〉

と思って校長室へ行くと、校長がニコニコして、

「おめでとう!」

と言うのだ。

「なんのことでしょう?」

野口は、きょとんとして、カメラマンと記者の名刺を見つめた。記者は笑い、

「あんたの絵が、特選の第一席になったんですよ。感想を聞かせて下さい」

と、早速ザラ紙を構えた。

「特選ですか?」

「『李朝残影』を出品された、野口良吉さんでしょう?」

「そうですが……」

「だったら、間違いありません」

彼は受賞の感想なるものをしゃべらされ、カメラマンから顔写真を撮られた。このニュースを知って、職員室の連中も、口々にお祝いの言葉を述べてくれた。

〈あの絵が、特選に!〉

自分の喜びよりも、先ず金英順に知らせて、彼女に喜んで貰いたいという気持の方が、

先に立った。

だが果して彼女が、素直に喜んでくれるか、どうかを考えると、野口は知らせに行くことがためらわれた。

結局、野口は帰宅するまでに、自分の家と、セブランス医科大学の朴奎学とに、そのことを電話しただけだった。

三月五日から、鮮展は公開された。総督府美術館で、ほぼ一ヵ月、展覧会は開催されるのである。野口も、女学校の生徒たちを連れて、三日目だったかに、見学に行った。特選第一席の『李朝残影』の前には、さすがに見物人が群がっている。彼は、女生徒たちの手前、つまらなさそうな表情を装いながらも、内心、得意だった。そうして、モデルの金英順と連れ立って、自分の絵を眺めに来られなかったことが、すこぶる淋しく、侘しく思えてならなかった。

その『李朝残影』には、二十五歳の彼のすべてが、精魂が使い果されているのだ。一年近く英順の許に、紅夢館に通いつめた執念が、三十号の油絵となって結晶しているのである。この特選受賞を、なによりも喜んでくれたのは、軍人を辞めて以来、名誉欲の強くなった父の荒平である。

「これで良吉も、一人前の画家として、世間に認められたわけじゃな！」

荒平は、千代田楼に泊っている客の誰彼なしに、息子の彼を連れて挨拶に行きたがった。画家よりは軍人の方が立派だと、思いこんでいる父にしてみたら、思いがけない変化ぶりである。朴奎学からは、お祝いの鯛が届いていた。日本の習慣を、よく知っている男であった。そのほか、生徒の家やら、近所の知人やら、友人だの同僚だのから、祝いの品物だの、祝辞が届いた。

——しかし、その喜びは束の間だったのだ。

開催後八日目に、朝鮮軍の参謀長・田沢嘉一郎が見学に来て、彼の『李朝残影』を見るなり、

「これは妓生の金英順ではないか——」

と、部下の参謀に、不服げに洩らしたからである。

「はあ。よく似ておりますな」

参謀は、相槌を打った。

「似ておるではない。これは、あの女じゃ。調べてみよ」

田沢中将は、一夜、金英順の舞姿を見て、それ以来、彼女に執心なのだった。部下の参謀は、上官のその気持を見抜いて、いろいろ斡旋したが、検番の方でも、首をふられ、どうにも手がつけられなかったのである。

参謀長は、自分の意に従わない妓生が、画家風情に嘻々としてモデルになっていることが、気に喰わなかったのであろうか。その日、午後の授業で、水彩画を指導していた野口は、憲兵の突然の訪問を受けた。

校長室で応対すると、相手はいきなり、

「早速ですが、あの絵のモデルは？」

と訊いてきた。

「朝鮮の女性です」

彼は、憲兵の額から上に、制帽の形に、白い一線が画されているのを、そっと見やって答えた。

「それは見ればわかります。住所氏名は？」

「住所は正確に判りません。苑南洞だと思いました。名前は、金英順です……」

「すると、妓生だな？」

不意に、憲兵は語調をがらりと変えた。

野口は、むッとして言った。

「そうです」

「ふーん。いやしくも、学校の教職についている者が、妓生にモデルになって貰うとは、

「非常識すぎる！」

「非常識ですか？」

「当たり前だ。この非常時に、なんたる不心得だ！　日本はいま、戦争をしとるんだぞ」

憲兵の顔には、残忍な怒りが溢れていた。彼は不思議そうに、それを眺めた。

「でも、モデルになったのは、去年ですよ？」

「屁理窟を言うな！」

「しかし、本当です」

「まあ、とにかく、来て貰おう。いろいろ、聞きたいこともあるからな」

授業を中止して、野口は、憲兵隊の自動車に乗せられ、竜山の憲兵司令部に連れて行かれた。そして夕方まで、ほったらかしにしておかれた。

空腹の上に、寒いので、彼はいささか向かッ腹を立てはじめた。その頃になって、ストーブを焚いている取調べ室へ案内された。中尉の肩章をつけた男が、机の前に坐っている。

彼は一礼した。

「坐り給え……」

将校だけあって、扱いは鄭重だった。

中尉は『李朝残影』が、いつ頃から描かれたかを聴取し、ついで英順と彼との関係について、いろいろと質問した。しかし、彼の答えは、一つしかない。

「ふーむ。するときみと、金英順との間は、潔白だというんだね？」

「そうです。なぜ、そんなことばかり聞くんです？　早く帰して下さい」

野口は怒って言った。

「用件が済めば、帰しますよ。ところで、きみは、どういう積りで、あんな題名をつけたのか。それを聞かして下さい」

「さあ……ただ、なんとなくです」

「なんとなく？」

「はい。扱った画題が、李朝時代の宮廷舞踊ですから――」

「なんとなくねえ。しかし、李朝が影を残しているとなると、一般民衆には、まだ李朝が生き残っているような印象を与える。その上、場所は徳寿宮だし、ますます貴方の作意が感じられるんだが？」

「なんのことですか？」

「ふざけるなッ！」

中尉は、立ち上り、テーブルを拳でドンと叩いた。硬軟をとりまぜて、訊問する種族の、常套的な威嚇である。

「なにも、ふざけてません」

「嘘をつけ！　これは、なんだ！」

差し出した白い表紙のパンフレットを一瞥して、彼は、

「あッ！」

と小さく口に叫んだ。それは父の書斎から拝借していた『朝鮮騒擾経過概要』だったのである。

「貴様のアトリエを捜索したら、この本がでて来たぞ！　これでも、作意がないと言い張るのか！」

「そ、それは……別に絵とは、無関係なんです」

「だったら、なぜアトリエにある！」

「さあ。いつ頃からあったのか、自分でも覚えてないんですが……」

本能的に、野口は自分の父を庇おうとしていた。昔軍人だった父が、所蔵していたパンフレットなのだ。でも憲兵にそれを告げるのは、なんだか父に迷惑がかかるような気がしたのである。――訊問は続いた。

野口は、日時を忘れたが、そのパンフレットを近くの小学校の校庭で拾った、と嘘を吐いた。古本屋で買ったというと、古本屋を洗われると思ったからである。

夜十時ごろ、訊問は終りかけた。

空腹と腹立ちとで、野口は、仏頂面をしていた。

「きみの父親も、元軍人だったそうだし、まあ今日の所は、大目に見てやる。こんな過去のことを、ほじくり出して興味を持つんじゃないぞ。いいな！」

「はい」

「それから芸者だの、妓生をモデルに、今後一切、絵を描いてはならん！」

「は、はい」

「最後に、あの絵の題名のことだが、すぐに変更したまえ！」

「題名を変えるんですか？」

「むろんだ。民族主義者でなければ、題名を変更すること位、やぶさかではない筈だろうが――」

野口は、憤慨した。一介の軍人が、気まぐれや、思いつきで、権力を笠に着て横暴な要求をするのが、不愉快だった。『李朝残影』という題名を見て、まだ李朝が続いている、生き残っていると感じとるのは、憲兵たちだけではないのか――。

「どうする！　変更するのか。しないのか」

「……仕方ありません。題名は変えます」

「よし。自発的に、そうして欲しいと言うのだな」

野口は、またかーッとなった。自分から強要しておいて、こちらが承知したとなると、自発的に変更を申し出たという言質《げんち》をとろうとする。身勝手すぎるではないか。

しかし彼は、早く家に帰りたかった。

「はい。そうして欲しいと思います……」

「よかろう。で、新しい題名は？」

「つけません」

「なに？」

「強《し》いてつけるなら、無題という題名で、結構です」

なにが癇に触ったのか、憲兵中尉は立ち上りざま、野口を撲りつけた。拳は鼻の先を強くかすり、生暖い血が鼻の穴から溢れた。

「なにをする！」

立ち上りかけた野口は、顎に拳の一撃をくらい、椅子ごと倒れた。彼の度の厚い眼鏡が床に落ち、レンズは音をたてて割れ散った。

「無題とはなんという言い草だ！　貴様はアカに違いない！　帝国軍人を侮辱すると、どんなことになるか、思い知らせてやる！」

——その夜、野口は、冷たい憲兵隊の留置所で、ぶるぶる震えながら過さねばならなかった。三月中旬とはいっても、朝鮮ではまだ冬のうちである。彼は、たかが絵のモデルや題名のことで、殴りつけたり、留置したりする憲兵の横暴さに、我慢できなかった。野口は、あの堤岩里の虐殺事件、そして放火事件も、日本の軍隊では起りうるのだということを、身を以て体験した。

〈英順。俺だって、こんな酷い仕打ちにあっている！　殴られて、夕食も与えられずに、コンクリートの壁に囲まれた、留置場で震えている！〉

たった一枚の毛布にくるまり、歯の根を鳴らしながら、野口良吉は、金英順の白く透けて見える耳朶や、つんと高い鼻の形などを、一心に思い描き続けた。

翌朝、野口はふたたび取調べ室に、呼び出された。

バンドを取り上げられているので、ズボンを両手で持ち、野口が廊下をやってくると、父の荒平がベンチに坐っている姿がちらりと見えた。貰い下げに来たらしかった。

「どうだ、野口！　題名は、どうする気だ？」

昨夜の中尉は、健康そうな表情で、当番兵のさしだす熱い番茶を、うまそうに啜っているのだった。

「はあ……」

「折角の特選第一席を、棒にふる気はないだろうが？　ええ？」

「はあ……」

「きみの親父さんは、三・一騒擾のとき、武勲を立てている。パンフレットは、きみの親父のだろうが！」

「ええ？」

「なぜ隠し立てをする。隠し立てするから、留置所の厄介になったりするんだぞ？　発安場の守備隊長として、武勲を立てた軍人の息子が、なにも父親の手柄を、かくす必要はないじゃァないか……」

野口は、耳を疑い、唖然となった。

「父が……あの……守備隊長……」

「そうだ。知らなかったのか」

中尉は、〈なんだ、親不孝者め〉という表情をした。そして「誉《ほまれ》」を一本とって吸いつけた。その仕種《しぐさ》には、昨夜と打って変って、彼への親しみがこめられている。

「当番兵！　お茶をもう一杯！」

中尉はそう命じてから、野口を見た。そして、〈おや？〉という顔つきで、彼を凝視するのだった。

野口の頬は、涙でうすく濡れていた。泣いていたのだった。彼の一番懼《おそ》れていたことは、矢張り事実であった。自分の父が、あの英順の父を殺していたのだ……。

「ところで、題名は、なんとつけるね？」

当番兵が、野口の前に、湯気の立つ番茶を運んできた。彼は、それに手をのばしたい衝動に耐えながら、静かに首をふった。

「やっぱり……変えません。いや、変えたくありません」

「なんだと？」

中尉は、気色《けしき》ばんだ。野口は、もう一度首をふって、ゆっくり答えた。

「その代り、特選をとり消して下さって、結構です……」

次の瞬間、彼の体は横転していた。でもその皮膚に伝わった苦痛は、決してただの苦痛ではなかった。

金英順の顔が、幻のようにすぐ近くにあった。

性欲のある風景

終戦の日、つまり一九四五年八月十五日の記憶を甦らせると、今でも僕は内心忸怩《じくじ》たらざるを得ない。

なぜなら、学友たちの誰もが動員先の工場で呆然自失したり、わけもなく溢れてくる泪の意味に戸惑ったりしてる時分、動員を怠けて漢江でボート遊びに耽《ふけ》り、そのあげく映画館の暗闇の中で敗戦も知らず鼻屎《はなくそ》をホジくっていた不埒《ふらち》な学生が、僕だったからである。あまつさえ僕は、帰り途で日本の無条件降伏を教えてくれた親切な友人を、小賢《こざか》しくも非国民と罵って思い切りブン殴ったりしたのだ。

どうしてその時、不意に昂奮したり、その久武という友人を殴りつけたり、僕はしたのだろうか。十数年も前のことだから、記憶も鮮明でないが、夕陽が朱く昭和通の舗道を照らし、仰向けに転倒した久武の蒼い横顔をクッキリ浮き上がらせていた一齣《こま》の情景だけは、未だに脳裏に貼りついていて僕を自責の念に駈り立てるのである。

常識的に、日本の敗戦が一瞬信じられなかったからだろうと、その動機を解釈してもみたが、愛国者を装ったこの弁明はいささか妥当性を欠いているようであった。実はその日の朝、薄々ながら僕は戦局が最終段階に追い込まれていることを察知していたからである。夜中の——たしか午前三時頃だったと思うが、総督府の官吏であった父のもとに電話があった。僕の部屋は電話の位置から最も近く、女中は熟睡しているらしく誰も応対に出ないので、僕は受話器をとり、そして二階に父を呼びに行った。毛布をひっ被って一心に眠ろうと図っている僕の耳に、父の駭《おどろ》きをこめた応対の言葉が途切れ途切れに聴えて来、それからしばらくして自動車が迎えに来たのだった。玄関に送りに出た母や僕に、父は顔を痙《ひ》き吊らせながら、「大変なことになった」とだけポツンと一言洩らし、あわただしく出掛けて行ったのである。当時の記録によると、朝鮮総督府にポツダム宣言受諾の降伏書全文が同盟通信京城支局の受信でもたらされたのは、八月十五日の午前零時であるらしい。もちろん、午前十二時の重大発表の時刻までは、日本の無条件降伏は機密に属することであった。公式主義者である僕の父は、この重大なニュースを家族にも告げず、「大変なことになった」という言葉しか表現できなかったのである。だが常日頃、冷静寡黙な僕の父がいつになく取り乱しているその挙措から推して、ただならぬ事態だけは敏感に嗅《か》ぎとれた。だから久武の口から日本が負けたという言葉を聞いたとき、僕は瞬間たじろぎはしたが比較的駭きもせず、動揺もしなかったような気がする。

どちらかと云えば、僕は中学時代から軟派に属していたようだ。女学生に艶書を付けるほどの度胸はなかったが、映画館に出入りし莨《たばこ》をふかす程度の不良ではあったのである。しかし喧嘩などの腕力沙汰を惹き起すことは、徹頭徹尾嫌いなはずであった。中学時代、頭の悪い硬派の連中が、何かと云えば憂国の志士を気取って、同級生のアラを探し出し鉄拳制裁を加え、快哉を叫ぶ野蛮な風潮を僕は不愉快に思っていたひとりだ。とすると、久武を殴りつけるには余程の事情があったに違いない。

もしかしたら、動員を怠けたという背徳的な疚《やま》しさを、そうした手荒な行為で誤魔化そうとしたのではなかったろうか。あるいはまた、久武に個人的な怨みなどあって感情的な傾斜から怒りを爆発させたのだったろうか。どうもそう考えた方が納得できるような気持もするのだが、その時の実態として脳裏に漂っているのは、これらの理由以外の、つまり桁《けた》外れの異質な衝動だったような気がしてならない。その衝動がなんに根ざしているものであったか。思い当らぬまま僕はこの数年を苛々しながら暮して来た。もちろん、不快な記憶には触れたがらない、人間の悲しい習性が苛立たしい時間をかくも延長させたのだったが。

ところが最近、精神分析に興味を持っている友人と連想試験という遊戯をしたとき、「終戦」という出題があり僕は咄嗟《とっさ》に「牛！」と答えた。この遊戯は、出題されてから最初の連想を告げ、五秒後に連想していた最後の単語を答えてから、その最後の答と最初の連想との間にどのような移行心理が働いているかを推理し、回答者のメモと比較する遊びである。もちろん、出題から連想した最初の答が推理を進めてゆく鍵となるわけであるが、この咄嗟に口をついて出た僕の言葉に思わず友人はゲラゲラ笑い出し、

「どうして牛を連想するのだい？　終戦と牛が結びつく要素があるのかね」

と云った。

この不意の連想は、僕自身にもいささか意外だったけれど、でもお蔭で僕はあの夕方久武を殴りつけた衝動、あの妙にモヤモヤした黯《くら》い衝動をはたと想起できたのだった。――原因は、牛である。

終戦のころ、僕たちが学徒動員させられていたのは、京城郊外の鷺梁津《ろりようしん》駅から約一里ほど隔《へだた》った山の麓にある、S滑空機製作所であった。その年の春ごろ建設されたという噂のこのグライダー工場は、陸軍省指定という看板の文字こそ厳めしかったが、敷地だけがやたらに広く、バラックが幾棟か並んでいるだけの貧弱な工場であった。敵機の眼を誤魔化すための、茶や緑の偽装がトタン屋根に施《ほどこ》されてあり、その軽薄な屋根の模様が先ず僕たちの労働意欲を喪失させた。

遅刻や早退の申告にゆく監督官の部屋には、「死中ニ活ヲ求ム」という扁額が掲げられ

てあったが、何回か試作の後、ようやく量産体制に入った新型滑空機は、組立ててみると蛇が蛙を慌てて呑み込んだような、お世辞にも軽快とは云えない無様《ぶざま》な恰好であり、果してこれが死中に活を求め、戦局を好転せしめるに足る秘密兵器なのだろうかと心配であった。

なんでも、この半トン積の滑空機は金魚の糞のごとく数台が連って曳航《えいこう》され、敵の陣地を爆撃したり味方に糧食を投下する性能をもち、本土決戦の暁には多大な貢献をするのだそうだ。だが不幸にして、この陸軍自慢の新兵器は大東亜戦史を飾ることなく、折角生産された七台のグライダーも献納の式典を明日に控えながら、夜半南鮮を襲った暴風雨のため組立工場の下敷となって敢えなく無残な屍《しかばね》を曝《さら》した。そして僕たちは翌日から終戦の日まで、倒壊した組立工場の跡片付に使役させられねばならなかったのである。

朝鮮人の徴用工に混って、工場の梁やグライダーの残骸を運搬しながら、僕たちは警戒警報のサイレンを密かに待ち続けた。広い工場の一角に、タコ壺式の防空壕が掘られてあり、動員学徒は警報と同時に待避できる特典が与えられていたからだった。夏草の生い繁ったその一角から匍匐前進《ほふくぜんしん》して鉄条網を外に抜けると、真桑瓜《まくわうり》の畑があることも魅力なのだ。

タコ壺の中は暑苦しかったが、予備役から復帰した老大尉から呶鳴られながら働いたり、休憩時間に葉隠《はがくれ》の精神講話を拝聴させられたりすることに比べると、遥かに楽しく愉快な時間だったのである。併し、その頃の僕にとって、苦痛だったのは炎天下の肉体労働や精神講話ではなく、工場と自宅との往復の距離だった。新堂町の丘の上にあった僕の家から、鷺梁津駅までは順調に行って一時間四十分はタップリかかる。昔は奨忠壇《しょうちゅうだん》公園までバスが走っていたが、そのバスも木炭からアセチレンに切換えられ、そして廃止されてしまった。そればかりか、奨忠壇と黄金町六丁目を結ぶ単線電車も運転中止されていた。

僕は毎朝六時過ぎに起床し、それこそ飯粒を嚙み嚙みゲートルを巻き、雑嚢《ざつのう》をひったくるようにして家を飛び出さねばならなかった。三十分を費《ついや》して辿りついた黄金町六丁目の停留所には、それでも既に蜿々《えんえん》たる長蛇の列が築かれているのだ。そして雨の日を除いては、この停留所で十分以上待たされずに電車に乗れたためしはなかった。

満員電車に一時間余り揺られることは、想像以上の苦痛があった。僕は退屈凌《しの》ぎに、モンペ姿のF高女の生徒に眩《まぶ》しい横眼を使ったり、雑嚢に隠している煎豆を他人に気づかれず咀嚼《そしやく》する技術を覚えた。ただ辟易《へきえき》したのは、朝鮮人工員の弁当箱から蒸れて発散する大蒜《にんにく》の匂いである。冬ならともかく、押され揉まれするスシ詰めの電車の中で、鼻先に突きつけられると逃れようはなかった。鷺梁津方面行の電車には、特に工員や労務者が多く、この異臭だけで僕はゲンナリ疲れてしまう。

鷺梁津駅前の集合地点に、僕たちは午前八時までに待機しなければ、二つの懲罰を与えられることになっていた。定刻の八時になると、トラックが迎えに来て一里先の工場まで手荒く動員学徒を運搬するのだが、集合時間に遅れた者は、その罰として駈足で淋しい山道や南瓜《かぼちゃ》畑の中を走り、八時半までに工場へ到着して申告しなければならない。運悪く八時三十分を過ぎて工場の門を潜ったら、それはもう大変だった。原因がたとえ電車の故障であったとしても、責任感が不足しているせいにさせられて、老大尉からコッぴどく膏《あぶら》を絞られるのである。そして遅刻者のもう一つの懲罰というのは、三時の休憩に支給される雑炊《ぞうすい》にありつけないことだった。意地汚い話だが、僕たちは一日中腹を空かしていたし、この塩味の利いた雑炊は実際旨かった。遅刻したばかりに、級友たちが鼻の頭に玉の汗を浮かせながら雑炊をすする姿をつくねんと眺めなければならぬ、その無念さと云ったらないのである。

駅前の鮮人部落を抜けると、新しく切り拓かれた赤い粘土質の道路が、背後に山を控えながら立塞《ふさ》がった。雨の日は殊《こと》に滑りやすいこの急勾配の山道は、トラックのタイヤの痕を刻みながら、ゆるく旋回しつつ山の中腹を縫っている。晴れた朝はさすがに爽快な気分だったが、道の両側を埋める松林から油蟬《あぶらぜみ》の合唱が苛立たしく聞えて来て、遅刻者の癇《かん》に触った。油蟬はまるで老大尉の派遣した督促吏のようであった。僕は肚立たしくなって、小石を拾っては松林に投げこんだものである。

油蟬に悩まされながら、淋しい山道を喘《あえ》ぎ喘ぎ越えると、今度はダダッ広い南瓜畑が眼の届く限り眼下に拡がっていた。この南瓜畑の尽きた、あの山の麓にこれから駈足で走り着かねばならぬS滑空機製作所があるのだ、と思うだけで憂鬱になるほどの、やけに広い起伏に富んだ南瓜畑であった。

正直な話、ジリジリ烈しさを加えはじめる八月の太陽に、頸筋を焼かれながら、同じ恰好の朝鮮南瓜がゴロン、ゴロンと転がっている単調な一本道を土埃《ぼこり》をあげながら走ってゆく気持といったらなかった。侘《わび》しさを通り越して、それはたまらなく物哀しい、胸の底から揺すり上げてくるような惨めな気分なのである。

暑さや、軀《からだ》の疲労や、老大尉の説教が心の負担となるせいでもあろうが、この南瓜畑の一本道を辿って行きながら、その間虐《さいな》まれ続けるであろう侘しさ、惨めさなどの厖大な容積を想像しただけで、それだけで僕はもう尻込みしたくなってくる。そうして、動員をサボるという安易な、その癖何処かヒロイックな匂いすら放っている背徳の手段を、つい選んでしまうのだ。

……いま一つ、僕を不真面目な動員学徒に仕立上げるのに拍車をかけたのは、父の書斎の壁に貼ってあった五万分の一の京城周辺の地図であったことを、告白しておく。

ある日曜日、書斎に煙草を盗みに入った僕は、何気なく地図の傍に佇んでみて、ふと思いがけぬ発見をしたのである。地図をみると、毎朝苦労をして通っているS滑空機製作所の位置が、なんと僕の家の真裏あたりに当るらしいのだ。僕は物指で距離を計り、地図の上ではわずか四キロ足らずなのを確認した。この時の愕《おどろ》きは、僕の軀からすべての力を吸いとってしまったかのようであった。つまり僕は、一直線で行けるはずの地点に、わざわざコの字型の三辺を往復して通っていたことになる。

そして、無駄な浪費を余儀なくしている元兇は、京城府の中央に聳え威容を誇っている南山公園であった。だが僕は、矢張りコの字の三辺を往復するよりなかった。近道と思われる、地図の上では四キロ足らずの直線の間には、標高千メートルの大硯山や、碧い水を湛《たた》えた漢江などが存在していたからである。

この発見は僕をガッカリさせ奇妙な不平を鬱積させて行った。トラックに乗り遅れたとき、南瓜畑を眼の前にして尻込みするとき、僕の口実は決まっていた。

「俺が悪いんじゃアない。京城府の地形が俺を遅刻させているんだ。そして——今日俺がサボったくらいでは、恐らく日本の戦局にも大した影響はあるまい！」

ところで、八月十五日の朝は、僕は決して遅刻したわけではなかった。それどころか、二時間も早く鷺梁津の集合地点に姿を現わしていたのである。もちろん、これには僕なりの理由があった。

　この日の正午を期して、古今未曾有の重大発表があるというニュースは、二日前から新聞やラジオで予告されていた。僕がもう少し大人だったら、多分この思わせぶりな古今未曾有という形容詞から、日本の敗戦を嗅ぎつけたかも知れぬ。だが小学生の時分から、硝煙臭い雰囲気で育ち、神州不滅だの八紘一宇だのと日本を神格化する遊戯に慣らされ、この奇怪な習性を骨の髄まで染みつかせていた僕たちである。

　その朝、父が洩らした言葉に、若しかしたらと暗い漠然たる不安を唆《そそ》られた僕ではあったが、その大変なことは直ちに日本の無条件降伏という答を導き出しはしなかった。また心の隅に、その種の思考若しくは空想を拒絶しようとする、不思議な努力めいたものが潜んでいたことも否めない事実である。沖縄島の玉砕、広島・長崎に炸烈《さくれつ》した新型爆弾、そしてソ連の満州侵入と、拾い出せば限りない悲観的な材料が出揃っていたはずなのに、僕はまだ軍艦マーチの前奏曲で始まる大本営発表の、景気のよいニュースを期待したがった。

――特攻隊がワシントンを爆撃したのさ。

――いや、本土決戦の重大指令だろう。

――ソ連が北鮮まで入って来たのかな？

その前日、僕たちはそんな他愛もない予想を帰り途で話し合った。誰も日本の敗戦を予想したものはない。神国日本の敗北ということだけは、仲間たちの計算から除外されていた。日本の敗北を口外することが禁忌《タブー》であり、憲兵隊に拘引される懼《おそ》れがあったからでは決してない。考えることが恐ろしかったのかも知れぬ。僕たちは忠実に狎《な》らされた犬であり、あたかも盲点の位置に日本の敗北は存在していたのだった。

「なにしろ、古今未曽有の重大発表だからな。一体、なんだろう？」

産婦人科医の次男である七島が、そう云って僕の顔を覗き込むようにした時だった。僕の心の中に、『古今未曽有』という言葉が奇妙な感動を伴いながら、その波紋を拡げて行ったのは。

僕は竹製の吊皮に軀の重味をかけながら、ふッとある計画を思いついた。僕は遅刻常習犯として、既に仲間たちの定評を得ていたが、明日の朝だけは誰よりも早く集合地点に到着し、機智を誇ろうというわけである。多分、級友たちは一番乗りの僕の姿を発見すると眼を瞠《みは》り、皮肉とも揶揄《やゆ》ともつかぬ挨拶を投げつけて来るに違いあるまい。それを見越しての計画だった。そのとき、僕は胸を反らし悠然と彼等に応酬するのだ。曰く、「古今未曽有」と——。

この挨拶は、まことに時宜《じぎ》を得た秀逸な警句として、仲間から喝采を浴び、他校から来た連中にも一躍僕の存在を認めさせるに役立つはずである。計画は徐々に形態を整えはじめ、永楽町で七島と別れる時分には、スッカリ僕を夢中にさせてしまい、彼の家に寄って分娩の写真を見せてもらう約束すら度忘れしてしまう為体《ていたらく》であった。むかし、一首の和歌をひねり出したために苦心惨憺して真実性を付着させようとした法師がいたそうであるが、滑稽にも僕はその法師の顰《ひそ》みに倣《なら》おうとしていたのだ。有頂天になって僕は、その夜夕食を済ませると早速蒲団の中にもぐりこんだのだった。

真夜中に父が役所から呼び出されるという珍しい一幕はあったが、そのお蔭で僕はいつもより一時間も早く家を出ることが出来た。朝の空気は冷んやりとして爽やかであった。僕は跣足で黄金町六丁目まで走って行った。普段なら長い行列で埋まっている停留所も、今朝は閑散としていて無気味ですらある。そして鷺梁津に着いたころ、ようやく太陽が冠嶽山の頂きを薄紫色に染めはじめた。

鷺梁津の集合地点は、朝鮮人部落の入口にある巨きな楡《にれ》の木が目標である。僕は楡の木に凭《もた》れて、刻一刻と変化する朝日の色に見惚れたり、地面で活動を開始しはじめた黒蟻の動きを追ったりして、仲間の姿を心待ちにしていた。

満員電車の中ではたちまち過ぎてしまう意地悪な時間が、どうしたことか楡の木の下では一向に進んでくれないのだ。小学生の時分、集合時間を間違えて心細く待ち続けた記憶が、不意に甦って来たりして僕をますます不安にさせる。やり切れなくなった僕は、腕時計が正確かどうかを調べるために、駅の構内まで行ってみたりした。七時になっても、七時十分になっても、まだ誰も姿を現わさないのだ。僕は業《ごう》を煮やし、いささか後悔しながら、かの能因法師の苦痛を身を以て体験したのである。

太陽が赤い全身を現わして、藁葺《わらぶき》の朝鮮人部落の屋根を照らし、洗濯物を籠に入れた老婆が漢江の方角へ歩み出す頃だった。退屈し切っていた僕の視界に、級友らしい人影が飛び込んで来たのである。たちまち僕は元気恢復してしまった。胸すらときめくのであった。だが楡の木を目指してくる、その人影を注視しているうちに僕は弾んだ気分が萎《な》えてゆくのを知った。その人影が、朴念仁《ぼくねんじん》と渾名《あだな》されている金本甲植だと判ったからである。

金本甲植は富豪の息子で、朝鮮でも名門の家柄だということだった。体格は並はずれて大きく、入学試験の際ただ一人英語に満点をとったというので有名な人物であった。マントや下駄の着用は許されなかったが、それでも弊衣破帽《へいいはぼう》を重んじ奇を衒《てら》う、いわゆる蛮カラ趣味が根強く残っている環境の中で、彼だけは帽子も制服も買った時のそのままの姿でキチンと身につけているのだ。この固苦しい服装は胸が詰りそうだった。汗を拭くとき、彼だけは腰に手拭をぶら下げてなかった。ズボンのポケットから取出した手帛《ハンカチ》で、丁寧に顔や頸を拭《ぬぐ》うのである。語学や教練が不得手だった反感もあるのだろうが、偽りのない話、その朝まで僕は金本を軽蔑していた。

〈この朴念仁野郎では、諧謔の価値も半減する！〉

僕はすっかり落胆し、にわかに吝嗇《りんしょく》じみた気持になって、用意していた台辞《せりふ》を引っこめてしまった。そして僕は金本甲植に向かい、ことさら不機嫌な表情をつくりながら、ただ「よう！」とだけ云った。金本は微笑しながら近付いて来た。彼は大男特有の、ちょっと含羞《はにか》んだような瞬《またた》きをして僕を見まもり、それから僕の胸の内をまるで見透していたように、ズバリと云ってのけたのだ。

「ひどく早いんだなア。こんなの――古今未曽有と云うんだね？」

瞬間、僕は耳を疑い、大きくたじろいだ。これでは、まるで話は逆ではないか。なんのために僕は一時間も早起きして、鷺梁津へやって来たのか！　こんなことなら出し吝《おし》みする必要はなかったのである。

巧妙な肩透しを喰って、土俵に匐《は》いつくばった力士が未練タップリ小首を傾げるような、そんな惨めな情景が思い出された。糞真面目一方で、融通も利かずユーモアも判らぬ男だと、内心小莫迦《こばか》にし切っていた相手だけに、この金本の不意討ちは僕の自尊心を手酷《ひど》く傷つけた。目の前が暗く澱《よど》み、歯痒さのあまり首筋が顫えるのだった。

唖然となった僕の顔を、金本は不審そうに眺め、それからゆっくり楡の木の根本に腰を下した。そして小型英和辞典を上衣から取出すのである。いまいましさに、舌打ちしたいような気持になって、僕は金本甲植の頑丈そうな広い肩幅を睨みつけた。なんとか痛烈に応酬しておかねば、その日中僕は不愉快な気分で過ごさねばならなくなる、そんな厭な予感すら漂いはじめるのだが、どうやら時宜を失してしまったようであった。この勝負は完全に、金本甲植のものである。非の打ち処《どころ》ひとつない、完璧の勝利……。

闇雲《やみくも》に僕は、肚立たしくなった。苛立ちながら僕は叫んだ。

「よせよ！　敵性外国語の勉強なんか」

金本は駭《おどろ》き、怪訝《けげん》な視線であった。

「いけないかい？」

「ああ、気に喰わないね。勤労動員に来てまで、英語の勉強するこたアないだろう」

高飛車《たかびしや》な僕の口調に、金本は戸惑ったらしいが、温和《おとな》しく素直に彼は辞書を上衣に蔵《しま》いこんだ。すると僕は、今度は無性に索漠《さくばく》とした味気ない気分に陥《おちい》るのである。

金本甲植は、僕が日本人だから抗《あらが》うことなく、理不尽な注文を承知したのではなかったか？　腕力において、僕は金本甲植の敵ではなかった。そして僕の肚立たしさの原因は、彼にはよく判っていないはずである。このような条件のもとで唯々《いい》諾々として、僕は相手の言い分に従えるだろうか。彼は、自分が朝鮮人であるという引け目から、支配階級である僕に抗うまいとしたのではなかったか。

もう少し金本が僕に抵抗するような態度を示してくれたら、さほど煩《わずら》わしい気分にはならなかったろうが、黙って彼が従ったので薄気味も悪く、反面俺の日本人という部分に気兼ねしているのだな、と妙な詮索をしなければならなかったのである。彼等にとって、朝鮮人であるという理由は、すべてにおいてマイナスを意味していたのだったから。

植民地に育った僕たち日本人の子弟には、「朝鮮人の癖に！」という重宝な言葉が用意されていて、大東亜戦争が始まる頃まではオール・マイテイ的な威力を発揮したものだ。内鮮一体とか、一視同仁とか宣伝されてはいたが、子供の頃から養われた朝鮮人蔑視の感情は、金氏、朴氏が創氏改名して金本や木下となっても、なかなか消えるものではなかった。それに僕たちは、日本がどんな卑劣な手段を弄して朝鮮を侵略したのかも知らず、彼等がどれほど苛酷な搾取をされ、弾圧されて来たかについて、何ひとつ教えられずに育てられたのだ。

進学にしても、就職にしても、彼等はハッキリ日本人と差別待遇された。僕が、同じ日本人だと教えられた彼等に、意識的な同情を覚えさせられたのは、中学生になってからだった。たしか、「青少年学徒ニ賜リタル勅語」奉戴《ほうたい》の記念式典の日であった。

その日、朝鮮総督府前の広場には、小学生を除く全京城の学生が校旗を先頭に整列していた。勅語奉戴の後、僕たちは南大門まで分列行進を行い、南山の中腹にある朝鮮神宮に駈足参拝して解散することになっていた。

壇上に現われた南朝鮮総督に対し、「捧ゲ銃《つつ》」の号令がかかったとき、僕は日鮮の間に見事に劃《かく》された差別待遇の姿をまじまじと眺めた。僕たちが手にしていたのは、黝《くろず》んだ重い鉄の膚を持つ三八式歩兵銃か、悪いといっても騎兵銃か村田銃であるのに、隣りの列の朝鮮人中学生が捧げ持っていたのは、先にタンポのついた木銃ばかりなのだ。

この鉄と木とで構成された捧ゲ銃は、すこぶる滑稽であった。僕たちの間からは、忍び笑いの色があった。そして彼等は皆恥ずかしそうに肩を落している。僕は胸をつかれ、級友たちの表情を窺《うかが》った。仲間たちは、優越感を露骨に顔の色に浮かべて、日本人である特権を誇示するように胸を張り肩を怒らしていた。僕はその時、やり切れない、ひどく沈潜した感情に襲われたのだ。その日帰宅してから、僕はこの時の疑問を父に訊き質《ただ》した。父は、「莫迦だな。彼奴《きやつ》たちに鉄砲を持たせたら、一ぺんで暴動が起るじゃアないか！」と云った。「だって、同じ日本人なんだろう？」僕の質問に父は不思議な答え方をした。

「いま、日本は戦争しているんだよ」

こうした矛盾は注意し出すと、限りなく眼についてくる。僕の経験が無数にあるように、金本甲植もまた限りなく屈辱を体験し、唇を嚙みしめた経験があるはずだった。しかし僕は、決して彼等に同情ばかりしていたわけではない。同情とは本来、水の低きに流れるがごとく、相手より優位に立たねば施せないものである。だから、たとえば朝鮮人の女中が生活に狎《な》れて生意気な口を利いたり、父のところへ遊びに来る朝鮮人の客が威張った口調で父と対等に口を利いたりする場合には、僕は内心愧《は》じつつも、必ずといってよいくらい反感を抱いたのである。むろん、それは相手がただ朝鮮人であるという理由に依るのであった。

金本甲植が温和しく辞書を蔵ったとき、僕の胸中に萌《きざ》したのは、かかる事由から発生した自己嫌悪の念だったようだ。膝の上に頤を載せ、手持無沙汰に宙を凝視《みつ》めている金本の姿を眼の片隅に意識しながら、僕は自責の想いに虐《さいな》まれた。二人の間に漂いはじめた、一種の気不味《きまず》さはようやく硬化してゆくようである。でも僕は頑《かたく》なに口を噤《つぐ》み、楡の木に凭れたまま仲間の姿が現われるのを待ち続けた。

新設された軍用道路を挟んで、朝鮮人部落は二分されていた。その軍用道路を横切って、朝鮮人たちが小走りに右側の部落へ入り込んでゆく。その数が、時が経つに従ってますます増え出したことに気付いた僕は、

「なんだろうな?」

と独り語のように呟《つぶや》いてみた。金本は地面の蟻を指で弄《もてあそ》んでいた。僕はもう一度、

「なにか、あったんだろうか?」と云ってみた。金本は眼を挙げて部落の方を見たが、興味なさそうに視線を逸《そ》らし、口を利かなかった。気不味さは最高潮に達していた。僕は金本の反応が、僕に対する憤りに根ざしているのだと解釈すると、途端に気持が軽くなり、ゆっくり足を踏みしめながら山の麓の部落に歩き出したのだった。金本の傍から離れたいのと、この部落に吸いこまれることで内心救われたような気持になりたいという願望を秘めながら、僕は出来るだけ重々しく足を運んで行った。部落へ行って来ても、充分トラックの到着時間には余裕があることを、腕時計で確めながら。

山の麓の広い谷間を開拓して、部落は意外に奥深くまで伸びていた。部落の人々が蝟《い》集《しゅう》しているのは、奥まった農家の畠先である。僕は背伸びして、円陣の中を覗きこんだ。急拵《ごしら》えの柵のようなものがあり、この囲いの中で代赭《たいしゃ》色の家畜が息を弾ませ、激しく軀をぶっつけ合っている。最初、僕は闘牛なのだと思った。しかし闘牛とはいささか勝手が違ったような気配が感じられる。僕は群衆の背後を廻り、人数の少ないところを探して割り込むと、もう一度覗きこんでみた。

……それはまことに、雄壮な光景であった。肉弾相搏《う》つという形容があるが、全くこの形容に相応《ふさわ》しい情景であった。つね日頃、ノロノロと車を曳き粘っこい涎《よだれ》を垂れ流して、緩慢な反芻《はんすう》を続けている遅鈍な動作しか見馴れていない僕には、柵の中でめまぐるしく駈け廻る二頭の牛の姿が意外でもあった。牝牛は体のどこに、あれだけの敏捷さと、老獪な知恵を隠し持っているのであろうか。

彼女は兎のように、後肢でピョン、ピョン跳ね廻っては攻撃を躱《かわ》し、背後から襲いかかる牡牛の頸といわず、胸といわず、その太い蹄《ひづめ》で、一蹴するのだ。一方、牡牛は彼女から足蹴にされ痛めつけられることに依って、かえって情欲を唆《そそ》られ闘志を掻き立てられるもののようである。

素気《そっけ》ない牝牛の拒絶は、飽くことなく彼に与えられていた。しかし牡牛は、いっかな屁《へ》古垂《こた》れる風もなく、すんなり硬直した陰茎を計算もせず、ただ夢中になって突かけ突かけするのである。牡牛は疲労し、牝牛は至極冷静だった。群衆の一人が癇高い声で牡牛に声援を送った。その朝鮮語はどうやら猥褻《わいせつ》な意味らしく、群衆はどッと笑った。すると牡牛は駭いて、牝牛に飛びつき脇腹を思い切り蹴り上げられたりするのだ。

僕は耳朶《じだ》が火照《ほて》って来た。妙に気恥ずかしいものと、視線が釘付けになって離れられない、いわば好奇心に対する反撥とが、ない混って僕を虐みはじめるのだ。始めのうち、僕は腕時計が気になったが、妖しく昂奮を盛り上げてゆく柵の中の闘争に吸いつけられて、時間のことなど雲散霧消し、固唾《かたず》を呑み注視するばかりであった。

早熟だったから、性の知識だけは豊富だったが、このような場面に出喰わしたのは生まれて初めてである。僕は拳を握りしめ、息苦しさを堪えていた。脳天に血が奔騰しはじめ、五臓六腑は毒気にあてられたように痺《しび》れだし、失禁したくなるほど急き立てられた気分になる。……すると、どうだろう。みるみる僕は自分が牡牛に化身して、執拗に牝牛を攻撃し肉迫しつつあるような、奇怪な幻想に陥りはじめたのだった。

牝牛から胸倉を一蹴されると、その苦痛はそのまま僕の胸の皮膚に伝わってきて、屈辱に血が飛び散るのだ。巧みに身を躲されると僕の躰は前にのめって、眼は血走り相手の姿を喘ぎ喘ぎ見定めるのだ。小莫迦にするのも良い加減にするがいい！　僕の眼は昏《くら》み、翻弄に疲れ果てて、思わず歯軋りしていた。

〈もう、逃しはしない〉と、僕は決心する。だが動悸は牛の皮膚のように大きく波打ち、足許すら覚束ないのだった。そんな僕を揶揄《からか》い、挑発するつもりなのか、彼女はわざと地面に寝転って身悶《みもだ》えするような仕種をしてみせたりする。僕は逆上した。躰が大きく武者震いしたのを汐に、僕はすっかり頭が混乱してしまう。狂ったような激しい衝動が、すべてを忘れさせた。僕は、もう夢中だった。そして「ガーン」と一発。

〈畜生！　覚えていろ、幾ら藻掻《もが》いたって、貴様は俺のものだぞ！〉

トラックの時間は既に念頭になく、妖しい昂奮だけが僕を支配していた。虚脱したような姿勢で、僕はこの泪ぐましい雄壮な交尾風景を貪婪《どんらん》な視線で眺め続ける。そして牡牛が、やっと征服者の地位を占めたとき、僕は股間に熱っぽい疼痛を覚えて顔を赧らめねばならなかった。

なんだか僕自身が浅間《あさま》しくも思えたが、咄嗟《とっさ》に昂奮は冷《さ》めなかった。僕は群衆の輪から離れながら、足が絡《もつ》れたような感じを知った。最早、弥次ったり掛声を投げつける者もなく、群衆の輪は無気味に静まり返っていた。そして獣の昂ぶった息遣いだけが、荒々しく空気を攪拌し、夢遊病者のような僕の足取りを追いかけてくるのだった。

脳裏では、ねばねばした影像が縺《もつ》れ合い重なり合っていた。眩暈《めまい》すら覚えて、僕は立ちどまり息を整えたが、胸の底に情念を掻き立て燃え立たせる赤黒い塊《かたまり》があって、ますます輝きを帯びはじめるのだった。その塊を振り落そうと、僕は衝動的に走り出した。速く走れば走るだけ、その粘っこい妄念が薄れるような気がして、僕は懸命になって走り続けた。

集合地点に着き、楡の木に凭れて足を投げ出しても、まだ僕は興奮から冷め切らないでいたらしい。僕はそれからしばらくして、仲間の姿が誰ひとり見えないことに気付いたのだったから。

〈トラックは出てしまったんだ！〉

僕は狼狽し、それから愕然となった。間違いない。腕時計は八時十分を示していた。そして今日の厳しい暑さを予告するように、太陽は澄み切った空で眩しい光線を撒き散らし、楡の木の影を黒く地面に落していたのだった。僕は苦り切って舌打ちせずにはいられない。これこそ古今未曽有の遅刻ぶり、と心の中で道化てもみたが気分は弾まなかった。

再び、グッタリと根許に腰を下ろした僕は、意気銷沈してしばらくは動く元気もなかった。誰にも姿を見られてないならともかく、あの融通の利かぬ金本甲植と顔を合わせている以上、僕は動員を怠けるわけにはゆかなかった。ギラギラと烈しい熱を加え出す太陽を見あげながら、僕は今から歩いてゆかねばならぬ南瓜畑の道の暑さを考え、こんな道化役者の地位に追いこんだのは、そうだ、金本の奴なのだと思って歯軋りした。

一時間も早起きし、苦心を重ねて使おうと計画した僕の大切な洒落《しやれ》を、断りなしにポイと吐き捨てやがった男——金本甲植。みんな彼奴のせいだ。全く生意気な野郎だぞ、彼奴は。僕は心の中で金本に対する悪口をぶちまけながら、起ち上る気力も喪って頭を抱えこんでしまう。

「トラック、出たらしいね」

そんな長閑《のどか》な声が頭の上から聞えたとき、僕は吃驚《びつくり》して跳ね上った。顔を見るまでもなく、その訛《なま》りのある言葉は、今の今まで逆恨みし続けていた金本甲植の声だったからである。白昼夢でも見ているような、狐に誑《たぶら》かされたような気分で、僕は忙しく瞬《まばた》きをしなければならなかった。

愕《おど》きを隠しながら、僕は訊いた。

「きみも、牛のアレを見てたのか？」

「うん、まアそうだな」

金本は曖昧に言葉を濁し、顔を僅かに赧らめたのだった。それを目撃すると、僕は躰中に喜びが渦巻き、爆発するかと思った。くッくッと笑い声を挙げながら、僕は上機嫌で叫んだ。

「さア、この古今未曽有の遅刻を記念して、ボート漕ぎに行こうぜ！」

僕たちは口笛を吹き吹き、漢江の大鉄橋を目指して歩き出した。僕は愉快だった。この朴念仁で知られた金本甲植を、今日の共犯者にし得た喜びが密かに胸を疼《うず》かせるのである。それは神聖なものを瀆《けが》すような、ひどく残忍な快感ですらあるようだ。相手の羞恥心を剝ぎ奪り、楽しい共犯者に仕立て上げるために、僕はわざと先刻《さつき》の交尾風景を露骨に描写したりした。しかし、それは僕の取越苦労と云うものだった。金本甲植は想像以上の、いわゆる話せる男だったからだ。

ボートに乗るなり、金本は上衣の内ポケットから煙草をつまみ出し、器用に燐寸《マッチ》を擦《す》ってみせた。そして深々と吸いこむなり、彼は眼を細めて云ったのである。

「うまいなア、前門《チエンメン》は……」

前門というのは、支那産の高級煙草で僕たちには滅多にありつけない代物だった。金本は中学生の頃、配属将校から服装を検査されたとき、前門を所持していて巧みに誤魔化した話をしてくれた。彼は平然と、父親が珍しい煙草だから配属将校殿に裾分《すそわけ》したいと云ったので持って来た、と主張したのだそうである。すると、配属将校は相好を崩して「そうか。よし!」と簡単に釈放したという。

「これも前門のご利益さ、他の煙草だったらこうはゆかない……」

僕は金本の巧みな機智に感嘆した。発見された煙草で、鬼より恐い配属将校を買収したのだから凄い手腕であった。となると彼の固苦しい服装も、教師の眼を誤魔化す小道具らしいと看破らざるを得ない。金本甲植は、僕が想像していた以上の悪漢だったのだ。

「僕はね、悪いことをする時はたいてい一人で実行するんだ。単独犯が一番発覚しにくいからね。だって僕が煙草喫ったり、サボって映画に行ったりするの、知らなかったろ!」

僕の誘導訊問に、俄《にわか》に雄弁になりはじめた金本甲植を見まもりつつ、僕は開いた口が塞《ふさ》がらなかった。とんだ朴念仁だったわけである。彼の説に依れば、京城中で最も監視の目の行き届かないのは、昌慶苑だそうだ。成る程、あれだけ広い李王家の庭園なら人眼を避けられ、しかも動植物園や博物館などの施設もあって退屈しないだろう。僕は金本を改めて見直さないわけにはゆかなかった。

しかし感心しているばかりでは、沽券《こけん》にかかわる。それで僕は、彼の出鼻を挫くために狡く笑いながら、

「女の味知ってるかい？」

と訊いた。金本が知らないと云ったら、僕は知識のすべてを曝け出して駄法螺《だぼら》を吹きまくり、溜飲《りゆういん》を下げる積りだった。ところが予期した反応が現われないのだ。金本は黙ってニヤニヤした。照れ臭さとも、愧《はずか》しさともつかぬ、へんに翳《かげ》のある笑い方だった。僕は顔の色を変えた。本能的な素早さで、僕は彼が既に知っていることを嗅ぎつけたのだ。

僕は羨《うらやま》しさの余り息が詰り、思わず絶句してしまっていた。〈この男は、なにもかも知っている！〉それは羨しさと云うよりは、どちらかと云えば嫉《ねたま》しさに近い感情であったろうか、僕はまじまじと相手の皮膚に見入った。凝視《みつ》めれば凝視めるほど、自信たっぷりな、満足し切った金本甲植であった。彼には僕のような性の悩みも、未知に対する執拗な憧れも発見できないのだった。〈こいつは、大人なのだ……〉顔を赧らめ、口籠もりつつ僕は卑屈に訊ねた。

「淫売窟かい、それとも……」

すると金本は、忙しく瞬きして力無く微笑い、「ここだけの話だけど、僕にはもう嫁さ

んがあるんだ」と憂鬱そうに吐き捨てた。嘘ではなく、本当に彼には妻がいるらしいのだった。もちろん戸籍には載らない。朝鮮の風習上の妻である。

朝鮮では貴族のことを両班《ヤンバン》と称したが、この両班の家庭では嗣子は誕生せぬ前から第一の妻が決められており、金本もそうした宿命を身に負って誕生したのだという。結婚しない男子は総角《チョンガー》と云って成人扱いされないこの国では、早婚の風が強く、彼は十三歳の時、十八歳の女を妻に娶《めと》ったらしい。つまり第一の妻は、小学六年生の夫に貞淑に仕えなければならなかったのだ。

淡々と語る金本甲植の口許を凝視しつつ、僕は羨望と嫉妬の虜になってしまった。生唾がたまり、その癖咽喉がカラカラに乾いているような気分であった。そして金本の軀は俄に眩しく膨れ上り、僕を威圧するようでもあった。

「そして童貞を失ったのは、いつ?」

「もう、よそうよ、こんな話……」

金本は退屈したような、投げやりな口調だった。その十九歳だとは思えぬ落着き払った物腰からは、未知な世界を探険した大人だけが持っている、不思議な倦怠感が匂ってくる。哀願するように再び質問の矢を放った僕を、彼は憐れむような瞳の色をうかべて覗きこみ、静かに苦笑を洩らしてもう二度と取合わなかった。

正午を廻ってから、僕は竜山駅前で金本甲植と別れた。さんざん漕ぎ廻った後なので僕は疲れ切っていた。電車で本町入口まで来て、僕は汗を拭いながら商店街を抜け、喜楽館という映画館に入った。（余談だが、僕はこの劇場の最後の客だったかも知れない。なぜなら翌日、この喜楽館に少年航空兵が愛機もろとも突込んで自爆し、劇場が吹ッ飛んだからである。また金本甲植とも、その日が最後になった。親日家の富豪で知られた彼の一家は、終戦後間もなく暴徒に襲撃され、惨殺されたのである。）

劇場の内部は、何時になく閑散としていたし、そのために涼しいのは拾い物だったが、電圧でも低いのか、映画は何度も中断されては上映された。映画は勤皇を絡《から》ませた股旅物である。しかし僕は、金本甲植の意味あり気な微笑や牛の激しい闘いぶりが瞼《まぶた》にちらついて、素直に映写幕《スクリーン》に没入できないのだった。

暗闇の中で僕はふと、今朝目撃した牝牛と牡牛のなまなましい情欲を思いうかべる。すると、瞼に灼《や》きついている情景の一齣一齣が素晴しい速度で回転しはじめ、みるみる大脳の皺を濡らし襞《ひだ》を粘っこく浸しはじめるのだ。やがてその情景は、金本甲植が年長の妻に愛撫される、淫らな空想を膨れ上らせてゆく。

映画が中断される度に、僕はベタベタ貼りついてくる妄念の虜となって、思い切り椅子に腰を埋め眼を瞑《つむ》って逆わなかった。退学処分も、道徳も法律も、そして羞恥もないただ本能の赴《おもむ》くまま自由に振舞える獣の世界、僕は今、魔法使の杖に触れて自ら牛馬に化身したいと真底から願った。

あの獣の荒々しい息遣いが、鼓膜の奥で喘いでいた。老獪な媚態をみせた牝牛の恥部が、漆黒の闇の世界で朱い花弁をひろげ、誘惑の甘く狂おしい香気を放っていた。〈ああ、知りたい!〉と僕は思った。それが未知であるだけに、そして禁断の果実であるだけに、僕の情念は途轍《とてつ》もなく燃え熾《さか》り、僕の軀の芯を疼《うず》かせるのだ。――この情念は、四六時中僕を捉えて離さなかった。それはいつでも、何処でも、自分の置かれている環境とは無縁に、たちまち僕をその世界に誘導してゆき、七転八倒するような苦悶の陥穽に抛《ほう》り込む。僕は自分の健康な、そして人一倍欲望の激しいらしい軀を持てあまし、そして呪った。だが考えてみると、僕の場合その煩悶の正体は肉体的なものではなく、むしろ僕が好んで誘われてゆく妄念の世界に胚胎《はいたい》していた。

僕は女体に憧れる。それはあたかも飢えた狼のような貪婪《どんらん》な欲望だった。僕たちだって、明日にも戦場に駈り出されるかも知れないのだ。焼夷弾を浴びて、一時間後に即死しないと誰が保証できるだろうか。既にソ連軍は、北満を席捲し関東軍は苦戦を重ねているという噂ではないか。

今朝、あわただしく身仕度して出掛けて行った父が、靴篦《くつべら》を手にしながら洩らした言葉が浮かび上り、僕はその大変なことがソ連軍の満州占領だったらどうなる、とボンヤリ考えたのだったが、この想像は僕の苛立ちに油を注いだ結果となった。鬚の濃い、魁偉《かいい》な体軀と容貌を持ったソ連兵。空想の世界に登場した彼等は、コサック騎兵のような黒く厚い帽子をかぶり、銀色のサーベルの尖《さき》は赤く血塗られ、そして精悍な馬の嘶《いなな》きと蹄鉄の音を伴っているのだった。

〈そうだ、時間はない！〉新しく一つの情景を甦らせながら急に募《つの》りはじめた焦躁と共に僕は心に呟いた。それは兵隊たちが、淫売窟の前に行列している光景である……。

本町五丁目から東五軒町に抜ける坂の上に、高野山別院の大伽藍と、朝鮮人淫売婦の住む色街とが背中合わせに存在していた。寺と淫売窟という皮肉な対照から、いつとはなしにこの坂を極楽坂と俗称したらしいが、それはある日曜の午後、僕が古本漁りに出掛けた時のことだった。極楽坂には、例によって兵隊たちの行列が続いていた。さほど珍しいことではなく、至極見馴れた風景だったので、僕は意に留めず坂を下って行こうとしたのだ。ところが僕は行列の最後尾近くに混っている一人の男を発見すると、強い衝撃を受け、思わず立停って視線を釘付けにされずにはいられなかった。

それは褐色のジャンパーを着て、白い絹のマフラーを無造作に首に巻きつけ、半長靴を穿《は》き昂然と腕組みをしている、一人の少年航空兵であったのだ。年齢も僕よりは二つ三つ下らしく、紅い薔薇を連想する頬の色が正直に少年を物語っていた。彼は靖国特別攻撃隊の基地である、金浦飛行場から遊びに来たのに違いなかった。中年過ぎの野暮ったく軍服を着こなした補充兵ばかりの行列の中で、彼だけは颯爽と凛々しく、痛々しいほどの若さを溢れさせているのである。

僕は咄嗟に反感を覚えた。大人の仲間入りをして、公然と淫売婦を買おうとしている少年航空兵の、背伸びした姿勢に羨望と反撥を感じたのである。僕は激しく動揺した。そんな僕の気配を察知したのか、彼は思いがけず挑むような視線を僕に向けて来た。

彼は唇許《くちもと》に不敵な微笑すら漂わせて、一瞬喧嘩でも売るような荒々しい眸の色になったが、僕が視線を反らし歩き出すと、行列からやにわに一歩はみ出し、

「オーイ。何しちょるかア！　もう少し、敏速にやれえ、敏速に！」

と最前列に向かって呶鳴ったものだ。彼の言葉に応じて、最前列からどこか揶揄の調子をこめた返事が大きく聞えて来た。

「年を老ると、長くなるんでありまアす！」

行列の補充兵たちは、どッと笑った。その淫らな笑い声の中に、自嘲と照れ臭さが入り混っているのを僕は嗅いだ。そして少年航空兵の方を振向いたのだが、その時彼は最前列

を目指して駈け出すところだった。彼は急に停止すると、憤懣やる方ないといった表情を背中に示し、歯噛みするような口吻で絶叫したのだった。

「莫迦ッ！　時間がないんだ！」

その少年航空兵の抗議は、再び僕の足を釘づけにさせた。僕たちは、決して彼を嗤《わら》えないのだ。それは感動というより、慄然と表現した方が正鵠《せいこく》を得た言葉だったか知れない。燃え尽きようとする蠟燭が、一瞬、残された全精魂を傾注してパッと輝き太い焔で終焉を飾るように、その航空兵の軀からは、必死の足掻《あが》きめいた哀しい光芒が放たれているのを知ったのだったから。

〈――あの航空兵は、童貞だったろうか〉

暗闇の中で、僕は彼の挑むような瞳の色、不敵な微笑、若さを象徴する頰の色、そして絶叫を、反芻していたのだった。

「時間がない」それは僕たちの合言葉ではなかったか。暗闇に仄白く浮かぶ映写幕を凝視しながら、僕は途方もなく苛立って行った。

決して僕は、銃を把《と》り死に直面することが怖かったのではない。ただ、死について思惟を重ねたり、意義を見出すのは億劫《おっくう》であった。僕には、死は一陣の風のようにも思える。眼を瞑《つむ》ってさえ居れば軀の中を吹き抜け、颯《さ》ッと魂を攫《さら》ってゆくのだ。不思議なことに、僕が死の苦悶について想いをめぐらせるとき、その苦悶の裏側には、必ず女体の妖しい戦慄が感ぜられた。僕の潜在意識の中に、あの少年航空兵の言動が知らず沈潜していて、密《ひそ》かに極楽坂の淫売窟に並ぶことを希《ねが》っていたのかも知れない。

刻々と悪化する戦局に、僕は巨大な渦《うず》を感じていた。僕たちは途方もなく巨大な、戦争の渦に巻きこまれているのであり、その中で押し流されている木の葉のごとき存在でしかない僕たちが、この渦の性格や方向を詮索したり分析してみても、所詮《しょせん》は徒労なのだと、本能的に悟るものがあった。渦を静止させ、方向を変えられないとしたら、より少ない被害を願い、残された生命により享楽を与えた方が賢明ではないだろうか。そして僕には、まだまだ経験しておかねばならぬことが、山のように残されていたのだ、異性に対する未練——いや、執着はその中でもぬきんでていた。

しかし、僕たちの時代には、恋愛から発展する正規のコースは許されていなかった。だとすれば、残されたのは感情を無視した最も安易な道だけである。思念の中ではすこぶる蠱惑《こわく》的な輝きを帯びる極楽坂の淫売窟も、いざ決意して出掛けて行くと僕を臆病にさせ、素通りさせるだけだった。燈火管制で真暗いその淫売窟あたりからは、不潔な臭気が漂ってくるような気もして、張り詰めていた気持を萎えさせるのである。多分、僕はあの少年航空兵のような状態に置かれない限り、勇気と決断を与えられないだろう、と思った。その状態が到来することは幾らか恐ろしかったが、勇気を与えられ、未知なものを体験する興味の方が価値は勝っているように思えた。

眼を瞑って、前の座席に靴の踵をもたせかけながら、僕はその時に展開されるであろう情景を、出来るだけ粘っこく思い描いてみるのだ。だが、ある線までくると想像力は中断し、戸惑ってしまう。そして抽象的な想念だけが僕を支配するのである。それは漆黒の暗闇の中で、形態の定かでない朱い襞のようなものが、息づき焔のように揺らぐ、そんな想念のようであった。ああ、牛になりたい。僕は息を弾ませ、たとえ死と背中合わせだっても構わない、俺は知らねばならぬのだ、と思った。あの今朝の牝牛のように淫しく、羞恥も葬り捨てて奔放に未知なものを眼で見、指で触れ、官能に一切を委ねたい……。

映画が中断される度に、僕は理性の力ではどうにも律し切れぬその妄想の世界に引きずり込まれて行った。耳の底で、牡牛と牝牛の切迫した息遣いがたゆたい、金本甲植の大人っぽい表情が瞼の裏を横切っては消えた。畜生、あの金本だって女を知っているのじゃアないか、僕は自分でも合点のゆかぬ苛立たしい感情に包まれ、今こそ極楽坂の淫売窟を訪うべきだと思った。この決意は徐々にその竪固さを増して、映画館を出る頃には動かし難い至上命令のように僕の心に巣喰っていた。幸い定期入れの中に、母が空襲などのまさかの場合に備えて持たせてくれた百円札がある。ソ連兵が侵入して来るのだ。明日にも僕たちは強制的に召集されるだろう。最早、躊躇すべきではないのだ。昂然と眉を上げて極楽坂に並ばねばならぬ。僕は沸々《ふつふつ》と煮え滾《たぎ》る情欲に翻弄されながら、夕焼に赤く染った極楽坂の風景に心を飛ばせていた。

映画館を出たとき、僕は獣のように荒々しい男に変貌していた。すれ違う通行人の誰もに、思い切り肩をぶっつけたいような、そんな衝動を僕は何度か耐えた。戦場に赴く兵士のように僕は悲壮な気分で、ポケットの百円札を固く握りしめながら肩を怒らせて歩いて行った。

そんなとき、昭和通りの角で久武と遇ったのである。

「よお、どうだったい、今日は？」

この僕の短い挨拶の中には、雑多な意味がこめられてある。バツの悪さを誤魔化しながら、金本と僕の悪事が露顕しなかったかを訊いていた。だが久武は挨拶には答えず、黙って白い眼を向けたのだ。その白い眼をみると、僕はたじろいだ。久武のその表情には、不愉快な記憶があった。

久武と僕が卒業した中学校では、昼休に裸体操を行う有名な伝統があって、全校生徒はもちろん、校長までがパンツ一つで十五分間を過した。久武と同じ級だった三年生の秋の

ことである。裸体操が終って解散の号令がかかると、久武がニヤニヤしながら、しかも級友たちの耳に入るような弾んだ声で、

「オーイ、みんな！　此奴は昨夜、夢精しやがったど！」と叫んだのだ。僕は慌てた。健康な中学生なら、誰にだってある生理現象だが、正面切って報告されると矢張り気恥ずかしい。久武は裸体操の最中に僕の猿又を観察し、眼敏《ざと》く昨夜の痕跡を発見したのだろうが、実を云うと僕は、その気恥ずかしい汚点を誰の眼からも隠蔽するために、かなり気を配って十五分も費していたのだった。そうでなくとも、その夜汚れた下着を洗濯籠に入れねばならぬことで、僕は朝から鬱々として愉しまなかったのだから、久武から汚点を指摘されたとき、狼狽は頂点に達しやがて怒りに変った。僕は猛然と叫んだ。

「おッ、久武の奴は夢精が珍しいらしいゾ！　久武を解剖しろ」

級友たちは面白がって、逃げ廻る久武を裏山の射撃場まで追いつめ、その土手で厭がるのを無理に解剖した。上半身を抑え付けた僕の腕の下で、不意に抵抗を中止した久武は憤怒にギラギラ燃える、その白い眼を僕に据えて来たのだ……。

久武は白い眼を僕に向けてしばらく口を利かなかった。彼にしてみたら、日本の敗戦も知らず呑気な質問をして来た僕が肚立たしかったのだろう。彼は蒼い顔をしていた。そして眼は充血していた。

「貴様みたいな奴がいるから、日本は負けるんど！」

ややあって久武の口から洩れたのは、こんな言葉だった。僕は少なからず驚かされた。

「なんだって？　もう一度云ってみろよ」と僕は狡《ず》く笑顔を用意しながら云った。悪質な冗談だと思ったのだ。「サボってばかりいるから、こんな大切なことも、知らんだろう！　戦争は終ったよ！」久武の言葉が終るか終らないうちに、僕は何故か狂暴な嵐に揉みしだかれ、目の前が赤く炸烈したような気がする。囈言《うわごと》のように、「非国民！」とか、「終るもんか！」とか僕は口走ったようだ。僕にとってはその時、日本が戦に負けたという青天の霹靂《へきれき》のような事実よりも、戦争が終ったという現象の方が口惜しかったのである。それは今朝の異常な見聞から始まって、映画館の暗闇の中で放恣《ほうし》な妄想を繰り展げ、断乎たる決意にまで僕を追い詰めたある計画の挫折を意味するものであった。

混乱から醒めると、久武は仰向けに鋪道にたおれ、左の掌を顎のあたりにあてがっていた。僕はどうやら、彼を殴りつけたらしいのだ。夕陽がプラタナスの街路樹の影を長く鋪道に落し、久武の蒼白となった横顔を無気味に浮き上らせる。再び僕は混乱した。僕はわけも判らず、「やい、貴様！」と呶鳴った。次の言葉はうかんで来なかった。僕は狼狽し、もう一度、「やい、貴様！」と云って、絶句した。寝転がったままの姿勢で、久武は身じろぎもしなかった。瞋恚《しんい》のこもった瞳の色だけが光り、昂奮のため口も利けない風情である。肩を聳《そびや》かし久武を睨みつけながら、ようやくの想いで僕は云った。「戦争は、終るもんか！」

だが、語尾は弱々しく顫えていた。父の呟いた大変なことの正体が、古今未曽有の重大発表という意味が、素直に納得できたからだった。でもしかし、日本の敗戦という事実を知っても、僕は動揺も覚えず、悲しさも伝わって来ないのだった。何もかも終ったのだという、安堵めいた感情が堰《せき》切って押し寄せはしたが、妙に機会を喪《うしな》ったという哀惜の念が奔騰して来て、僕を空虚に佇ませ続けるのであった。昼間あれほど僕を虐《さいな》み続けた暗い情炎の焔が、未練気に僕にまとわりつき燻《くす》ぶるのだ。僕は牡牛の荒々しい息遣いを、ハッキリ耳の傍で聞いていた。牝牛の烈しい足蹴を胸や腿の皮膚で感じていた。僕は極楽坂の淫売窟を、そして金本や少年航空兵の顔を思いうかべ、「戦争は決して、終らせるもんか！」と呟いた。だがその声音の、なんと弱々しかったことか！

闇船

一

桜ケ丘第六愛国班は、新堂町の山を切り拓いた高台に、わずか三軒の家によって構成されていた。愛国班とは、日本でいう隣組のことで、なぜか朝鮮では、そんな名称を好んで使っていたのである。

――京城府は、城壁の町であった。

だが年々歳々、京城の人口は殖える一方で、支那事変がはじまる頃には、城壁を乗り越えて郊外へ、郊外へと発展しはじめた。

桜ケ丘は、地形的にいうと、京城の東南部に位置している。かつては高陽郡新堂里の名称で呼ばれ、墓地として有名だったところである。

いつの世の中にも、頭のいい男はいるもので、この広大な墓地に目をつけて、墓地の移転をはかった。府当局や軍関係に働きかけ、ほとんど強制的に移転させたのである。昭和十年ごろのことだったろうか。

墓を尚《とおと》ぶ朝鮮人たちはこの行為を批難したが、権力者には反抗できなかった。人の噂も七十五日……とばかり一年あまりは口を噤《つぐ》んで手をつけず、機会をみて宅地造成に乗りだしたものである。こうして誕生したのが、桜ケ丘住宅地だった。

第一次、第二次と回を重ねて売り出されたが、しまいには整地作業が間に合わないほどの勢いで売れだし、大東亜戦争が末期に近づいても、その宅地ブームは止まるところを知らなかった。

第六愛国班の、大栗喜八、岡野清蔵、外山祐三の三家が、この桜ケ丘に引越してきたのは、昭和十八年暮のことで、すでに宅地は大硯山の麓から中腹にかけて、切り拓かれつつある時代だった。平地は満員で、残ったのは山しかなかったのである。

平地にある家庭では、愛国班ごとに防火訓練だの、常会だのと熱心だったが、ぐッとかけ離れて高台にあるこの三軒の家では、防火訓練はおろか、常会すら開いたことはなかった。

いや、三人の世帯主が、顔を合わせたことすらない。困るのは配給を受ける時だけであるが、三家の女中たちが、適当に分配すれば済むことだった。それに三軒とも、いわば特権階級に属していて、配給を受けなくとも、いっこうに困らない身分だったのである。

新堂町と奨忠壇とを結ぶ木炭バスすら、廃止されたご時勢だというのに、三軒の家には毎朝、迎えのガソリン車がきた。

桜ケ丘に住む人々は、大半が中産階級であったから、白い花崗岩の、高い石垣を築いて、盆地を睥睨《へいげい》しているこの三軒の大邸宅を、〈非国民の象徴〉だとして罵った。事実、同じ高さに並んだ三家の建築は、戦時中だと思えないほど普請の凝ったもので、桜ケ丘に住む子供たちですら、〈山の御殿〉となかば畏怖して呼んだ。ときどき銃剣をつけた兵士が、その高台の住宅へ通じる麓の道路を、徘徊しているからである。

同じ時期に入居しながら、一度も顔を合わせたことのない三軒の世帯主が、ある必要から、どうしても顔を合わせざるを得なくなったのは、奇妙な話だが、終戦の翌々日――つまり一九四五年八月十七日のことだった。提案者は、大栗喜八である。

大栗家から、長男の春彦が使者となって、両隣りの岡野家と外山家を、震え声で訪れたのだった。もっとも、両隣りと云っても、それぞれ高い石垣を築いて独立しているので、いったん外の道に出て、それぞれの家を訪問しなければならなかった。

「父が、ご近所の誼《よし》みで、お力をお借りしたいと申してます。すぐ、お出で頂けないでしょうか――」

大栗春彦は玄関先で、そう云った。

「いや。わしもそう考えていたところじゃ。さっそく伺いましょう」

拳銃を手にして出てきた岡野清蔵は、その言葉をきくと、蒼ざめた顔を綻《ほころ》ばせてそう云った。玄関には、バリケードのつもりなのか、布団が山のように積んであった。

岡野家と異なり、外山家では門柱のベルをいくら押しても、家人は出て来なかった。しかも、家の中は電燈を消して、静まり返っている。〈留守かな？〉と、大栗春彦は思ったほどだ。

が、門を敲いて、

「外山さん！　外山さん！　隣りの大栗です」

と叫ぶと、ようやく門があいた。

彼が来意を告げると、

「こんな場合ですから、われわれ三軒の家が共同防衛体制をとらねばならぬと、痛感しとったところです。すぐ出席します」

洋風の応接間で彼を引見した外山祐三は、重々しい口調でそう云った。どうしたのか、左掌には古風な錦紗の護り袋が、絶えずしっかりと握りしめられていた――。

二

——大栗喜八が、はじめて京城の土を踏んだのは、大正十二年の春である。生まれたばかりの長男と、妻の勝子を連れて、日本を逃げ出すようにして、朝鮮へ渡ってきたのであった。

第一次世界大戦後のパニックで、事業に失敗し、駄菓子の外交員になってみたが、うだつが上らず、負債はいつまで経っても返せない始末で、いっそのこと朝鮮か満州で、一旗あげよう……と考えたのが動機である。

「京城に来ないか」

と誘ってくれたのは、同郷の男で中村と云い、竹添町で小さな土木建築請負業の看板を出しているということだった。

が正直に云って、釜山に上陸し、奉天行の列車に乗り込んだときには、喜八は暗澹とした。金がないから三等車に乗ったのだが、車内には日本人らしいのは彼の家族だけで、ニンニク臭が鼻をつき、周囲の鮮語の会話を耳にしては、ますます心細さがつのった。

窓の外に見えるのは、赤く禿げ荒れた山ばかりである。そして川では白衣の婦人が、水《みず》砧《きぬた》を打ちながら洗濯に精出している。笠を冠り、白い着物をきて、長煙管をくわえた老人が、ゆっくり野道を歩いている……。

見るもの聞くもの、すべて異様で、人間の世界から別天地へ来たような気持になった。

「父ちゃん。こんなところで暮すの嫌じゃ！　内地へ帰って、働いたがよくない？」

妻の勝子は、大邱《たいきゅう》へ着かぬあいだに、もうそんな悲痛な言葉を吐いた。

「阿呆こけ！　大栗喜八は男じゃい。おめおめ日本へ帰れるかいや！　帰るときは、借金を払って錦を飾るときじゃい！」

喜八は、妻を叱りつけた。

教えられた通り、南大門駅で降りると、中村は迎えに出てもくれてなかった。駅前には奇妙な荷物の運搬具を傍らに、労働者が地面に腰を下ろしている。それは後に「チゲ」と呼ばれる一群の労働者たちだと知った。

「おい。交番はどこや？」

喜八は怒鳴ったが、日本語ではさっぱり意味が通ぜず、やっと駅員をつかまえて交番の位置をきいた。

一時間二十銭の人力車に荷物を積み、竹添町の中村家を探ねあてると、なんと藁ぶきの朝鮮家屋だった。

「お話には伺っておりました。さ、どうぞ、お上り下さい」

女房が愛想よく迎えてくれたが、手は首や脇の下を、絶えずポリポリと掻《か》いていた。その意味は、夜中になって判った。温突《オンドル》の油紙の隙間から、南京虫がぞろぞろ這い出してきて、血を吸うのである。夫婦はランプを灯し、ほとんど一睡もせずに南京虫退治に忙殺され、翌朝その不平を訴えると、中村は澄まして、

「なあに、そのうち馴れるけん」

と云った。

勤め口を探したが、当時は京城にあまり事業会社もない頃で、学歴のない喜八には、労働の仕事ぐらいしかなかった。工手学校の土木科を卒業しているインテリの中村が、請負業の看板をかかげながら、その実は朝鮮人労務者の口入れ稼業で、口銭をピンはねして暮している時代だから、無理もなかった。

ぶらぶら伝手《つて》を探しているうちに、東大門の朝市を見学したが、ひどく値が安い。そして、野菜、果物の類が、日本人の家庭に渡るときには、ほぼ市場の二倍の値段になっていることを知った。さっそく馴れぬ腰つきで、果物の行商をしてみると、店を構えた八百屋より安いというので、東大門から竹添町に帰ってくるあいだに、おそるおそる仕入れた果物が捌《さば》けた。

天秤棒では担ぐと云っても、品物の量が知れている。夢中で金をため、中古の荷車を手に入れた。

東大門から鍾路四丁目まで真ッ直ぐきて、南に本町五丁目まで荷車を曳いて下る。そして本町筋、桜井町、若草町、永楽町、明治町と売り歩き、南山町、旭町あたりに来ると荷がカラッぽになる。

明治町、旭町の旅館、小料理屋では、大変に重宝がり、彼が来るのを待っていて、翌日の注文までくれた。面白いように金を稼ぎ溜めて半年たつと、中村家の居候生活から足を洗って、大和町の小さな借家に住むほどになった。

朝鮮は果樹栽培に適しているのか、四季とりどりに各地から果物が京城に送り込まれてくる。リンゴ、梨、葡萄、桃、栗、柿、西瓜、甜瓜《まくわうり》など、いずれも朝鮮の風土で産したものばかりだった。

一年経ったとき、喜八は考えた。

〈東大門の朝市で、これくらいの値段じゃけん、産地はもっと安かろうで！〉

ひまを見て、大邱のリンゴ園主、水原の農園などを訪問し、直接取引の交渉をしてみた。背広姿で乗り込んだ喜八の姿と、「大栗商店京城出張所長」という彼の名刺の肩書に、相手はなんとなく圧倒された。本店が内地にあるかのような錯覚を与えさせ、そして大和町の借家は、出張所の名にふさわしかった。

朝鮮で、リンゴ栽培がにわかに発達しはじめたのは、明治三十七年頃からであるらしい。主産地は、大邱を中心とする慶尚北道、黄州を中心とする黄海道、そして同じく鎮南浦の平安南道である。

種類も国光、紅玉、倭錦、祝旭などがあった。

梨は慶尚南道、全羅南道、京畿道を主産地として、長十郎、晩三吉、今村秋、二十世紀、明月のほか洋梨、支那梨もあった。

葡萄は京畿、慶南、全南、慶北の四道で、キャンベルスが圧倒的に多く、桃は京城の近くの素砂、開城などで栽培されている。柿にいたっては中南部の全道に普及し、なかんずく全北の高山柿、慶北の舎谷柿などは種も渋味もなく、朝鮮特有の在来種だった。

そのほか仁川、大邱の桜桃、成歓《せいかん》瓜、苺、西瓜、平壌栗など、喜八の調べなければならないことはやたらと多かった。

次男が産まれた年に、永楽町に店を借り、ついで朝鮮人の店員を二人おいた。禹才万《うさいまん》と、李然という二人だった。自転車とリヤカーを二台購入し、荷車よりは機動力を発揮できるようになった。二人の店員は、もっぱら料亭のご用聞きと配達係で、果物のほか罐詰、花も扱うことにした。昭和二年のことである。喜八は相変らず、汗を流しながら家庭まわりの行商をつづけた。

〈金が敵や。金のために、朝鮮くんだりまで、流されたんじゃ！〉

喜八は金銭にとり憑かれた執念の鬼であるかの如く、勝子にも一銭の無駄遣いをさせなかった。生活費も、極端に切り詰め、米六麦四のひどいパサパサした麦飯を食べて、

「この方が栄養がある」

と店員にも説教した。その実は、白米だと食事量がかさむことを知っていたのだった。それに朝鮮人たちは麦だの、芋だのの混ぜ御飯は嫌いなのである。

お菜だって、決して辛いものは作らせなかった。塩辛、塩昆布、佃煮、塩鮭などは、御飯を余計に食べるからといって、買わせなかった。

朝は四時に起きて、東大門市場まで仕入れに行く。帰ってきて食事をすませ、開店までの時間があると、古雑誌を買ってきて、袋貼りをさせた。店員の仕事着だって、古道具屋へ行き、相手がうんざりするほど値切り倒して、しぶしぶ買い与えた。

そんな爪に火をともすような吝嗇家《りんしょくか》になった喜八だが、電話だの、自転車だのは、人に先んじて買った。商売になるものだったら、大胆だったのである。

五百円の貯金ができたのは、行商をはじめてから三年目である。

「お母ア。どうなら！」

喜八はその郵便貯金通帳をみせ、久しぶりに徳利を一本つけさせたが、内地へ残してきた借金を返そうとは云わなかった。

「うん、朝鮮はええとこじゃ。わしゃア京城で、名士になったるで！　本町通りに店をもつんじゃ！」

喜八は、久しぶりの祝い酒に酔ったのか、くどくどと妻の勝子に野心を語りつづけた。本町通りというのは、東京の銀座のような繁華街である。

その当時の果実、疎菜類は、生産者が直接、市場に運んで行って、自らの手で売るという原始的な方法がとられていた。というのは、それほど大きな果樹園もなかったからである。

喜八は無学ながら、その地方別に一元集荷を行い、これを品質別に撰択して、京城府内の八百屋に卸せば、利益が大きいのではないかと考えた。事実、その通りだったが、誰も手をだす人間がいなかったのである。

和菓子、洋菓子と違って、その頃にはまだ一般の家庭で、果物を常食するという風習は生まれてなかった。つまり、野菜と違って、さほど売れなかったし、世間の関心はなかったのである。

流通機構の整備されなかった当時、大栗喜八が全鮮の果実類を、小規模ながら曲りなりにも集荷し、直販して利益をあげたということは、特筆すべきことがらである。そればかりか喜八は、リンゴ、栗などの内地移出に目をつけて、昭和三年には八万貫のリンゴを大阪に送っている。

全鮮で五百万貫そこそこしか、生産されなかった時代だが、未曽有の豊作で、千貫五百三十円に値下がりしたリンゴを手形で買いつけて、日本へ運ぶと千貫八百円で売れた。〈不老長寿・朝鮮苹果《ひょうか》〉と宣伝させたのが、当ったのかも知れない。不況のさなか、一万円を越える純利益は大きかった。

鮮人の店員も、半年ごとに一人ぐらいの割合で殖えていったが、古株だった李という男が、百二十数円の売掛金を、こっそり集金して逃げだしたのも、その頃ではなかったろうか。

「おのれら！　主人を馬鹿にしくさって！」

喜八は罪もない店員たちを怒鳴りつけ、警察へ駈け込んで、蒼い顔で、

「ぜひ捕えてつかい！」

と歯がみしてみせた。もっとも、万という金をつかんだあとだけに、気分的に余裕はあった。

その利益金を注ぎこんで、喜八は念願の本町進出を行った。間口三間、奥行五間の店だ

ったが、ただ果物を並べておくだけではつまらないと、ガラスで仕切って喫茶店風に椅子テーブルを並べ、氷西瓜を売ってみるとこれがあたった。

〈贈答品は大栗の果物〉と派手な看板で人目を魅いたが、ある大学生に〈パーラー〉という英語を教わって、〈パーラー大栗〉と書き変えると、インテリ層にうけた。

フルーツ・ポンチ、蜜豆などの造り方を、ホテルのコックから教わって、メニューに書き加えてみると、飛ぶように売れ、果物が腐るのを心配せずに済むようになった。朝鮮では、柑橘類はできない。冬の蜜柑は、全部、日本から送られてくる。

喜八は生まれ故郷の山口県から、蜜柑を安く送らせることを思いつき、六年ぶりに故郷へ錦を飾った。清水の舞台から飛び降りるような想いで、背広と靴を新調し、いまいましく思いながら借金を払って廻った。虚栄もあって雀の涙ほどの利子もつけた。

朝鮮は寒いので、ミカンや梨などは凍ってしまう。凍らないようにするには、籾殻を入れた木箱で輸送しなければならない。喜八はこの梱包料金がもったいなくて、製函工場をつくることを考えた。松の悪い板を買って、丸鋸をモーターで廻して切り、釘で打ちつけるだけの作業だが、案外にむずかしいものだった。

それに籾殻の集荷が大変である。彼は農業組合に、籾殻を使っての函詰め作業を委託し、トラックで集荷して廻るという方法をとった。

京城にも洋式のホテルがぼつぼつ建ちはじめ、食堂で果物を大量に使用すると教わると、日参して一手購入を許可してくれるように粘った。そして、ついでに鶏卵の一手販売権もとってきた。籾殻で卵を安全に保護し、輸送することから思いついたのである。

竜山駅の近くに百坪の倉庫を購入したが、夏場は西瓜、成歓甜瓜など嵩ばるものばかりなので、倉庫に入り切れない。毎日少しずつ産地から運ぶよりなかった。トラックを購入したのは、スピード・アップのためだったが、喜八は荷台の左右に、丸ゴジック《［ママ］》で〈パーラー大栗〉と記入させ、一日中うれしがって京城府内を走り廻った。

「どうや！　果物屋でトラックもっとるのは、わしだけでよう」

喜八は目を細め、すぐ〈しかし二千二百五十円とは高い買い物や〉と渋面をつくった。だが、トラックを購入したことが、喜八に輸送業に目を開かせるキッカケとなる。それに農村とコネをもちはじめてから、不要なものとして処分されている藁に目をつけて、タタミ床の製造にも手をだすようになった。

わざわざ播州赤穂から、腕利きの職人を招いた。朝鮮の稲は硬くて、縄などには不適格だったが、タタミ床の方にはなんとか使えたのである。

〈パーラー大栗〉は隣りの店まで買って増改築し、二階は喫茶室、一階では果物の販売のほか、冬は甘栗、夏はアイスケーキを扱った。

輸送業が儲かると知った喜八は、申請して、トラックを新しく二台買い入れ、竜山に営業所をおいて運送業をはじめた。妻は反対したが、陸軍倉庫の奨めもあり、

「なに吐かすんなら！　お父つぁんは日の丸じゃい！」

と強気で、いつしか軍人連中と飲み歩くようになった。明治町のカフェーの女給に惚れ、頭がうすくなったのを気にして鳥打帽子をはなさなかった。

支那事変がはじまる頃には、大栗喜八は青果業界と運送業界では、ちょっとした顔になっていた。五人の子供は順調に育ち、南山町の屋敷には女中が三人おり、お国訛りの山口弁も少しは標準語に近くなった。貫禄がつき、妾も一人つくった。

大東亜戦争がはじまった。

やがて果物も統制品に加えられ、他の業者は青息吐息だったが、陸軍病院に毎年果物を献納していた喜八は、ある日、参謀長から呼ばれ、

「なにか工場をやらんか。応援してやる」

と云われた。

機密保持のため、軍は独自でトラックをもつようになったので、その喜八の損失を補ってくれるつもりらしかった。製函工場を持っていると云うと、

「よし。ではグライダーを作ってみろ」

と云われた。

「やってみまひょうて！」

喜八は返事したものの、かなり大規模な工場の敷地と工作機械が必要だった。しかし、参謀長のお声がかりだから、損をすることはない。本町通りのパーラーを売り払い、鷺《ろ》梁津《りょうしん》に三万坪の土地を買った。

試作品第一号ができた夜、彼は新町に軍関係者と銀行筋を招待し、三十数人の芸者が居並ぶ前で平伏し、

「どうか大栗喜八を男にして下さい」

と涙を流してみせた。

なにも、お国のために尽したい、と云ったわけではない。参謀長に云われて、グライダーを作ったものの、売る先がないことに気づいたからである。

軍では、全鮮の中学校、専門学校、大学などに、グライダー部をつくって飛行訓練を行うべしと指示してくれ、銀行も金の面倒をみてくれた。またたく間に、百台、二百台と注文が殺到し、男になるどころか、喜八は笑いが止らなかった。

〈軍需工場にかぎる！〉

タタミ床の製造工場を、穀類、肥料類の容器に使用する叺《かます》の工場に切り替え、製粉工

場を買収して、軍から乾麵麭製造工場の指定をうけた。

喜八はどういうものか、軍人たちに好かれた。これは彼の人柄のせいもあるが、夜ごとの放蕩に金を吝《おし》まなかったからでもある。軍部に顔が利くと、たいていの無理が通った。

戦局が悪化し、輸送事情がわるくなると、軍部では飛行機に、数台の輸送用グライダーを連結して、曳行飛行することを考えついた。そして十万台納入せよ、と命令してきた。十九年の七月のことである。

見積りを出すと、ほとんど云い値のまま通った。しかも年間一万台は買い上げるという。

〈こらア、チャンスやぞ!〉

喜八は、永登浦に十万坪の土地を、私財を投じて買い、工場建設に乗りだした。

製材、乾燥、機械工作、組立、塗装というコースで、流れ作業を行って、一日に平均三十台を生産しなければ、年間一万台は納入できない。

〈グライダーさえできたら!〉

喜八は、徴用工や動員学徒を叱咤して、一日も早く生産を軌道に乗らせようと必死だった。が、二十年七月末、南鮮地方をおそった大暴風雨は、工場もろとも納入を控えたグライダーまで押し潰してしまったのである。

工場再建の途中、終戦がきた。

声が低くて玉音は聞きとれなかったが、午後三時ごろ無条件降伏だと判った。

「なんですと？　終戦？　そ、そんなら、うちの工場はどないなるんや！　え、グライダー工場は！」

電話にしがみつき、泣き声になった。

「わしの全財産を注ぎ込んだ、十万坪の工場じゃが！　いったい、どうしてくれるんなら！　金を返してつかい。さあ、返せ！」

しかし、経理部将校はとりあわず、百台分だけ納入済ということにして、代金を支払おうと云った。喜八はヘタヘタと坐り込んだ。

三

八月十七日の京城の街は、ある意味で狂っていたとも云える。

八月十五日は敗戦のショックで、日本人も朝鮮人も落胆と絶望のドン底に叩き込まれたといってよい。十六日には、日本人には終戦処理のゴタゴタと、朝鮮人にはポツダム宣言の解釈の問題があった。

つまり、朝鮮、台湾といった植民地が、今後どうなるか——という問題である。

その結果、朝鮮が日本統治の手をはなれ、完全な民族独立をめざし得るという解釈がはっきり判明したのが、終戦の翌々日――八月十七日の早朝である。

「朝鮮独立万歳！」

民衆は期せずして、大歓声をあげた。そしてその興奮は、かつての万歳騒擾を偲ばせるほど、前後左右の繋がりを持って、ますます大きく狂いはじめたのである。

その「独立万歳」の怒号は、盆地である京城の街に木霊《こだま》し、夜になると松明の火を点して、周囲の山々の尾根を伝い歩く姿にと変った。

そして二言目には、

「朝鮮独立万歳！」

と絶叫して、それが合言葉になった。

――いま、新堂町桜ケ丘の住宅地の頭上に聳え立つ大硯山の尾根を、まるで墓場の鬼火のように、見え隠れしながら松明の灯が、頂上へと向かっている。

京城は、わずかに西南の一部を袋の口のように開き、四方をすべて山で囲まれた街である。

北には三角山、普賢、文殊峰をふくんだ北漢山が聳え立ち、南山はこれと相対峙している。この山を結んで、東には鷹峰、駱駝山、西には仁旺山があるのだった。有名な城壁は、これらの山の中腹を縫って築かれたものである。

大硯山は南山に属する峰の一つで、その頂きには高射砲隊の陣地があった。しかし兵士たちは既に下山したのか、あるいは恐れをなしたのか、その松明の行列はすでに山頂あたりにまで達している。

いや、大硯山ばかりではなかった。

旧城内の市街地に住んでいた日本人達は、その夜、街をとり囲んだ東西南北のあらゆる山の稜線に、松明の火がゆらぐのを見たはずである。それはあたかも、今日あるを期して、かねてから申し合わせてあった予定の行動のように見えた。

城壁を、尾根を伝わって、黒い山々に、墓場に忍び寄る鬼火のごとくに、ゆらめく松明の焔。それだけでも、日本人には薄気味わるいのに、一定の間隔をおいて「ワア、ワアァ、ワアー」とだけしか判断できない民衆の怒号が、谷底の街に木霊してくるのである。

人々は、口々に、

「朝鮮、独立、万歳！」

と緒絶し、次には、

「日本人は《イルボンサラミナン》 帰れ《カーチャシギ》」

と呪詛の言葉を吐きだしていたのだ……。

山と山に囲まれた盆地の京城の街は、戦争が終ったというのに、灯を消して静まり返っていた。

植民地ではなくなった京城。特権階級ではなくなった日本人。それと反対に、やっと主権を回復し、祖国をとり戻したソウルと朝鮮人とが、皮肉な対照として、その盆地の街には存在していた——。

日本人たちは、はっきり恐怖を覚えた。

古くから棲む人々は、大正七年の〈万歳騒動〉のことを思いだした。警察と軍隊があった当時ですら、七ヵ月間にわたって抵抗をつづけ、一九、五二五人の検挙者と、死亡者七、九〇九名、負傷者一五、九六一名をだした朝鮮の民衆だった。大正のころ朝鮮には、既に竜山と羅南とに二個師団の軍隊があったが、軍部は鎮圧のため、弘前、山形、新発田、鯖江、姫路、広島の各連隊から、一大隊ずつを朝鮮に動員しなければならなかったほどである。

この暴動は、土地を掠奪された農民たちが飢えに瀕し、銃剣による植民地政策を行った日本人への憎悪がたかまり、それで暴動の形をとったのだ——と歴史学者は見ている。

いま、日本人は為政者の地位から、一瞬にして敗戦国民となった。そして、日本人の生命と財産を、保護すべき軍隊も、警察もその権力を失ったのだ……。

つまり、日本人は完全に無力だった。

虐げられてきた朝鮮の民衆は、独立の喜びに沸き立ち、そしてその三十五年間の憎悪を、地位の転落した日本人たちに、叩きつけてくるのではないだろうか。それは誰もが、予想したことなのである。

——大栗春彦が、両隣りの家を訪問してから間もなく、二人の人物が足音を忍ばせるようにして、大栗家の門をくぐった。二人とも、喜八が自慢の日本庭園など、鑑賞する気持の余裕すら、持ち合わせてないかのごとくである。

喜八は、いかにも苦労した成功者というタイプの男だった。やや下卑て見えるヒットラー髭と禿頭が、教養にとぼしい人物だと教えている。彼は落着かぬ態度で、皮ゲートルをつけた脚を見せながら、芝居に出てくる戦国時代の武将のような恰好で、だらしなく胡坐をかいていた。

「はじめまして。大栗です」

喜八は挨拶した。初めて見る隣人だった。

「岡野です」

上半身だけ、サッと倒して元に戻す仕種には、軍人の匂いが感じられた。もっとも、気が顚倒している喜八には、相手の職業など詮索している暇はない。

頭を五分刈りにした、眉が太く、目の鋭い男で、それが印象に残った。

「いつも、ご厄介になってます。私が、外山祐三です」

言葉は丁寧だが、外山の口調には相手を見下すような響きがある。でっぷり肥え、腿のあたりが肉ずれでもしているのか、たえず右手でその部分をさすっていた。

眼鏡の奥には、腫れぼったい、少し酔ったような瞳が坐っている。喜八はふッと眼鏡をかけたブルドッグを連想した。が、それは一瞬のことである。

身分や地位が安定してから、よく会合などに出席させられたが、喜八は退屈すると、出席者の顔を動物にあてはめて考え、暇潰しをしたものだ。その伝でいくと、岡野清蔵は、毛のすり切れた北極熊のような感じの男だった。

「ええ……ご近所におりながら、仕事で忙しいもんですけん、ご挨拶にも伺わんと失礼しとります」

喜八は一礼し、そっと暗い窓の外から見上げてから、

「ふーッ」と溜息を吐いた。

「しかし、大変なことになったもんですな」

彼の声には、偽らぬ本音があった。

「いや、まったくです」

清蔵も相鎚を打った。三人は、一様に窓の方を見た。その応接室からは見えないが、いま大硯山の尾根には、あかあかと松明の火がゆらいでいるはずなのだ。その証拠に、「ワア、ワア、ワアーッ」という朝鮮語の怒号が、潮騒のように麓の住宅地に押し寄せ、鳴り轟いている。

それを耳にすると、居ても立ってもいられないような気持になった。これから先、どんなことが起きるかも判らないのだ。その予測のつかぬ事態は、無制限の可能性を持っているだけに、不安というより恐怖を誘うのであった。

三人はしばらく沈黙し、盆地に谺《こだま》するその不気味な怒号に耳を傾けていた。冷たいビールが運ばれていたが、口をつけているのは外山だけだった。

「これから先……どうなるんでしょうか、日本は——。いや、わしら日本人は、どうなるんです？」

喜八は、二人の顔を交互に見つめた。

どうしたら良いのか、彼には判断もつかなかった。新工場のために、買い入れた十万坪の土地や施設は、どうなるのだろうか。そして十八台のトラック、叺工場、製粉工場は。軍需工場として、軍の命令で建設したものだから、当然、軍が買い戻してくれ、補償してくれねば困るのである。

四

「ポツダム宣言によると、日本の主権は本州、北海道、九州及び四国と、トルーマンやチャーチルの決定する諸小島に局限されるらしい。ということは、朝鮮、台湾、樺太、満州を抛棄しろ……つまり、日本人は内地に帰れということだなア」

外山は、錦紗の護り袋を、掌で弄びながら二人に講義する口調であった。彼は一眼で、二人が無教養なのを看破っていた。

〈この応接間の飾りつけはどうだ！　鎧と仏像と、美人画がいっしょに並べてある！　まるで古物屋の店先に坐っているみたいじゃないか……〉

――もし立志伝中の成功者の名前をあげよ、と当時の京城府民に訊いてみたら、十人のうち七人までが、外山祐三の名を告げたに違いない。

彼には、高等小学校卒業という、学歴しかなかった。生まれたのは北九州の貧しい炭鉱町である。鉱夫だった父親は落磐で死亡し、母親が撰炭女工として働いていた。

秀才だったが、進学できず、紹介する人があって、東京神田の弁護士の玄関番――下男をかねた書生になった。

「出世したかったら、高文を首席でパスすることじゃ。そうしたら、運は向うから転がってくる」

主人である弁護士は幼い彼に、口癖のようにそう云い、その癖、自分は高文に落ちて弁護士になったのだった。

〈よっしゃ！　見とってみい！　なにがなんでも、高文にパスしてみせるぞ！〉

祐三は、執念の鬼のようになって、夜学へ通い、四年間で中学課程の検定試験をパスし、次の三年間で高文を受験する資格をとった。

酒も煙草も飲まず、趣味は、ものごとを丸暗記することだった。

独学者には難関とされている法律も、語学も、外山祐三には、かえって得意の学課のようであった。ふつう大学在学中に、高文にパスするのは、余程の秀才だと云われている。ほとんど独学の祐三が、大学二年生と同じ年齢で、高等文官試験に三位でパスしたのだから、これはニュースだった。

新聞は、外山祐三を若い英雄のようにして扱い、各省から有利な条件で、就職の誘いがかかり、弁護士夫人は娘を貰ってくれと、低姿勢になった。

だが祐三は、結婚話も、内地の官庁からの招聘《しょうへい》もポンと断わって、朝鮮へ渡った。

一高—東大系の秀才が、うようよしている内地では、出世が遅れると睨んだのだ。

学閥のない、朝鮮総督府を就職先にえらんだのは賢明であった。

一つには、内地よりも朝鮮の方が加俸もあり、生活が楽だという点もある。

独学で高文パスという彼の偉業は、外山祐三の名前を全鮮にあまねく宣伝してくれたし、とくに花柳界ではもてた。話題に乏しい花柳界のことだから、芸者衆が、

「大変な秀才ですってね。どんな人か、見てみたいわア」

と関心を持ち、上司の局長クラスは、座興のつもりで彼を酒席に呼び、かえって若い部下に借りをつくったのである。

酒好きな内務局長から可愛がられ、その仲人で東拓理事の娘を妻に迎え、そして完全に出世コースに乗った。

官僚の出世には、毛並のよさが要求されるものだが、外山祐三は、朝鮮に勢威をふるった東拓理事の、女婿となることで、閨閥らしきものを兼ね備えたことになる。

東拓理事という岳父の肩書は偉大で、いつしか贅沢が身につき、三十一歳で文書課長に抜擢され、三十五歳のとき咸鏡南道の内務部長となった。江原道知事を四年つとめて警務局長に栄転し、思想犯の取締りでは、若い学生たちから鬼のように恐れられた。

七代目総督の辞任と共に野に下りて、死んだ妻の父の椅子を嗣《つ》いだ。鉄道、水力発電、油脂、製材など七つの会社の重役になった。いずれも妻の父が、大株主だったからである。

大東亜戦争がはじまっていたので、内務官僚だった彼の前歴は、統制経済の時代には大きくモノを云った。

終戦はたしかにショックだったが、ある程度は予期していたことである。がその外山も、朝鮮の民衆を甘く解釈していた。

だが、隣家に招待されてきて、相手がなにも情報を知らないことに外山祐三は、優越感を覚えた。そして更に言葉をつづけた。

「ポツダム宣言には、〈カイロ宣言〉の条項は履行せらるべく、と規定してある」

「カイロ宣言？」

喜八は、懐炉《かいろ》をどうするのだろうか、と思ったが、そのままだまりこんだ。わからないときには黙っているに限る。そして下手な質問をしないことである。これが、この数年のあいだに、喜八が体得した、自分のスケールを大きくみせる処世術だった。

「ルーズベルト、チャーチル、蒋介石の三人の会談した時の宣言でしたな」

ポツンと岡野が呟いた。岡野には、いまはただ恐怖があるだけだった。

近所には身分を秘していたが、彼は憲兵大尉だったのである。

しかも一等卒から叩き上げた！

彼が軍隊で三十年ちかく暮したのは、決して軍人が好きだったからではない。

東北の貧しい農家の次男坊に生まれた岡野清蔵にとって、軍隊とは天国だった。

三度の食事がタダで喰べられて、被服その他をいっさい支給してくれる上に、小遣い銭までくれるのだから、夢みたいな暮しだった。軍隊の厳しい規律も、馴れてしまえば、清蔵にはさほど苦痛でなく、軍人勅諭なども、すぐ暗誦した。

兵器の手入れ、上官の当番、掃除洗濯など、すべてが清蔵には快適な労働だったのだ。収穫の乏しい荒れ地を開墾し、下肥えを運搬して山道を登ったり、粥や雑炊だけで真冬の炭焼小屋にこもることを考えると、そんなことは労働のうちに入らなかった。

彼は模範兵となり、そのまま志願して軍隊に残ると、京城の憲兵隊司令部に赴任を命じられたのである。

当時、憲兵隊は朝鮮軍司令部とは別個の、独立した機関であり、軍事警察に関するものは朝鮮軍司令官、行政司法警察にかかるものは朝鮮総督の、指揮をうけることになっていた。

京城での新しい生活は、清蔵をたしかに戸惑わせた。しかし逞しい生活力と、環境に適応する能力を持った彼は、半年も経たないうちに、「行け《カ》」「有難う《コーヌプソ》」「売れ《パショ》」「幾ら？《オルマヨ》」などと朝鮮語を覚え、「憲兵」の腕章も誇らしげに京城の街を闊歩するようになった。

小学校しか出ない彼が、軍曹、曹長から准尉にトントン拍子でなったのは、朝鮮総督の護衛役として、数年間を勤め上げたからに他ならない。

たしか満州事変が勃発した年だった。七月に鮮人と支那人との衝突事件が起り、その原因調査を命じられていたとき、新総督の護衛役を命じられたのだ。

柔道四段、銃剣道三段、それに拳銃が使えるという清蔵の運動神経が、買われたのであった。

あまり物怖じしない性格の彼は、乗用車の助手席に坐りながら、あるいは列車の座席に腰をおろして、京城の街の話などをした。

総督は旅行のつど、彼の下情に通じた話を聞きたがり、

「わしの在任中は、岡野を護衛につけてもらいたい」

と憲兵司令官に伝言させたものである。

清蔵が護衛につくのは、総督が全鮮を視察するとか、会議その他で日本や満州に行くときだけだったが、でもこの栄誉の仕事のために、清蔵は奇妙な勢力を持つようになった。

競馬を実施したいという政治家だの、土地収用法を拡大して、市場もその事業のなかに加えさせようとする商人だの、天然記念物を保存させようと計画している学者だのが、先方からコネを探して清蔵に会いにきた。

旅行のときなどに、お気に入りの彼の口から、それとなく総督に重要性を宣伝したり、

関心の度合いを知ろうというわけである。清蔵は、小遣い銭に不自由しなくなった。

彼は気前よく、弥生町だの新町の遊廓に、

「総督からお小遣いを頂いたから――」

と、上司を連れて行き、恩を売った。おそらく新兵から叩き上げた人間で、彼ほど早く軍刀をつれる身分になった者はあるまい。

また朝鮮の政・財界人の顔を覚え、また彼の名を相手に記憶させたのは、大きな財産となった。

准尉から、少尉に任官したのは、第二回朝鮮中央情報委員会が開かれた昭和十三年である。清蔵は主に行政司法関係――経済犯関係を扱うようになった。経済警察制度が生まれたのは、その年の暮だが、戦争による物価の昂騰、物資不足が加わるにつれ、配給制度の不円滑などにより、統制法令違反者は続出した。

そうして、清蔵は統制令関係のベテランとして、ふたたび舞い戻った京城の経済界に、睨みを利かせるようになったのである。

統制があれば、必ず物資を動かすことによって利潤が生じる。

むろん、闇行為によるものである。商人は物資を求めて奔走し、工場や会社は、なんとか法網をくぐって甘い汁を吸おうと必死だった。

こうした経済統制令の違反行為は、清蔵の耳に入ってくる。

彼は部下から報告を聞くと、軍刀をがちゃつかせながら、違反会社に乗り込んで行った。金が信じられないほど流れこみ、

「岡野中尉は話せる」

と財界人は感謝した。

むろん清蔵には、妻があった。上司の斡旋で娶《めと》った妻だが、子供がなかった。新町の芸者に惚れ、九州生まれのある軍需成金がそれと悟って落籍させ、ついで桜ケ丘に豪壮な邸宅を建てて贈ってくれた。

辞退したが、先方は豪快に笑って、

「なんば云いんしゃるですか、中尉殿！　あんたに手心加えて貰わんじゃったら、儂ア今ごろ西大門の別荘ですたい！　あんな家の一軒や二軒、なにを遠慮しますか！」

と清蔵の心を見抜いているかのように、肩をどやしつけたものである。

公用にかこつけて、岡野清蔵は、週に三度ぐらいは妾宅に泊るようになった。車で送り迎えされて、妾宅に寝泊りする気分は、悪いものではない。妻は、結核にかかって、ずっと寝たっきりだった。

彼が、手心を加えてやった会社筋からは、贈答品が引きも切らず、妾宅はあたかも宝庫

だった。

終戦は、一日前に知った。

清蔵は、〈やっぱり、負けたか!〉と思った。が、憲兵を廃業しても、老後は安楽に暮せるだけの預金はあった。

〈実業家の連中を、あれだけ面倒みてやったんだから、俺を高給で雇ってくれる人間もあるだろう……〉

悪事を働いて、私腹を肥やしているという、後ろめたさが常に彼にはあった。が、その罪の意識は、敗戦という不測の現実によって、あとかたもなく洗い流されることになる。

つまり、彼の悪事は、闇から闇にと葬り去られることになるのだ……。

そうして残ったのは、千五百坪の敷地と、庭園と、建坪七十坪の堂々たる大邸宅であり、美しい妾であった。

岡野清蔵は、幸運を喜んだ。が、その彼の計算は狂っていた。

朝鮮は、すでに日本の領土ではなく、軍人である岡野たちは、武装解除され、日本へ送還されるということが、ポツダム条約によって規定されていたのだ。

いや、これればかりではない。

思想犯、経済犯を苛酷に検挙してきた憲兵たちは、一人残らずアメリカ側の軍事裁判にかけられるかも知れないというのだ。

その噂は、終戦の翌日すでに拡まり、朝鮮軍司令官も、憲兵司令官も、さっさと軍用機で日本に逃亡したということだった。

むろん終戦処理打合わせのため、というもっともらしい口実はあったが——。

清蔵は、蒼くなった。重用書類を、すべて焼却するようにという命令が出ており、軍部の機関が集っている竜山地区は、それらの焼却作業のため、天を焦がさんばかりの黒煙で蔽われキナ臭い匂いで包まれている。

その黒い空を見上げていると、彼の心は、ただ暗澹となって、自分たちの身の処置を、どうするかという不安でいっぱいになった。

彼は二日前のことを思いだし、そしてまた不愉快になったのである。それにしても、日本は神国ではなかったのだろうか。

その神の国が負け、いまその神の子が三人、大栗家の応接室で朝鮮人の怒号に怯えている……。

五

「そうです。この中に、朝鮮を自主かつ独立のものたらしむるの決意を有す……とある」

「自主かつ独立のもの……たらしむる。はあ、なるほどな」

喜八は曖昧に云った。

「総督府警察局長は、私の後輩だが——民族主義者の呂運亨を呼んで、八月十四日の真夜中に協力を求めたそうだ。思想犯、政治犯の釈放、鮮人警官の委譲、集会の自由とか条件をつけてね」

外山は、ビールを一口飲み、太腿をさすった。

総督府では、十七日の朝早く、ソ連軍が入城するものと判断していた。

おそらくソ連軍は、朝鮮軍の武装解除と、政治犯の釈放を先ず第一に行うだろうと考えられた。このとき、釈放された政治犯たちが、無腰になった旧日本軍人を殺戮しないか、という恐れがある。

そこで、ソ連軍の入城の前に、政治思想犯を釈放し、呂運亨たちの建国活動を認めて、側面的な協力を得よう——とソロバンを弾いたのだった。

さっそく〈朝鮮建国準備委員会〉が八月十五日に結成され、翌十六日は、青年隊、治安隊の結成と、政治犯、経済犯の釈放が行われた。

が奇怪なことに、この釈放囚のなかには、刑事犯も含まれていた。刑務所長が囚人の圧力に屈したのか、気が動顚して、日本人以外のものはすべて釈放するのだと、勘違いしたのかも知れない。

十六日——各官公庁が、いっせいに書類焼棄をはじめ、あわただしい混乱に包まれた京城の街を、これらの釈放犯を先頭にデモ行進が行われた。

日の丸の旗を墨で塗りつぶし、太極旗がつくられた。そして群衆は、トラック、自動車、電車を占領して、「独立万歳!」「解放万歳!」を連呼しつつ、京城の街をねり歩いたのである。その中には、喜八の会社の十八台のトラックも混っていたのだった。

京城日報社、京城放送局は、建国準備委員会に接収され、朝鮮語の放送が行われだした。

戦争中、ニュースの手がかりを、ラジオに求めていた日本人家族にとって、この聞きなれない朝鮮語放送が、いかにウス気味わるい存在となったことか——。

周囲の情勢、動きを知る新聞と電波の、貴重な手がかりを占領されてしまった日本人は、疑心暗鬼に駈られるばかりだった。

不安のつぎに混乱が、混乱とデマが錯綜して、恐怖がつぎつぎにと襲いかかってきたのである。

その恐怖の焔に、油をそそいだのが、十七日ソ連軍入城の噂であった。

京城駅前広場、南大門には、俄《にわか》づくりながら、〈歓迎ソ連軍入城〉の巨大なアーチが建てられ、電車に乗ろうとした日本人は引きずり下ろされた。そして近郊から、京城めがけて、祖国を解放してくれたソ連軍を歓迎するために、群衆が詰めかけてきた。

むろん、汽車や電車の切符を買う者など、一人もいなかった——。

「ソ連軍は……入城したんでしょうか？」

喜八は云った。

「いや……明日になるらしいという噂です」

清蔵は、さっき部下から耳にした電話を思いだしながら、低く息を吐いた。

〈ソ連兵、か！〉

彼は、ぎくりと背筋を強ばらせる。清蔵の頭の中にあるのは、毛皮の帽子をかぶり、赤い顎鬚を生やし、外套の上から弾帯と、サーベルを吊り、騎兵銃を斜めに背負った乗馬したロシヤ兵たちだった。コザック騎兵隊である。

〈日露戦争の恨みがある！　それにソ連はアカの国だ。憲兵の俺は、きっと京城駅前の広場で、銃殺されるに違いない。さもなくとも、睾丸を抜かれて、終身禁錮刑だ……〉

彼は、また肩先を顫《ふる》わせた。

「総督府は……いや、軍隊は何をしとるのか。私はそう云いたい。囚人をこの混乱のさなかに釈放するなんて、全く莫迦げとる！」

外山祐三は、腹立たしく云った。そして自分なら、軍隊を動員してデモを粉砕し、治安維持をはかるだろうと思った。

「それよりも、ヨボの奴めらは、なにをしでかす気でしょうか。わしゃア心配で、心配で」

喜八は、やっと本論に触れた。

あの山の尾根にゆらぐ、松明の灯を見詰め、意味のわからない怒号を聞いていると、無性に心細く、不安になってくる。

しかも、我々三軒は山の中腹ちかくにあって、もっとも連中の近い位置にある。いっそのこと、府内の知人の家に避難しようかと思っている……。

喜八は正直に、自分の心境を語った。岡野清蔵は大きく頷いたが、

「しかし――」

と、云った。

「逃げた方が賢明じゃアないですかのう」

「でも、街には囚人や暴徒が、うろうろしていますよ。〈日本人を殺せ！〉とか、〈関東大震災の恨みをはらせ！〉とか、ビラが街中に貼ってある。その中に、のこのこ這入って行くのですか？」

その岡野の言葉を聞くと、喜八はがっくりして黙りこんだ。

自分たち家族だけでは心細いから、どちらかの家を誘って、一緒に避難しようと考えていたのである。

「まあ、どちらにしろ、逃げる用意はしておいた方がいいですな。どうせ、囲っては逃げられん。だから落ち合う先を決めて、食糧、金、薬品などを、それぞれに分配しておく。私の家では、食糧と衣類をリュックに詰めさせ、鞄《［ママ］》パンと薬品を救急袋に、そして麦茶を水筒に詰めて、いつでも逃げられるようにしておいてある」

外山祐三は、重々しく云った。だが、戦争中は不必要だった救急袋や携帯食糧が、終戦になった途端に必要になったのは、どういうわけだろう……。

「そりゃアいい。さっそく、用意させときましょう」

喜八は手を打って長男を呼び、避難の準備をするように命じて、弁解するように云った。

「どうも見苦しいこって――。実は今朝はやく、女中がヒマをとって帰ってしまったもんですけん……」

すると二人は低く笑い声をあげた。会合してから、はじめて聞く笑い声——それも自嘲のこもった笑いだった。

「お宅もですか。わしんところもですわい」

「どうも恩知らずが多くて、困りますなあ——」

三人は、しばらく笑い、不意に口を噤《つぐ》んでしまった。なにか銃声を聞いたような気がしたのだ。時計は午後十一時を示していた。

「三軒のうち、どちらでも襲撃されそうになったら、バケツを叩くなり、電話をかけ合うことにしませんか」

清蔵は云った。

病院にいる妻のことも気がかりだったが、二人きりなので、なんとも不安だった。頼れるのは、拳銃と軍刀しかないのである。

「そうですな。こんな場合ですから、お互いに協力しましょうや。どうです、二時間交替で不寝番をしたら——」

外山祐三は提案した。朝五時には夜が明ける。だから三軒で不寝番をして警戒し、電話をかけて交替したらどうか、ということである。

「結構です。でも、大丈夫でしょうか？」

喜八は、まだ襲撃を危惧していた。

「静観するより、目下のところ対策はない。しかし、電燈は消して、窓や、縁側から逃げ出せるようにしておいた方がいい」

外山は、むっつりと云った。教養のない連中と時間を潰したのが、さも迷惑そうな顔つきで、態度には傲慢な色が漂いはじめている。ある自信をとり戻した証拠だった。

「そうだな……。家を真ッ暗にして、門の標札も取り払っておいた方が、安全かも知れないな……」

憲兵大尉が、不安そうに呟いた。

「いざと云う時のことも、考えておく必要があるね」

元官僚の言葉に、喜八はオウム返しに叫んでいた。

「いざと云う時ちゅうと？」

「判りませんかな。自決のことですよ」

外山祐三は、左掌の錦紗の護り袋を示して、それをぐッと嚥下する真似をしてみせた。

「ゲーリング元帥が自殺した薬品と、同じものです。貴方がたはどうか知らないが……私の首には値打ちがあるらしいから……」

彼は、笑ってみせたが、それはただとってつけたような、乾いた笑い声になった。

喜八はそれを見まもりながら、中風にかかったブルドッグのようだと思った。

会談は、それで終った。二人が帰ったあと喜八は、意味もなく、

「畜生！　威張りくさりやがって！」

と、低く吐き捨てた。不安は、少しばかり治まったようであった。

六

朝鮮民衆の期待にもかかわらず、いっかなソ連軍は京城に進駐しなかった。これはアメリカ軍との協定により、三十八度線以北における朝鮮軍の武装解除を、ソ連軍が担当し、三十八度線以南はアメリカ軍の担当と決定したためである。

が、これが発表されたのは、終戦から一週間たってからである。

従って、戦後の一週間というものは、京城府民は全く混乱と不安のルツボの中に叩き込まれ、呆然と恐怖に向かいあっていただけだと云ってよい。

巷《ちまた》では雨後の筍のように、さまざまの名称の政治団体が結成され、建国準備のためという大義名分をふりかざして、警察署をまず占領し、武器弾薬を入手した。次には日本人の小学校、中学校、女学校を接収し、ひきつづいて京城電鉄をはじめ大会社、工場、商店、

デパートなどに乗り込んできたものだ——。

日本人たちは驚駭《きょうがい》し、唖然となった。

わけもわからぬ団体の男が押しかけてきて、

「建国準備委員会の命令により接収する」

と云って、ペタリと〈接収済〉の貼り紙をして行くのならまだしも、接収した以上当然だ……という顔をして、中へ坐りこんで傍若無人に電話をかけたり、勝手に品物を運び去ってしまうのである。

警察へ訴えても、すでに派出所はすべて占領され、韓国人の巡査しかいないので、とりあげてくれない。

軍隊も、呆然自失して、どんな態度をとってよいのか、判断を下しかねているような状況だから、逸脱行為はさらに拡大されるばかりだった。

日ごろ恨みをもっていた日本人への暴行、陸軍倉庫その他からの物資の掠奪が、燎原《りようげん》の火以上の勢いで派生し、蔓延していった。また神社仏閣への放火、武器弾薬の強奪も行われた。

終戦を悲しんだ特攻隊基地の一少年飛行兵が、金浦飛行場を無断で飛び立ち、京城上空を低空飛行をして別れを告げるうち、高い銀杏の梢に触れて墜落したのは、八月十八日の午後ではなかったろうか——。

このため、喜楽館という劇場は吹ッ飛び、大騒ぎになったということである。

また同じ本町通りにあった橘屋という和菓子屋の息子が、酒に泥酔した憲兵曹長に追いかけられ、日本刀で背中から袈裟がけに斬り殺されたのも、たしかその時分だった。

治安維持の役目をもった日本警察は失われ、軍人はなすすべを知らず半狂乱の状況下にあったのが、終戦直後の京城である。もっとも、これはなにも京城に限られたことではなく、日本の植民地のどこでも起きた現象だったか知れない。

警察も軍隊も無力だとなると、犯罪が跋扈《ばっこ》するのは当然である。

集団強盗が流行したのは、そんな混乱の時期だった。

桜ケ丘第六愛国班の三軒の人々は、こんどは、集団強盗の恐怖に怯え切った。そして夜は起きて、昼間まどろむという不思議な生活を繰り返したことである。

花崗岩質の白い土壌にめぐまれた、山の中腹の台地に高い石垣を城郭のように築いて、整然と並んでいる三軒の大邸宅の威容は、いやが上にも人々の目についた。

しかも、麓《ふもと》の住宅地から離れている。掠奪者たちが、これに目をとめぬはずはなかった。

大栗家では、空襲に備えて、山に横穴を鑿掘し、頑丈な防空壕をつくってある。

喜八は、札束、貴金属、株券を詰めた金庫や、骨董品の類いをこの防空壕にしまいこみ、入口を埋めてしまった。いざという時には、手ぶらで逃げて、あとで取り戻しに来ようという肚である。

また彼は、三人の息子たちに、兵隊の軍靴を買って来させ、その踵《かかと》をくり抜いて、純金の延べ棒を適当の大きさに切断し、それを埋め元通りに革と鋲《びょう》を打って蓋をさせた。純金ならば、どこの国へ逃げても、通用するだろうと考えたのである。

「ねえ、あなた。トラック会社や、この家までは奪られないんでしょうね？」

勝子は、上流家庭の夫人らしい口を利くようになっている。

しかし、トラック十八台が何者にとも知れず盗まれたことを、喜八も知らなかったのだった。

〈そうだ。トラックがあった！〉

喜八は目を輝かせた。トラックで荷物もろとも釜山まで行き、船を探すのだ。鉄道はいっさい朝鮮人の手によって〈接収〉されている。従って、トラックが釜山港への最短輸送法なのであった。

〈ソ連軍がやってくる！　その前に逃げだしたいが、わしの財産はどうなるんじゃろうか？〉

喜八は、アカだというソ連軍が、軍需工場を四つも経営していた自分を、磔刑《はりつけ》にするのではないかと怯えた。

〈しかし、どういうことじゃろうかいの！　勝たアでも、あと二年ほど粘ってくれりゃア、一千万円ほど儲かったものを！〉

そう愚痴りながら、長男の春彦と次男の夏樹を、竜山へ様子を探らせにやってみると、トラックは姿を消し、事務所もみな占領されていた。

〈畜生！　ぬすっとめが！〉

喜八は、折角《せっかく》の名案がお流れになったのを口惜しがったが、自分の目で確めに行く勇気はなかった。十六日、十七日と二日間で、喜八の心は萎縮《いしゅく》し切っていたのである。朝鮮人が、ただ恐ろしかった。

戦争中は、燈火管制を無視して平気だったくせに、喜八は毎晩、自分の手で戸締りして歩かねば気が済まなかった。いわば、就眠儀式のようなものである。その上、彼は防空幕をぴっちり張りめぐらし、暑いという子供たちの不平を、

「命は惜しゅうないのか！」

と一喝しておさえた。そして一番大きな長男と、必ず枕を並べて寝た。

こんな用心を重ねていても、集団強盗はやってきた。その盗賊たちは、口笛を吹きなが

ら、トラックを駈って来訪したのである。

襲われたのは、山に向かって左手にある岡野邸であった――。

明け方近い午前三時ごろ、不意に銃声が山に谺して、すぐ静かになった。

「お父ちゃん！　お隣りで、なんかあったらしいよ！」

妻の勝子が、喜八に震え声で告げた。

喜八が二階にあがり、隣家の様子をうかがってみると、

「よっしょ！」

「こらさ！」

という掛け声が、のどかに聞えてくるではないか。防空幕が下りているので、家の中の様子はわからない。しかし、その掛け声と人の気配から推して、引越しのため、荷物をトラックに運び出しているのだろう、と喜八は判断した。

〈ははあ。早いとこ、逃げ出そうちゅう気じゃな！〉

三軒で同盟を結んだ手前、体裁がわるいので、夜逃げのように引越してゆくのだろう。

彼はそう思い、

「隣りは、引越すらしい。誰かに、家を売ったんじゃろうか？」

と、階段の下で震えて待っていた妻に告げた。

「そう……」

　勝子は安心したように云った。居間に入ってみると、子供たちはみなリュックを背負い、靴まで履いて青い顔をしている。

　喜八は苦笑し、

「世話アないわい！」

　と快活に告げた。

　トラックが去り、五分もしないうちである。

　大栗家の門柱のベルを、狂ったように押す人影があった。

　長男と、足音を忍ばせ裏口から窺ってみると、岡野家の夫人――実は妾《めかけ》の秋乃という女性――が、髪の毛をふり乱して立っているではないか……。

「どうしました？」

　木刀を小脇にかかえながら、喜八が門をあけると、夫人はよろよろと倒れ込んできた。

「あ、あの人が殺されて……強、強盗が、なにもかも全部……」

「えッ、そりゃア大変だッ！」

　反射的に、喜八は門を閉じていた。そして憲兵大尉の情婦を助け起すと、玄関へ駈け出した。彼は、門から玄関までが、こんなにもどかしく、長い距離に感じられたことはない。

玄関のドアをしめると、喜八は歯の根をガチガチさせながら、

「み、みんな！」

と叫んだ。

声がひき吊った。

「た、大変だッ！」

長男の春彦は、彼の恐怖を知らぬ顔で、気を喪《うしな》って倒れた隣家の秋乃の、めくれ上ったスカートを見下ろしている。

白い太腿や、スカートに、白い粘液が付着していた。

喜八は、敏感にあることを察して、大学生の長男の頭を殴りつけた。

「バカ者！　早う逃げ支度せんかいや！」

しかし、その陽気な盗賊たちは、残った両家を襲撃はしなかった。

おそらく一台のトラックしかなく、収穫が大きかったので、また日を改めて出直すつもりなのだろう。

……盗賊たちは、六人でトラックをこっそり乗りつけてきた。

そして、門を乗り越え、玄関から「電報、電報！」と怒鳴った。

「どなた？」

二人が訝《いぶか》しんで立つと、

「電報です！」

という返事である。

〈門が閉っていたはずなのに――〉と思ったが、電報というからには急用だと錯覚して、岡野清蔵は靴箱にピストルをおき、玄関のカギをあけた。

鼻先に、ぬーっと電報用紙がさしだされ、何気なく手拍子で受取ったとき、ぐいと胸を突きとばされ、盗賊たちが乱入してきた。

清蔵は二人を投げとばし、ピストルを取ろうとして、逆に撃ち殺されてしまった。

「ほかに誰もいないか？」

ピストルを突きつけて、強盗たちは秋乃をおどかし、応接間のソファーの上で、かわるがわる凌辱した。そのあいだ、手のあいている連中は、運送屋のような手際よさで、タンスを中身ごとトラックに運び、金庫や、テーブルと椅子、油絵から、しまいにはジュータンまで剝いで持って行ったのだそうである。

「ほいさ」「こらさ！」「よっしょ」「こらさ！」

盗賊たちはおそらく軍隊式な訓練をうけた者ばかりに違いなく、予行演習でもやっているような気軽さで、しかも陽気だったという。目ぼしいものを掠奪したあと、秋乃はサルグツワをかまされ、テーブルに手足をくりつけられた。

「どうも有難う。旦那さん、ご不幸だったね……」

首領らしい男は、玄関で白い眼を剝いている清蔵を、片手で拝むと、清蔵の黒革の長靴を穿いて出て行った——。

「ふーむ！」

急をきいて駈けつけてきた外山祐三もその話をきき、死体を見ると、流石に血の気を喪っていた。

「大栗さん……強盗たちは、金品を掠奪するだけでは、慊《あきた》らんとみえる！　こ、こりゃア大変なことですぞ！」

喜八は、歯の根をまだ鳴らしていた。

「きっと連中は、トラックを空にして、こっちに戻って来るでしょう……」

「物を奪られた上に、乱暴される、殺されるでは敵わん！」

「どうでしょう……」

「なんですかな？」

「岡、岡野さんところは、もう、一度入ったのだから……」

「う、うん」

「強盗たちも、こ、来ないでしょう」

「それはそうだな」

「私たちは、この……岡野さんのお宅に、避難させて貰ったら……どうです？」

二人とも、歯の根が合わず、寒中水泳から陸へ上った選手のように、首の根っこを固くして、足踏みしながら話しあっている。

秋乃が、ヒステリックに叫んだ。

「こ、この人の死体は、ど、どうなるんですッ！」

三人の足許で、清蔵は左手で胸をおさえ、体を海老のように縮めていたのである。むろん、こときれていた。

喜八は、その隣人の死体が自分であるような錯覚がしてならなかった。

「そうだったな」

喜八は憮然として云った。

自分たちが避難することに精一杯で、仏の始末も忘れていたのである。死体と血糊を見ると、また新しく恐怖が募ってきた——。

が、死者がでたことを、一体どこに訴えでたらいいのか。

どこに報告すれば、いいのだろうか。

喜八は、恐怖と混乱のさなかでは、たとえば地震や洪水の最中では――死人をみても、あまり愕《おどろ》かないものだ、ということを知った。

かえって、自分が死人になることを空想した方が、なまなましく戦慄を誘われるのである。

「じゃ、どうも。失礼！」

慌てふためいて、外山祐三は駈けて行った。

夜がうっすらと明けかかっている。大硯山の山頂が、うす紫色に染まっていた。喜八もわが家に辿りつくと、物も云わずに書斎に入った。

そして一枚の紙に、〈接収完了〉と下手な文字をしるし、小さな紙片に〈許憲〉とかいた。

そして糊をもち、門の扉に〈接収完了〉の大きな紙を貼りつけ、花崗岩の門柱に嵌め込んだ銅版の標札に〈許憲〉の文字を貼った。許憲というのは、共産党の大立者で、釈放後、建国準備委員会の副委員長に推薦された人物であった。

その名を記憶していたのは、偶然紹介されたことがあるからだった。

つまり、大栗家は〈許憲〉によって〈接収完了〉したことを示せば、盗賊たちも迂闊に手を出さないだろうという喜八の苦肉の策だったのだ……。

七

八月二十五日午後零時を期して、アメリカ軍は百トン以上の船舶の、航行を禁止した。

そして皮肉なことに、京城の街にはようやく治安が甦り、そして「倭奴《わど》、早く帰れ」だの「船がなければ、泳いで玄海灘を渡れ」といった、帰国要求のビラが、街中のいたるところに貼られるようになった。

治安が回復したのは、総督府の手ぬるいやり方に腹を立てた朝鮮軍が、九千名の将兵を〈特設警備隊〉として、京城の街に配置したからである。これを、銃剣をもった警察官——と軍部では苦しい弁解をした。もっとも、治安維持の責任は、アメリカ軍が進駐するまでは、日本側にあったのだった。

……敗戦から十日あまりの間に、日本人は憔悴《しょうすい》し切っていた。

三十八度線以北から、命からがら脱出してくる日本人の噂は、さらに不安を募らせるのである。アメリカ軍が進駐してきても、もう京城の日本人たちには、逃げる場所がないのだった。

日本は四方を海に囲まれた島国である。飛行機か、船舶でなければ、懐しい祖国には辿りつけない。が、その頼みの綱である、百トン以上の船舶が、航行禁止とあっては身動きがとれなかった。

米軍では多分、船を雇って帰国しようとする日本人の行為を、禁止しようとしたのであろう。

でも、桜ケ丘第六愛国班に棲む、大栗喜八には、このニュースはショックだった。新聞社と放送局だけは、日本人の手に戻っていたので、彼は放送と同時にそれを知ったのだった……。

ところで、喜八にとって、なおショックだったのは、かつての彼の店の小僧をしていた李然という男が、「大韓民国自由独立新鋭党党首」という、ややこしい肩書の名刺をもって、訪ねて来たことである。

たしか船舶の航行禁止令がでて、まもない頃だから、八月二十七、八日であろう。

喜八は、工場と敷地を転売することに、夢中だった。軍では買い取れない代りに、百台のグライダーを納入したことにして、代金を払ってくれたが、とてもとても、そんなものでは追っつかなかった。

〈誰に売ろう？　そうだ、売るんじゃ。いや、買って貰わにゃならん！〉

彼は、鮮人の工場経営者、金満家の名前と顔とを思いだし、一つずつ消していった。

名刺整理帳が、こんなときに役立とうとは考えてもみなかったことである。

ふと窓の外の葡萄棚の下あたりで、

「坊ちゃん、久し振りのものですなあ」

という声がした。

老眼鏡をはずし、覗いてみると、白い背広をきた男が、葡萄棚の下の籐椅子で、午睡をしていた長男に、ニコニコ話しかけている。横顔に見憶えがあった。

〈誰だったかな？〉

喜八は首を傾げた。

「お父さん。いるとですか？」

長男は困惑した表情で立ち上り、彼に呼びかけてきた。喜八は、窓に近寄った。

「どなたかの？」

彼が眼を凝らすと、相手は大きく手をひろげ、懐しそうに目だけで笑った。

赤いネクタイを垂らしている。〈カクテキみたいな服装じゃないか？〉喜八は思った。

まだ平和だった頃、京城の街に少し頭のおかしい青年がいて、いつも赤ネクタイをしめ三越前に四時間でも、五時間でも佇んでいるというので名物になった。〈カクテキ〉というのは、その赤ネクタイの青年に奉られた名称である。

「旦那《ヨンガム》！　久し振りですなア！」

〈ヨンガム？　ああ、すると永楽町時代の小僧の一人か……〉

喜八は笑顔になった。麦藁帽子をかぶって、ペダルを踏んで配達に出かけてゆく二人の小僧——大きい方が禹才万、小さいのが李然と云った。

そして、李然は百二十数円の金を拐帯して、それっきり行方不明になった。

「きみは、禹君の方だったかの？」

喜八は云った。当時、二人とも十六か十七だったから、顔が変っている。そして目の前にいるのは、三十四、五の偉丈夫だった。

「旦那！　私ですよ。自転車《チャドンチャ》の曲芸の上手だった、李然ですよ……」

喜八は唖然となった。十六年ぐらい前の百二十数円といえば、痛かった。

一時は、草の根をわけても、探し出して、金を取り戻さねばならない、と思った男なのだ。

事件はそれッきりになったが、李然は前非を悔いて、盗んだ金を返しに来たのであろうか？

「……まあ、上りなさい」

と彼は云った。

李然は、頭髪をすでに伸ばしかけていた。どこで手に入れたのか、少し玉子色がかったその夏背広は、曲りなりにも麻らしかった。

ただ玄関に脱いだのは、陸軍の軍靴であり、そして軍用白靴下であった。

「本当に、ご無沙汰しました。でも、お元気で、なによりですなア」

李然は、ゆっくり脚を組んだ。

「あれから、なにをしていた？」

喜八は云った。

かつての召使い。金を盗んだ男。喜八はあの事件直後の怒りを、かすかに思い出した。

「いろいろ商売をやりましたですよ……」

「ほう。それは良かった」

喜八は、渋面で頷いた。

李然は煙草をとりだし、珍しくもライターで火をつけてみせるのである。

「旦那も、出世したですなア」

「ああ。なんとか、かんとかね。しかし、全部ダメになったわい」

「そうでもないでしょう。これ凄くたまったでしょう？」

李然は、人差し指と拇指《おやゆび》とで、丸い輪をつくるのである。喜八は警戒した。

「工場の土地建物に、全部そそぎ込んでしまったよ、みんな――。ほいで、パーになってしもうた！」

李然はニヤニヤしながら、信じられないというふうに首をふった。

喜八は話題を変えた。

「ときに、いまは何をしとるんかね？」

「ああ、どうも――」

李然は、胸ポケットをまさぐり、大型の名刺をとりだした。その名刺に、「大韓民国自由独立新鋭党党首」という肩書が、重々しく刷り込んであったのだ――。

「いま、政治をやってます。旦那に、昔のつきあいで、寄付を貰いに来たとですよ」

李然は平然と云って、「ちょっと失礼！」と応接間を出て行った。

そして、勝手に玄関の戸をあけ、外に向かって、

「誰か、来い！」と鮮語で叫んだ。

やがて李然が戻ってきたとき、ボーイ・スカウトのような、半ズボンの制服を着た、筋骨逞しい男と二人になっている。

「行動隊長の朴君です」

髭のうすい顔つきで、眼だけをぎょろりと光らせた、精悍な感じのする大男である。さ

しだした名刺には、〈行動隊長兼副党首兼財務委員〉という三つの肩書が並んでいた。

喜八は眉を顰《ひそ》めて、それを読み終えると、ニンニク臭い息を朴は吐きかけて、

「そういう者です！」

と、寄付金名簿をとりだすのである。いやに自信に満ちた声音だった。

「きみは、私から寄付金をとる気かいね？」

「そうです。旦那からは、五千円は貰わないと――」

李然は、ニコニコした。

喜八は、カッとなった。盗人たけだけしいとは、この男のことだと、腹が立った。

「きみへの寄付は……十六年前に済んでいるはずじゃ。昭和四年三月……ちょうど、娘が生まれた頃にの」

「ああ！　旦那さん。あれ、まだ覚えとるですか！」

「当り前だよ！　忘れられるかい！」

李然はしかし、ニヤニヤ相好を崩すだけでビクともしない。

〈畜生。警察があったら、突き出したるんじゃが！〉

喜八は歯噛みをした。口惜しく、腹立たしかった。

「しかし、旦那さん。あれは十六年前のことでしょう？　もう、時効になってますよ。そ

う古い話したって仕方ないし、せめて罪滅しに、五千円出しなさい……」

〈なんだ、時効だと？〉

彼は、低く唸った。法律には、時効というものがあったのである。

あのときから、たしかに十年以上が過ぎた。〈時効〉で横領の罪は消えているのだ……。

「大体、旦那はひどかったですよ。腐った漬物と、味噌汁しか食べさせなかったから……それで金が儲かった。違いますか？　禹も私も、よく辛抱したですよ……」

喜八は渋面をつくった。そのとき、行動隊長の朴が、ドシンと机を敲いた。

「日本人は、朝鮮人になにくれました？　土地は欺して取る、供出はさせる、税金はとる。その上、創氏改名で名前もとる、しまいには朝鮮語使うなといって、言葉まで取ってしまったじゃないですか！　ええ？　その代り、くれたのは、男は徴兵、女は徴用。なにひとつ、ええことないじゃないですか。あんたが金を儲けたのは、朝鮮のためじゃ。全部、朝鮮に残して行くのが当り前でしょう？」

李然が、微笑をこめて云った。

「私たちは、全部、朝鮮へ置いて行けとは云わんです。たった五千円……五千円だけ、朝鮮に寄付しなさいと云うとるんです。どうですか？」

「少し日本人は、反省せんじゃ、いかんですよ。反省せんじゃア！」

李党首と朴行動隊長の、硬軟の呼吸はピッタリ合っていて、おそらく何十軒となく日本人の金持の家を、渡り歩いて来たことが察せられるのである。

そして反省するということは、寄付せんじゃアいかん、という意味らしかった。

喜八は、この男を家の中に上げたことを後悔した。まさかかつて自分の使っていた果物屋の小僧が、政治家に転向しているとは思い及ばなかったのである。計算に甘いところがあった。不覚である。

〈しかし、この男にわしが汗と油で稼いだ金を、五千円も寄付するイワレはない〉

彼はそう思った。

「さあ、寄付しましょう！　あんたの得ですじゃ！」

力強く、高圧的に朴隊長が云った。

〈糞ったれめ〉喜八は思った。日本が負けたか思うて、とたんに威張りくさりやがってからに！　この盗ッ人めらが！　喜八は目を瞑《つむ》った。息を吸いこんだ。足許に倒れていた岡野清蔵の、真赤な血糊で染めた胸の傷と、憐れな冷たい屍《しかばね》が、ふッと頭の片隅に浮かんで消えた。

〈やっぱり、出さねばなるまあて。思い切り値切ってやろう。しかし、タダでくれてやる手はないでよ？〉

目をあけると、奉加帳がひろげられているのだった。

「李然君……わしは昔から、寄付の嫌いな男での」

「知ってます。町内の、お祭の五銭の寄付も、うちだけは一銭でした」

「それに五千円ちゅう、金はない」

「ええ？　これだけの世帯はってて、五千円の金がないちゅうですか！」

「さっきも話した通り、工場建設のため、金を注ぎこんで、銀行に借金がのこってるぐらいでの……。ほいじゃけん、李然君、こうしちょくれんか」

「……？」

「わしは鷺梁津に三万坪の土地と工場、永登浦に十万坪の土地と、建設中止のままの工場十二棟を持っちょる」

「ははあ」

「これを時価で、朝鮮の人に売って貰えんじゃろうか。そうしたら、手数料として代金の一割を出そうと思うんじゃが――」

喜八は、はじめて微笑した。我ながら、悪くないアイデアだと思ったのである。二人のにわか政治家は、顔を見合わせた。

「坪一円としても土地だけで十三万円ある。一割で一万三千円じゃ。どうかの？」

二人は、まだ顔を見詰めあい、お互いの心をまさぐり合っていた。

その金額の大きさに、心が動いたのであろう。

終戦直後だから、一万円という金は大きかった。サラリーマンで、一万円の金を溜めるのは不可能だとされていた時代のことだ。李然の心が動くのも、無理からぬことだった。

「日本軍も、ひどいもんだね。製品には金を払うが、設備投資には、いっさい知らぬ顔なんだから……」

喜八は、ようやく優位さをとり戻して、ゆっくり煙草をつけた。朴行動隊長が、眉根を寄せた。

「土地は売ったこと、ないからなあ……。船なら手に入るじゃが……」

それはそれは、残念そうな朴隊長の口吻《こうふん》だった。

「えッ、何といった？」

さっそく喜八は喰いついた。〈船なら手に入る！〉なんという言葉だ……。その船が、欲しいのではないか！

「なんでもないよ……。土地を売るブローカーじゃない、と云ったですよ」

「いや、船なら手に入るとか、いま、たしかに――」

李然が微笑した。

「ああ、旦那。九十七トンの機帆船のことですよ……」

「九十七トン？」

喜八は耳を疑った。百トン以上の船船は航行禁止だった。九十七トンなら、禁止条項に触れないではないか……。

「そ、その船は、ど、どこにいるんじゃ？　え、李然君！」

「仁川港にいるですよ。朴君の兄さんが、船長です」

「ふーむ！　その船は、動けるね？」

「動かなかったら、〈春琴丸〉は船じゃない。ただの材木だよ」

朴隊長は、不審そうに答えるのである。

「たとえば、仁川から日本まで、どれくらいで行くだろうか」

「一日半ぐらいかな？　蔚山《うるさん》や釜山からだったら、十二時間だと云ってたかな……」

喜八は、縋りつくような声をだした。

「そ、その船をきみ、世話してくれんか！　お願いだ、きみ。いや、李然さん！」

彼は、恥も外聞も忘れて、李党首と朴隊長に頭を米搗《つ》きバッタのように、下げてみせたのである。

八

九十七トンの機帆船が、仁川から日本の下関まで、荷物と人間を運搬してくれるという耳寄りなニュースに、いちばん乗り気になったのは、外山祐三であった。

「ふむ。仁川までなら、トラックで何とか荷物を運べるだろう……」

外山は横柄な口調で、そう賛成したのである。京釜線は不通状態だった。が、京城から釜山までは四百五十キロもある。貨物トラックを利用するよりなかったが、荷物を満載したトラックは、街道に網をはった暴徒たちに、例外なく襲撃されたのである。

それに万が一、トラックが釜山まで荷物を無事に運んでも、都合よく適当なヤミ船を探せるか、どうかも判らないのだ。

しかし、喜八の飛びついた九十七トンの機帆船は、仁川港に碇泊しており、三昼夜で下関まで往復できるというのである。

〈この船を買って、往復したら、儲かるぞ！〉

喜八はそう思った。

彼は、〈春琴丸〉の船主である朴隊長の兄・朴基成に会い、鷺梁津の工場と交換しないか、と申し出た。そして、首尾よく日本へ荷物を運び、京城で再会したときに、権利書を譲り渡そうと提案したのである。

かなりの老朽船だが、手入れがよいらしく船足は意外にかるいと云うことだった。

「船賃は？」

「品物一個について五円でどうかね？」

「船員の給料は？」

「こちらで出そう」

「私の報酬は？」

「それも考える……」

朴隊長の兄という人物は、なかなか計算に細かい男のようで、陽焼けした褐色の顔つきは平べったく、貪欲《どんよく》そうだった。

喜八は、抜け目なく契約書をとりかわし、李然を保証人として署名させた。

貨物船だから、人間までは運搬できない。

しかし、一個五円で荷物が日本へ送れるのなら、安いものだった。

きっと朴船長は、彼の所有している鷺梁津の土地と工場が欲しさに、使命を果してくるだろう。そのとき、権利書を手渡して、機帆船は喜八の所有物となる……。あとは、運賃で稼ぐだけだった。

仁川に行けば、日本人の船員が、うろうろしているだろう……。

「ところで、大栗さん。その船に、私共の荷物も乗せて貰えるな？」

外山祐三は、太腿を癖のように撫でて、念を押すように云った。

「もちろんです。ただし運賃は、一個五十円だそうですよ」

「ぼるなあ、鮮人は日本人の足許をみて！　でも、五十円でも、確実に届くんなら安い！」

「そうですとも……」

喜八は微笑して答えた。一個につき、四十五円の利益である。しかも前金だった。

「人間が乗られないのは残念だが……いや、それはまた方法を考えよう！」

外山は、三日後に出帆という話をきいて、あわただしく姿を消して行った。

近頃では、いちいち外を廻るのが面倒なのと、まさかの時に備えて、山側から三軒とも往き来していた。この方が早いのである。

もちろん、岡野家でも、あの事件以来、ひっそりと暮していた秋乃が、どこからともなく話を嗅ぎつけて、やって来ていた。

いや、日頃つきあいのない、彼等を白眼視していた見ず知らずの、桜ケ丘住宅地の人々

までが、

「どうか、二個分だけでも——」

と、ひっきりなしに押しかけてきた。溺れる者は藁をも摑むというが、植民地で稼いだ財産を少しでも日本へ持って帰りたい、というのが誰しも共通した心境だったろう。

喜八は、トラックを三台ほど手配し、一個五十円で荷物をうけつけた。全部で二百十八個になった。喜八は、トラックを二往復させることにし、するとまた百六十三個ほど追加がきた。第一次はこれで受付けを締切り、一万七千円ほど儲けた。

〈こらア内職になるわい！〉

仁川—下関を三日で一往復として、月に十航海。すると一カ月に十五万円は軽い、と計算してみて、なぜ早くこの盲点に気づかなかったか、と彼は思った。みんな敗戦のショックで、呆然とし、無気力になっている。

その癖、財産を祖国へ持ち帰りたいという物欲だけは強烈なのである。このドサクサにひと踏んばりすれば、永登浦工場の損失も瞬く間に……と喜八は張り切った。

数人の日本人とトラックに乗り、機帆船に積み込まれるのを確認した。喜八は、そのまま港に頑張り、二便目のトラックの貨物が、船底に納《しま》い込まれるのを、腕組みして監視しつづけた。作業が終ったのは、午後四時である。

潮の加減があるので、すぐ出港だった。仁川港は干潮と満潮の差がはげしく、九メートルもあり、ために閘門《こうもん》式築港法がとられていたのである。

九十七トンの〈春琴丸〉は、小月尾島の燈台の先を、ゆっくり通りすぎ、干潮に乗ってすばらしいスピードで、沖へ沖へと出航して行った。

〈さあ、これから一仕事じゃい！〉

喜八はニンマリした。

もう今夜から、集団強盗の心配をする必要はなかった。株券も、札束も、行李《こうり》の底に敷きつめて、十六個の荷物に分散してある。まちがいなく〈春琴丸〉は、下関へ着くだろう。こわいのは暴風雨だが、二百十日を恐れてはいられなかった。

京城の街に帰りつくと、街を少年たちが、

「明日の新聞！　明日の新聞……」

と叫んで売り歩いていた。粗末な服装から推すと、北鮮から脱出してきた子供らしい。

一枚買って、気前よく五円渡し、彼は目を通した。朝刊の早刷りが、もう売り出されているのだった。

『京城進駐は米第二十四軍に決定』

その見出しの文句にぎくッとなり、喜八はむさぼるように記事を読んだ。

京城へ進駐してくるのは、沖縄攻略の武勲に輝く鬼部隊の、第二十四軍なのだそうである。

喜八は慄然《りつぜん》とした。新聞によると、九月早々に米軍の進駐が行われるという。

〈あいつら、死にかかっとる日本兵を、ローラーで轢《ひ》き潰したり、死骸の骨で、ペーパー・ナイフちゅうもんを作って喜んどるげな！　こらア大変じゃあ……〉

喜八は、日本人世話会に寄って、闇輸送の注文をとるのも忘れ、汗を拭き拭き本町通りを抜け、奨忠壇公園から舞鶴町への広いアスファルトの道を、ふらふら息を切らせながら昇って行った。

喜八より早く、第六愛国班の人々は、第二十四軍京城進駐のニュースを知っていた。そしていい時に、〈春琴丸〉で荷物を送ったと喜びあっていた……。

——それからちょうど三日目の正午頃である。

ひょっこり李然が姿を見せ、朴基成が帰って来たと報告してくれた。そして、鷺梁津工場の権利書を、手渡してくれと云うのだった。

「いや。本人の顔を見て、事実をたしかめないと、これは渡せない」

「では、仁川へ行きましょう。私と一緒なら大丈夫です……」

おそるおそる京仁線の列車に来り、仁川港へ行ってみると、ちゃーんと〈春琴丸〉が軽やかに、埠頭《ふとう》に浮かんでいるではないか。彼は、ふーッと息を吐いた。

でも肝腎の朴船長は、一足違いで、京城に出たということである。すぐ引き返して、本町入口の喫茶店で朴基成に会えたのは、もう夕方になる時分だった。

「あたし……船、売らないね。次は一個五十円よ……」

喜八は、〈この野郎!〉と舌打ちした。彼が儲けたのを、朴船長は知っていたらしいのである。

「荷物……博多にあげたよ。米軍くる。荷物一個五十円……船売らない!」

喜八は、李然を憎んだ。朴船長は、船を売りたくないと云っている。

それなのに、あたかも朴基成の代理のような顔をして、権利書をとろうとしたのだ。

いつのまにか、そーっと李然の姿は消えている。

〈大韓民国独立新鋭……いや、自由独立新鋭党か! ふン、糞ったれめ! 大栗喜八が、そんな甘い欺しの手に、乗るかいや。裸一貫で、百万円儲けた、この俺が!〉

喜八は、朴船長の云い分を入れ、しかし今度は一個百円でも注文がとれるのではないか、という気がした。そう思うと、少し元気が出た。がふと、彼は立ち停った。

李然が、あの権利書を欲しがったのは、買い手があるということではないのか?

喜八は、〈そうじゃ!〉と思った。それに違いない。喜八は自分に云い聞かせた。わしが稼いだ金じゃ。誰がなんちゅうても、持って帰ったる！　人が真似せん方法で、持って帰ったる！　あの春琴丸のように……。

戦時中はガランとして淋しかった本町通りは、夕方だというのに、人混みでごった返していた。そして町を飾っているのは、ほとんどが日本軍の物資だった。

軍靴、帯革、防寒服、靴下、軍手、外套、乾麵麭、水筒、罐詰、砂糖、白米……。

牛の太い腿肉を店頭に、林のように吊り下げ、〈ビフテキ・銀シャリ〉と広告した食堂もできている。〈甘い甘いぜんざい〉という汁粉屋もあった。喜八には関心はなかった。

ちょうど朝鮮館のあった本町二丁目の辺りは、強制疎開されて空地になっていたが、ここにアセチレン燈をつけて青空市場が誕生している。

右側が日本人、道をへだてて左側が朝鮮人の市場に区分けされているが、左側の方に人だかりがしていた。なんでも、群衆がかたまっているところをみると、セリ市でも開かれているらしい。

円陣の中から、「オウ、リュク、チル……パル……」と早口で値をよむ朝鮮語が聞えてくる。

裸電球が幾つも引かれていて、夜がくるとその円陣の中は、真珠のような明るさだろうと思われた。

群衆の笑い声が鯨波のように湧き、〈おや？〉と喜八は足を停めた。耳ではなく、視覚の方でなにかが、ひっかかったのだ。円陣の中央の壇上に立った一人の男が、日本の女性の着物を羽織り、くるり、くるりと舞って衣裳の模様を群衆に示している。

喜八は、ぎくッとした。妻の勝子が、自慢している訪問着のような気がしたのだ。

金糸銀糸で刺繡された宝船と鶴亀の図柄で、ねだられて、わざわざ京都に注文したうるしの着物だった。

喜八は、夢でも見ているような気がした。絢爛《けんらん》と浮き上った、その宝船の美しい刺繡模様——。

妻のあの着物と、同じ物が存在するはずはなかった。そして、その着物は、〈春琴丸〉で運ばれ、いま博多の倉庫で眠っているはずなのだ……。札束や、株券といっしょに！

喜八は、ふらふらと円陣をつくった群衆の中に分け入って、

「その着物を、見せてくれッ」

と息せき切って叫んだ。とたんに彼は、胸倉をつかまれ、円陣の外に異分子のようにつまみだされた。

「な、なにをする！」

相手は、カーキ色の制服をきていた。いつかの朴行動隊長と同じ制服である。

「ここは、日本人の来るとこじゃない！」

喜八は、そのまま突き飛ばされ、大きく尻餅をついた。恐怖に歪んだ彼の網膜は、〈大韓民国自由独立新鋭党員〉という男の腕章の文字を、ゆっくり風が撫でるように読みとっていた。ごくりと咽喉《のど》を鳴らした喜八は、不意に気が狂うような怯えと、憤りと、混乱と、疑惑とが、いっしょくたになって襲いかかってくるのを知った——。

「こりゃア、どうなっとるんかいの……」

喜八は、呻くように、自分で自分に問いかけた。わけがわからなかった。しかし自分の躰が正体の知れない黒い網で包まれ、深い深い穴の中に落ち込みつつあることだけは、なんとなく諒解できた。

京城・昭和十一年

一

取材を終えて、朝鮮総督府の白亜の建物から出てくると、無数の赤蜻蛉が、阿久津の目の高さに飛んでいた。

彼はふと、ある感慨に迫られながら、また冬将軍がやってくる、と心で思った。

〈二年目の秋——か！〉

九州の南国で育った阿久津は、暑いのは、いくら暑くとも平気なのだが、冬は苦手なのである。

特に朝鮮の冬は、三寒四温で凌《しの》ぎよいと聞かされていたのだが、聞くと見るとは大違いで、とにかく骨の芯、までズシン！　と響いてくるような、強烈な寒気であった。

永楽町の下宿から、府庁横にある勤め先までの往復だけなら、まだしも辛抱できた。しかし悪いことに、彼の職業は新聞記者だったのである。

その年のはじめから、夕刊六頁刷の、いわゆる大夕刊主義に踏み切った阿久津の新聞社では、新人社員である彼に、暖かい編集局で居眠りさせるようなことはしなかったのだ。兎《うさぎ》の毛でつくった耳掛け、防寒靴、そして二重にはめた手袋。靴下だって木綿と毛糸の二枚穿きである。そしてラクダの下着。

阿久津は、着ぶくれして、行動が意のままにならないがために、何度、凍《い》てついた道路上で転倒したことか……。

一度などは、後頭部をしたたか打って、しばらく気を喪《うしな》っていたことがある。

そんな時、阿久津は、京城の街を、つくづく外国だと思った。日本の植民地かも知れないが、朝鮮はやはり、彼にとって〝外国〟だったのだ。

それだけに、春の訪れは嬉しかった。

彼は永楽町の下宿から、勤め先まで、いつも歩いて通勤することにしていた。府電に乗っても、二停留所しかなく、どっちみち黄金町入口からは、歩かなければならないからである。

その通勤の途中、去年は何とも思わなかった路傍の草が、なんと新鮮な驚きと、喜びとを誘って、彼の眼に映じたことか！

雪が融けて、じめじめした地面から、ある日、黄色い物が芽吹いたかと思うと、それが次第に若草色に変化し、大きさと量とを増してゆくその嬉しさよ。

冬のあいだ、徹底的に虐め抜かれたせいだろうか、阿久津はその若草たちに、頬ずりしたいような気持を味わったのだった。

そして二度目の夏が去り、また秋が訪れて来ている。

独身の新聞記者である阿久津が、赤蜻蛉の群をみて、ある種の感慨に捉われたのも、無理からぬ話であろう。

彼は府電に乗らず、光化門通りをゆっくり散歩して新聞社へ帰ることにした。

プラタナスの街路も、思いなしか黄ばみはじめている。

夏と秋の境い目――朝鮮では一番いい季節であった。

勤め先に戻って、原稿を書こうとしていると、田崎という先輩記者が、彼を発見するなり肩を敲いて、

「おい、奢《おご》れよ……」

と云った。

「なんのことですか?」

と訊くと、田崎はニヤニヤして、

「お安くないぞ。〈ミドリ〉のマダムが、相談したいことがあるんだと、さ!」

と教えた。

「へーえ！　本当ですか？」

彼は、そう云いながら首を傾げた。

〈ミドリ〉は明治町の横丁にある、新しく出来たカフェーである。

当時、明治町は、東京の浅草や、大阪の新世界に匹敵するような歓楽街に、生まれ変りつつあった。

むかしは、明礼宮に近かったところから、明礼洞、または明洞とその一帯は呼ばれていたらしい。

そして明治町と改称されたのは、なんでも日清戦争以後だと云うから、古くから日本人たちが住みついていたのだろう。

明治町には証券取引所があり、株屋の店も多く、大通りは一般の小売店が、目白おしに並んでいる。

だから表通りを歩いていた限りでは、なんの変化もない健康な町にみえる。

ところが、いったん横丁や露地に入ると、カフェーや、喫茶店や、小料理屋が、思いがけないぐらいの数に点在していたのだった。

むろん流行のビリヤードも増え、その年の夏からは松竹の封切館が竣工《しゅんこう》したりして、ますます賑やかになる一方だった。

　このあたりは本町警察署の管内であるが、本町署の調べによると、カフェーの女給がなんと五四二名もいるという。カフェーの数は一一六軒で、これは鍾路《しょうろ》署や竜山署をも含めた数だから、いかに明治町界隈にカフェー女給が氾濫しているかが想像できる。

　その明治町のカフェー業界で、トップを行くのは〈丸ビル会館〉と〈菊水〉の二軒であった。

　前者は三階建で、女給も五十人を越え、開業以来すでに十五年という老舗である。

　後者は、かつて〈ビリケン〉という小さな店だったのを、女手ひとつで大カフェーに育てあげた……という曰くつきの店で、女給は白エプロン姿で、決して客席に坐らない上品さで売っている。

　これに長谷川町の〈花田食堂〉、旭町一丁日の〈山陽軒〉、鍾路の〈楽園会館〉の五軒が、先ず先ず当時の京城の、カフェー界の大手であった。

　むろん〈ミドリ〉は、そんな大きな規模のカフェーではない。女給は十名内外だし、面積も狭くて、どちらかと云えば、小規模の店に属していた。

　開店は、阿久津が赴任する二年前だったと聞いている。

　先輩たちの話によると、つい最近まで、喫茶店といえば、本町通りの明治製菓、本城屋、金剛山、それに長谷川町の楽浪《らくろう》ぐらいのものだったという。

ところが急テンポで喫茶店が明治町に出現しつつあり、聖林《ハリウッド》、エリーザ、ダイナ、プリンス、ファルコン、白竜、トロイカなどといった店が、雨後の筍のごとく開店したということだった。

むろん、カフェーやバーも、その時流にのって増加したものであろう。

「まるで、きみの赴任を歓迎するかのごとく、増えてきたんだから、たまには行ってやらな駄目だぞ……」

などと先輩記者から云われて、独り者の淋しさに、下宿先が明治町に近いことも手伝って、阿久津はそれらのカフェーに通いだしたのだが、〈ミドリ〉もそんな店の一軒だったのである。

経営者は、赤堀緑と云い、なかなかの美人であった。前歴は知らない。

ジャズ音楽の流行全盛期で、〈ミドリ〉でもジャズのレコードをかけ、客と女給がアメリカ式に飛び跳ねて踊っていたが、阿久津がその店の常連となったのは、マダムと同郷であるということも一つあったが、実は、カオルという源氏名の女給に、心を惹かれていたからだった……。

そのカオルという女給は、無口で、なにか生活の翳りが顔に滲み出ている娘であった。

顔の造作は、どちらかというと、派手な方であった。

髪の毛は、お河童《かっぱ》みたいにしている。

眉は三日月型で、目はやや吊り気味に、大きな黒瞳が男心をそそる。鼻筋は通り、唇は小さくて、あまり化粧はしていない。

躰は小柄な方だった。

酒はつよいが、決して乱れない。

髪の毛のせいか、子供っぽい感じに見えるが、阿久津は〈ミドリ〉の店の中で、彼女が声をあげて笑ったのを、見た記憶もないし、微笑すると何故か、泣き笑いのような感じになるのだった。

異郷の地に就職して来た阿久津は、自分の心わびしさも手伝って、いつも寂しい翳《かげ》をもっているカオルに、なんとなく関心を持ち、好意を寄せはじめたのであろうか。

勤めを終えてから、阿久津は、いったん下宿に帰り、夕食をとってから、明治町へ出かけた。

二

その頃、朝鮮では、ダンスを禁じていた。

非常時に男と女とが、手を組みあって踊り狂うなどとは、もっての外――という当局の見解からであろう。

だが禁じられれば、禁を犯したいのが人間の常で、旭町の花柳界では、ダンス芸者などというものが誕生したくらいで、ダンスとジャズの流行とは、切っても切れない因縁《いんねん》にあるかのごとくである。

阿久津は、〈ミドリ〉で女給と客とが、ダンスをやっているところを警官に踏み込まれて、危うくお灸を据えられそうになったところに居合わせ、彼が警官に名刺を出して、とりなしてやったことがあった。

赤堀緑が、彼を恩人扱いにして、他の客より値段を安くしてくれているのは、そうした経緯があったからである。

〈ミドリ〉を覗くと、マダムは嬉しそうな顔をして、

「阿久津さん……相談に乗ってよ……」

と云い、隅のボックスへ、彼を連れていくのだった。

「何の用事？」

と声をひそめると、

「実は、他の人には相談できなくて、困ってるんだけど……うちの一郎のことなの」

と云った。

一郎というのは、マダムの息子で、今年たしか中学一年生になったばかりだった。色白のおとなしい子供で、頭はよく、その証拠に京城の名門校である中学に、二番か、三番かでパスしていた。

ふつう片親で、しかも母親がカフェーの経営者だというと、内申書で不合格の印を捺《お》されてしまうのに、赤堀一郎が優秀な成績でパスできたのは、その中学の校長が、英才教育をモットーとしていたからである。

阿久津はその夏、纛村《とくそん》のプールへ一郎を連れて泳ぎに行ってから、一郎とは仲好しになっていたのだ……。

「一郎君が、どうかしたのかい？」

阿久津がそうきくと、マダムは、

「今日、中学校へ呼ばれて行ってから、分ったんだけど……一郎はなんと、二学期になってから十日も無断欠席してるんです」

と眉根を寄せた。

「十日間も、無断欠席？」

阿久津は吃驚《びっくり》した。

中学校も、上級生ならともかく、一年生やそこいらで、学校をサボるなんてことは、常識では考えられなかった。

「なぜ、そんなことを？」

彼が云うと、マダムは、女給のカオルがみせるような半泣き顔になって、

「一郎を問い詰めたんですけど、どうしても云わないんです」

と云った。

「ふーむ……」

阿久津は、サクラ・ビールを飲みながら、首を傾げた。

「それで……申し訳ないんですけれど、こんどの日曜日にでも、一郎を連れだして、なにか悩みごとがあるのか、きいてみて頂けませんかしら？」

マダムはそういって、切れ長の眼で、じいーっと彼を見詰めた。

「わかりました。きいてみましょう」

彼は、カイダという煙草をとりだして、ゆっくり咥《くわ》えた。赤堀一郎の白い顔が、一瞬、マダムの顔と重なって消えた。

赤堀緑、一郎の母子は、南山町の三間ばかりの貸家に住んでいる。

家賃は三十円で、畳、襖、障子は、年一回家主の負担で取り替えてくれ、どういうわけか電燈料は借家人の負担だが、水道代はいくら使っても家主の支払いだという。

彼の下宿代が、賄《まかない》付で六畳一間で二十六円だから、その家賃は決して安い方ではないけれど、家主というのが、池町の姉妹芸者というのが気に入って、借りたのだそうである。

南山町というのは奇妙なところで、花柳界と住宅街とが雑居していた。

旭町、南山町がいわゆる本検番と呼ばれる京城の〝新橋〟で、新町遊廓の東検番、竜山の弥生町遊廓の南検番の二つは、やや格が落ちるとされていたものだ。

赤堀緑が借りていたのは、本検番の姉妹芸者が、金を貯めては土地を買い、貸家を建てていった持ち家の一軒だったわけである。

阿久津も商売柄、池町の〈千代本〉だの、〈泉〉、〈千代新〉、〈幾羅具〉などへ行ったことはあるが、なかなか美人の芸者がいたことだけは記憶がある。

芳本の元弥、桃太郎、大黒の吾妻、小常、河内家の一琴、小女家の園千代、芳の家の秀千代、梅桝の玉奴、おみつ、菊の家の千代奴などは、若い阿久津の心をゆさぶった名妓たちである。

彼はそのことを思いだし、

「マダム。一郎君から、なにかを聞き出したら、お礼に何をくれるね？」

と云った。

赤堀緑は苦笑して頷いて、

「京喜久の鶴料理？　花月別荘のスッポンがいい？」

と訊いてきた。

「いや、まだ南山町で遊んだことがないんだよ……」

彼はニヤニヤした。

「まあ。お膝元で遊ぼうというの？」

マダムは流石に顔を顰《しか》めて、

「でも、いいわ。清山荘でも、松葉亭でも、銀月荘でも奢ります」

と、切り口上になる。

「よほど、心痛の種らしいなア」

阿久津はマダムの顔を覗き込んで、

「いいよ、いいよ。今のは冗談だよ……」

と苦笑していた。

本券番では、花代は一時間六本の勘定で、一本二十五銭だから、一時間では一円五十銭だが、最初の一時間は送り花が三本つくから二円二十五銭になる勘定だった。

これに料理代が加わるのだから、決して安くはないのである。

次の日曜日、彼は非番だったから、早起きして、南山町に赤堀一郎を訪ねて行った。

一郎は、朝鮮人の女中《オモニー》を相手に、遅い朝食をとっているところであった。

きいてみると、母親の緑は、まだ寝ていると云う。

阿久津は女中に、

「オモニー。僕にもご馳走してくれよ」

と云って、図々しく食卓に坐り込んだ。

そのころの朝鮮の日本人の家庭では、日本人の雇い女は女中と呼び、朝鮮人の雇い女はオモニーとキチベと呼んで区別した。

キチベというのは、小娘のことである。

料金も日本人と朝鮮人とでは差別があって日本人女中が住込みで二十円、オモニーは同じく十円見当、キチベはせいぜい六円であった。そして、たいていの日本人の家庭では、このオモニーか、キチベを雇っていたものである。

食事の最中、彼は一言も、頼まれた一件については口にしなかった。

そして食事のあと、

「古本漁《あさ》りに行かないかい？」

と、阿久津は切り出したのだった。

一郎は、明らかに警戒していた。

夫に先立たれ、その生活の糧を得るためにカフェーの経営者となった赤堀緑は、一郎の教育のためを思って、南山町に家を借り、オモニーを雇い、家庭教師をつけさせているのだった。

その母親の教育熱心を、赤堀一郎は知っている。それだけに、彼が学校を十日間もサボったということは、阿久津にはやはり重大な事件だと思えるのである。

一郎は、古本漁りと聞いて、しぶしぶ阿久津に従ってくる風情をみせた。

母親の赤堀緑の話が本当だとすると、南山町の一郎の家を訪れてくる男性は、小学校の教師と、同県人の阿久津くらいのものであったらしい。それと家庭教師の、上月《こうづき》という城大予科生と――。

上月は苦学生で、一郎の家に、近所の子供を四、五人あつめて、月謝をとって教えている陰気な青年だった。

赤堀縁としては、本来なら上月に相談すべきところを、なんとなく好きになれないところから、相談相手に阿久津を選んだものと思われた。

南山町は、京城のほぼ中央に位置している標高三百メートルたらずの南山の、北麓に発達した町である。

満三ヵ年の期間をかけて竣工した朝鮮神宮や、京城神社、恩賜科学館、さらに乃木神社などがこの南山にはあった。

だらだらと曲りくねった坂を下りて、京城郵便局を左に、三越を右手にみて本町通りに入る。

右手角がシノザキ文具店、山岸薬局、大和軒に本所屋とつづくと、左手の郵便局が切れて日本楽器、右に平田百貨店とつづく。

京城運動具商会、大沢写真器店、ちちぶや呉服店、鐘紡サービス・ステーション、丸一呉服店、但馬屋カバン靴店、塚谷雑貨店、日の丸小間物店、三中井百貨店とあって、日之出屋エハガキ店から右に折れると、〈ミドリ〉のある明治町となる。

「なあ、一郎君……」

阿久津は、そのあたりまで来たとき、不意に話しかけた。

「はあ、なんですか……」

一郎は改まった口調になる。

「きみ……なにか悩みが、あるんじゃないかね？」

彼は云った。

「悩みがあるんなら、僕に話してみない？　くよくよ、一人で考えてたって、仕方がないじゃないか……」

彼は一郎をみた。

黒地に白線が一本入った制帽をかぶった中学生は、怒ったような顔をして、

「なにも、悩んでません！」

と云った。

「悩んでない？」

「はい。なにも……」

赤堀一郎は真ッ正面をみたまま肯《うなず》く。

「だったら、なぜ、十日間も、無断欠席したんだい？」

阿久津は微笑して一郎をみた。

「お母さん……心配してたよ？」

「はい、知ってます」

一郎は、また肯いて、じれったそうな表情をして左右をみた。

熊平金庫店、佐伯家具店が相対していた。

道は少し登り気味になり、亀屋菓子店、喫茶店金剛山、村木時計店、山口茶器店、精乳舎、米作、明治製菓がある。

「なぜ、休んだんだい？」

阿久津は訊いた。すると一郎は、

「歩きながらでは、云えないんです」

と云ったのだった。

三

阿久津は、赤堀一郎を徳寿宮に連れて行った。キャラメルや餡パンを買い、五銭ずつの入場料を支払って、大漢門という額を見て大きな赤門をくぐると、徳寿宮である。

もともと李朝第九代成宗の兄、月山大君の住居に建てられたもので、故李太主殿下が譲位後の居宮に使われた時、徳寿宮と改められたのだという。

その徳寿宮の芝生の上に寝転がって、阿久津は一郎に、

「さあ、話したまえ……」

と云ったのだった。

赤堀一郎から、中学校をサボった理由を聞き出そうとするのは、総督府や京城府庁の役人から、ニュースを引き出すよりも厄介な仕事だった。

一郎は、具体的には云わないが、母親の緑を憎悪するような言辞を弄したり、昌慶苑《しょうけいえん》で一日の大半を過したと語ったりした。

昌慶苑というのは、もと寿康宮と称した宮址で、日韓併合後、植物園、動物園、博物館を設け、一般に開放した公園である。

〈昌慶苑で、一日を過していた？〉

阿久津は首を傾げた。

昌慶苑は、桜の名所として知られ、花見時には毎夜、人の波が溢れ、花見酒に浮かれる人々で一杯だった。

入口の弘化門を入って右が植物園、左が動物園だが、その道の両側は、直径一尺にも及ぶ桜の老樹が、花のトンネルをつくるのであった。

八重桜は、中広場から水禽《みずどり》の鉄傘にいたるまでに多く、吉野桜は池から秘苑にいたる道に多い。

苑内の桜は約五千本といわれ、夜桜を見るために入場する客は、日に七万人だという。大人十銭、子供五銭の入場料だから、四月下旬から五月中旬までの二十日間として、一日どれくらいの収入があるだろうか、などと阿久津は考えたことがある。

その花見頃ならともかく、また三日か、四日くらいならともかく、一中学生が放課後になるまでの時間を過すには、あまりに変化に乏しい場所なのである。

阿久津はまず、この一郎の告白に、疑問をもった。なんとなく、可怪《おか》しい……と思ったのであった。

いろいろと問い詰めてゆくと、しまいには一郎は泣きだして、

「僕が、悪いんじゃないんだ……。妓生《キーセン》の姉ちゃんが、悪いんだ……」

と口走った。

「なに、妓生の姉ちゃん？」

阿久津は目を光らせた。

一郎は、一瞬、〈しまった！〉というような顔になったが、阿久津が、

「男と男の約束だ。決して口外しない」

と云うと、渋々、語りだした。

赤堀一郎は、中学からの帰り、よく廻り道をして帰ることがあった。

中学校は、西大門通りにある。

一番早い道順は、中学から第一高女の脇を抜け、京城放送局から去年の暮に出来た府民館脇を通って、長谷川町を京城郵便局に突当り、旭町から南山町に入る……というコースである。

しかし赤堀一郎は、それでは面白くなくて光化門へ出て、仁寺洞からパゴダ公園あたりで右折し、黄金町通りを横断し、本町通りを突切って、南山町へ至る……という変化に富んだ道順を選ぶことがあった。

つまり鍾路と本町という、朝鮮人と日本人との対立した繁華街を通り抜けることに、少年らしいスリルを味わっていたらしいのである。

二学期がはじまって間もなく、赤堀一郎は友達と別れて、ひとり鍾路の電車通りを歩んでいたが、ふと、尿意を催して、その鍾路の裏通りに入ったのだった。

人通りのないところで、立小便をしようと考えたのである。

ところが、裏通りに入った瞬間、黒いノレンのかかった一軒の酒幕《スルチビ》から、不意に一人の女性が飛び出して来るなり、彼の布製の肩かけカバンの中に、なにやら押し込んで、彼の手をひき、二、三軒先の同じような酒幕に飛び込み、なにやら店の主人に喚《わめ》くと、また駈け出して行ったのだ……。

あッという間の出来事だった。

赤堀一郎は、呆然となった。

酒幕とは、日本でいう居酒屋のことで、鍾路だけでも二二〇軒あったという。

入ったところは土間になっていて、右手に番台みたいなところがあり、番台の片側に肉だの、野菜だの、魚だのの料理が並び、もう片方には炭火の熾《おこ》った竈があった。

そして、番台には、一人の若い男が坐っていて、

「あんた……日本人か？」

と訊いた。

赤堀一郎は、おどおどして、

「そうです」

と答えた。

「あんた、ここにしばらく、いる。いいね？」

若い男は云った。

「どうして、ですか？」

彼は震え声で訊いた。

「理由は、わからない、私にも……」

朝鮮人の若い男は、西洋人みたいに肩を竦《すく》めてみせ、

「彼女は、あんたを、しばらく預ってくれと云っただけだ……」

と云った。

客がいないので、赤堀一郎は、なんとなく救われた気持になったが、生まれてはじめてみる酒幕の内部は、なんとなく薄気味わるかったらしい。

酒幕というのは、阿久津も知っているが、火酒《ファチュ》、薬酒《ヤクチュ》、濁酒《マッカリ》の三種類の酒を飲ませるところで、たいていが立ち飲みである。

ほかに内外酒店と称する銘酒屋もあった。この方は、一軒に三、四人の若い女がいて、酌のサービスをしてくれるわけであるが、黒の琺瑯《ほうろう》塗りの薬鑵《やかん》に、四十銭の薬酒を次から次にと運んで来て、日本人とみれば暴利を貪《むさぼ》ろうとするのであった。

酒幕では、昔から酒の肴は、無料とされているからである。

飲んでいるのは、むろん朝鮮人の客ばかりで、一人で酒幕に入って行くだけの度胸は、阿久津にもない。

その酒幕に、いかに昼間とはいえ、たった一人ぽっちで軟禁されていた中学生の赤堀一郎が、いかに心細い思いであったかは、阿久津にも想像がつく。

一郎が帰ろうとすると、酒幕の若い朝鮮人は表戸を閉めて、

「もう少し、待ちなさい」

と、怖い顔をして睨んだという。

一郎には、軟禁されている原因が、妓生風の女性が、彼の鞄に押し込んだ、なにか知らないが紙包みにあると知っていた。

それで、

「預かった物を、渡すから帰して下さい」

と半泣き顔で哀願した。

しかし青年は、

「私は預れない。彼女に直接に、あんたから手渡しなさい」

というような意味のことを云った。

そのうち、数人の客が這入って来て、薬酒を飲みながら、一郎をじろじろ眺めだしたので、隙をみて彼は、その店から飛び出し、電車通りまでを一気に駈けた。

追手はなかった。

家に帰って、紙包みをみると、厳重に封がしてあり、中身は本か何からしい。それも高価そうな重い本だった。

翌日——赤堀一郎は、その預り物を持って昨日の酒幕を、おそるおそる訪れた。

　昨日の青年が番台に坐っていて、彼が差し出した紙包みをみると顔色を変え、

「それ、受け取れない。午前十時から十一時のあいだ、昌慶苑……行きなさい。明政殿のちかく……よろしいか？」

　と早口に喋り、

「それ、渡した人に返さないと、あんた、大変なことになる。下手すると、お父さん、お母さん……監獄だよ？　よろしいか？」

　と云ったのだという。

　赤堀一郎は、妓生風の若い女の、無言のうちにも何か切迫した行動と気魄《きはく》を思いだし、朝鮮人の青年の蒼ざめた表情をみて、

〈これは大変な品を預けられた！〉

　と思った。

　翌日——赤堀一郎は、さんざん思い悩んだ末、学校を遅刻することにして、昌慶苑へ行ったのである。

　中学一年生の彼としては、ある意味で、冒険であった。

四

赤堀一郎は、午前十時の開苑を待って、制帽を上衣とズボンの間に隠し入れて、弘化門から苑内に入った。

明政殿を探しだし、彼はその付近を、うろうろしながら心待ちに連絡を待った。

明政殿は、弘化門から正面の、古い石畳を踏んだ奥にある。

五間三面、単層の入母屋《いりもや》造りで、王座は珍しく東に面してつくられてあった。

天井には鳳が二つ描かれ、宝珠瑞雲が彫刻されてある。しかし、旅行者には、これがかつての王座だとは信じられないような、粗末な建物だった。

一郎は、仕方なく建物の大棟の端にある、魔除けの像を眺めたり、測雨器や日時計を見物したりして、午前十一時までを過した。

彼は、入学祝いに買って貰った腕時計で、十一時になったのを知ると、学校へ行こうと思って足早に歩きだした。

そして一昨日の女性——崔錦珠《さいきんしゅ》に出会ったのである。

先日は、上衣《チョゴリ》に裳《チマ》という朝鮮独特の服装だったが、その日は洋装で、彼女の方から声をかけてくれなかったら、彼も気づかぬところだったという。

彼が顔を輝かせて、カバンの中の品物をとり出そうとしたら、崔錦珠は怖い顔をして、

「五メートルあとから、私に、ついて来なさい！」

と云い、植物園の方へ歩み出したのだ。

赤堀一郎は、その気品のある、整った顔立ちに圧倒され、訳のわからぬまま、彼女に従ったのだった。

人目につかない繁みの間に来ると、彼女は立ち停り、

「坐りなさい」

と命じた。

彼が、おどおどしていると、叱りつけるような口調で、

「坐りなさい、早く！」

と崔錦珠は怒鳴ったという。

赤堀一郎は、草の上に坐った。

「預けた品物は？」

彼女は訊いた。

「持って来ました」

一郎は云った。

「開けてみた？」

また彼女は訊く。

「いいえ、そのままです」

そう彼が答えると、彼女は、

「あんた……名前は？」

と質問してくる。

彼が本名を告げると、崔錦珠は、ハンドバッグの中から手帳をとりだして控え、鞄から教科書やノートを取り出して、間違いないことを確めたのだった。

「一年四組の赤堀一郎ね？　住所は？」

崔錦珠は、まるで警官が訊問する時のように、一郎の住所、母親の名前、ひいては明治町の〈ミドリ〉の電話番号まで控えて、

「あんた……この包みのことを、誰かに話したろう？」

と、やにわに彼の手首を摑んで引き寄せ、首を絞め上げたのである。

一郎は吃驚《びっくり》した。

「誰にも、喋りません。本当です！」

一郎は、美しい朝鮮女性の、打って変ったような権幕ぶりに、蒼ざめながら、声をふりしぼった。

「本当だね？」

「きっとだね？」

「朝鮮神宮に誓うね？」

と、さんざん念を押したあと、崔錦珠は絞めていた襟首から手を離し、

「疑ってごめんなさい」

と、はじめて皓《しろ》い歯をみせたものだ。

赤堀一郎は、子供心にも、

〈世の中に、こんな綺麗な女の人が、いるのだろうか？〉

と思ったと云う。

崔錦珠は、品物を渡そうとする彼に、

「あなたは良い子供だから、私の味方になってくれない？」

と切りだし、

「弟が生きてたら、ちょうど、あんたくらいの年頃よ。あたしの弟になって……」

と抱きしめたのだった。

彼女のツーピースからは、なにか知らぬ良い香水の匂いがして、赤城一郎は、ぞくぞくッとするような感動を味わいながら、夢中で肯いたのだ。

「ありがと。弟になってくれるのね？」

崔錦珠はそう云い、肯く一郎に、

「それじゃあ、今日は学校休んで、夕方まで私といて……」

と云った。

一郎は、持参していた弁当を喰べ、崔錦珠は売店で買って来たジャムパンを喰べて、なんとなく午後二時ごろまで、二人は時を過した。

彼女は、その時、〈春香伝〉のあらすじを語ってくれたという。

春香伝というのは、全羅南道南原郡守の息子である李夢竜と、妓生の春香との恋物語である。

若い二人は恋におちいり、堅い二世の契りをかわしていたが、夢竜の父が中央に転勤になったため、二人は別れ別れになる。

春香は、夢竜がいつの日か、迎えに来てくれることを信じ、妓生稼業を辞めて、下女のような仕事をしながら、ひたすら夢竜を待ち侘びるのである。

ところが、後任の郡守は、美貌の春香に懸想し、彼女に恋人があるため、自分の意に添わないと知るや、無実の罪を着せて、牢獄にぶち込んだのであった。

一方、夢竜は、地方官吏の動静を、秘密に探りだす暗行御史という役人に出世して、南原郡にやって来て、自分の恋人が獄舎につながれ、地方民が郡守の暴政のために、苦しみつづけていることを知る。

時たまたま、郡守が、自分の誕生日に豪勢な宴会を催すことを知った夢竜は、他郡から捕吏をはりこませ、自分は汚い乞食の恰好をして宴席に忍び込む。

春香は、重い首架《くびかせ》と鉄鎖のまま、宴席に引き出され、嘲笑の苦しみを受けていた。

夢竜は、

金樽美酒千人血　玉盤佳肴万姓膏
燭涙落時民涙落　歌声高処怨声高

と吟じて、

「御史入りたり！」

と叫び、南原郡守を逮捕し、無実の囚人たちを解放してやり、自分は春香を妻として迎える……というのが、あらすじだった。

一説には、支那の〈西廂記《せいそうき》〉の翻案だといわれているが、日本の忠臣蔵と同じく、朝鮮ではこの春香伝の芝居だけは、いつでも大入り満員になると云われているほど、人口に膾《かい》炙《しや》された芝居である。

午後二時になると、崔錦珠は一郎に、

「お願いがあるんだけど」

と云い、一郎が鞄の中に持っている品物を済まないが、あるところへ届けてくれないか……と云いだしたのだった。

一郎は承諾した。

「明後日、また、ここで会いましょうね、一郎さん」

と崔錦珠は云い、

「あたし達のこと、誰にも秘密よ……」

と、また彼の躰を、つよくつよく抱きしめたのだった。

彼女が云うには、午後三時かっきりに、本町一丁目にある〈喜楽館〉の前に、背広を着た中年の男が、新聞を持って佇むはずだから、その男に品物を手渡して欲しい……とのことである。

一郎は、云われた通りに、使いをしてやった。その時、男は、

「これを、彼女に手渡して下さい」

と、小さな函《はこ》を一郎に渡したのだ。

翌々日――一郎は、崔錦珠に抱いて貰いたくて、昌慶苑へ行った。

崔錦珠は、こんどは大きな角封筒を用意していて、やはり午後二時ごろまで時を過し、和信百貨店の二階売場に佇んでいる若い女性に、それを手渡すように依頼したという。

そして同じく翌々日の再会を、彼に約束させたのであった……。

一郎は、流石《さすが》に渋った。

すると崔錦珠は、

「お姉さんは妓生なのよ……目を瞑《つむ》って、じいーっとしてらっしゃい」

と、彼の鉢を抱いたまま、胯間を優しくまさぐりはじめたのである。

少年は背筋を硬ばらせ、やがて、せつない息遣いをはじめる。

「気持いいでしょ？」

彼女はそう云い、

「他の人には出来ないのよ……」

と低く囁きながら、少年のズボンの釦《ボタン》を、器用にはずしていった。

数分後――少年は、低い獣じみた声をあげて、足の爪先を痙攣させた。

「目をあけないで。じいーっと、しているのよ……」

彼女はガーゼらしい柔かい布切れで、少年の身始末をしてやり、元通りにズボンの中に

納めて、

「気持のいいこと、したかったら、明後日も来るの。いいわね？」

と、抱擁《ほうよう》したのであった。

赤堀一郎は、生まれてはじめての、恍惚《こうこつ》とした陶酔境を、一日中、忘れられなかった。

それで少年は、憑《つ》かれたもののごとく、一日おいた朝になると、そわそわしながら、昌慶苑へ向かったのだった……。

阿久津は、その赤堀一郎の話をきいて、

〈これは、なにか事件に関係あるぞ！〉

と、直感したのだ。

酒幕から飛び出して来て、一郎に品物を預けながら、取り戻せたのに、わざと受け取らず、一郎から喜楽館前に佇む中年男に、それを手渡させたのは、いわば用心のためであろう。

その証拠に、赤堀一郎のことは、根掘り、葉掘り聞きながら、自分のことは、妓生のお姉さんとしか云っていない。

弟が死んだとか、姉弟になろうというのも口実で、赤堀一郎を利用しようという魂胆だと、阿久津はみた。

おそらく手淫をほどこしたのであろうが、純真無垢な中学生を、セックスの快楽で繋ぎ留めて、利用するあたりは、なんとも狡猾《こうかつ》で許し難いのである。

阿久津は、一郎の云う美人の朝鮮女性——後に正体をつきとめた崔錦珠を、ぜひとも探りだして面罵《めんば》し、犯罪に関係があるのなら、告発してやりたいと考えたのである。

新聞記者としての阿久津は、まだ駈け出しだったが、なんとなく阿片とか、エロ写真とか云った非合法な犯罪に、赤堀一郎が利用されているような気がしたのだ。

彼は一郎に、

「酒幕にいた若い男が云っただろ？　彼女に二度と会ったら、危険なんだ。だから、絶対に会ってはいけない」

と云い、道学者ぶって、手淫の弊害を説いたのである。

五

〈ミドリ〉のマダムであり、一郎の母親である赤堀緑には、あまり委《くわ》しい報告はしないことにした。

ただ心配すると困るので、不良に嚇《おど》かされて、心ならずも無理矢理、学校を休まされて

いたらしいと告げ、

「今後は、嚇かされる心配はないから、安心ですよ……」

と云ったのだった。

緑は、彼の報告を聞くと、喜んで、

「そんなことだろうと思ってたわ……」

と云い、花柳界へ連れていく約束は、けろりと忘れていた。

阿久津は、一郎と彼女とが、待ち合わせる植物園の中の位置を聞きだし、三日ばかり続けて、午前十時ごろ出掛けて、それとなく相手を探してみたが、一郎の云う美人の朝鮮女性らしき人物の影も形もなかった。

そうなると彼は、苛立ってきて、一郎が作り話をしているのではないかと疑ったり、もう一度、一郎に囮《おとり》になって貰おうと思ったりしたのだった。

上司の政治部長に話してみると、

「そりゃあ、苦しまぎれのでっち上げじゃないのかい？　子供だって、近頃は莫迦《ばか》にならないからなあ」

と笑っている。

それで阿久津は、一度、赤堀一郎にたしかめてみたいと思いながらも、ついつい仕事のことで夜遅くなり、南山町に訪ねられないでいた。

そんなある夜、明治町の〈ミドリ〉を覗いた阿久津は、またしても母親であるマダムから、

「一郎が、学校の帰りが遅くて困る。オモニーに聞いたら、私がいないのを良いことに、八時ごろ帰って来たりするらしい」

と云う話を耳にしたのだった。

家庭教師の上月が、彼女に文句を云ったことから、その遅い帰宅が、ばれたのである。

聞いてみると、一日おきに遅く帰って来ていて、叱ると、

「友達のところで遊んでいた」

と弁解したと云う。

阿久津は、〈ははあ〉と思った。

放課後の時間を、また赤堀一郎は、妓生のお姉さんに利用されているのに違いない、と彼は見たのである。

阿久津の勘は当っていて、問い詰めると一郎は、彼女が、学校の正門のところで図々しく待っていて、また使いをさせられているのだと白状した。

そして次の連絡は、長谷川町から太平通りに抜ける、支那人のチャンパン屋に放課後寄

って、品物を受けとることになっているというのだった。

「よし。俺も一緒に行こう」

阿久津はそう云った。

次の日——彼は、赤堀一郎に勤め先の新聞社にまで来て貰い、肩を並べて南京街へ行ったものだ。

掃き溜に鶴……という形容があるが、崔錦珠が汚ならしい支那人の駄菓子屋の中にいる姿は、まさしくそうであった。

阿久津は一目みて、どきんと心臓が高鳴ったことを覚えている。

彼は警戒されないように、名刺を手渡し、

「ちょっと、お願いがあるのですが」

と、丁寧に云った。

崔錦珠は、心持ち蒼ざめたが、別に逃げようともせず、一郎に、

「これで姉弟の仲はお終《しま》いよ！」

と、ちょっぴりヒステリックに叫び、それから阿久津に従って来た。

絹靴下に包まれた、形のよい脚と踵の高い靴とが、ひどく悩ましいものとして、彼の目に映じた。

すぐ近くの支那料理屋の小さな一室で、二人は向かい合った。

阿久津は、彼女の名前と、身分をあかして欲しいと切り出した。

「なぜですか？」

流石に彼女は気色ばむ。しかし、流暢《りゅうちょう》な日本語だった。

「なぜって……純真な日本人の中学生を、犯罪めいたことに利用してるんでしょう？　ちょっと酷すぎますよ……」

と、彼は云った。

「あたし達、お友達だけです」

崔錦珠は胸をはった。

「お友達？　学校を休ませたり、いやらしいことを教えたり、秘密めいた使いをさせるのが、友達ですか？」

彼が、そう云うと、彼女は、

「済みません……」

と詫びてみせ、

「二度と、しませんから……」

と云うのだった。

「それは当然です。一体、貴女は、どんなことに一郎君を、利用してたんです？」

彼が、そう云うと、彼女はシクシク泣きだして、全く、とりとめがない。

そればかりか、逆に彼に質問してきて、

「一郎さんから、どんなこと聞きました？」

とか、

「貴方のほかに、知ってる人は？」

などと云うのだった。

阿久津は、自分の質問には、いっかな答えようとしない彼女に苛立って、

「その包みをあけなさい。一体、なにが入ってるんだ……」

と気色ばんで云った。

そして、彼女の手から、その茶色のハトロン紙に包んだ円筒型のものを、奪い取ろうとして、しばらく揉み合ったのだ。

その紙包みは、床の上に落ち、包みは破けて、なにか白い粉末が飛び散った。

それをみると、彼女は、狂ったように阿久津を突きとばし、拾い上げると思いのほか、自分の靴で包み紙をズタズタになるまで、踏みにじったのである。

紙の中にあったのは、白いなにかの塊《かたまり》らしく、それは粉々になって床の上に乱れ散っ

た。

阿久津は、その白さから、

〈やはり、阿片か？〉

と思ったりしたのだが、そっと粉末を拾って、あとで鑑定して貰うと、それは阿片ではなく、石膏《せっこう》でしかなかった。

それで阿久津はがっかりしたのだが、場所が南京街であり、当時、阿片窟や淫売窟、それに賭博場などがあって、ときどき検挙されていただけに、ついつい早合点したのであった。

崔錦珠は、阿久津が床の上の粉末を、塵紙に拾って包むのをみると、思わず、

「哀号《アイゴー》！」

と叫び、

「もう二度と、一郎さんを使いませんから、堪忍して下さい」

と、何度も何度も、哀願したのであった。

阿久津はその時、彼女を阿片の密売者と思い込んだものだから、

「許せない。警察へ行こう」

と、彼女の腕をつかんだ。

すると崔錦珠は、

「事情を話すから、私の家に来て下さい」

と云いだした。

阿久津は肯いた。

先輩たちの話では、妓生が自宅に客を招くのは、恋愛の第一歩だということである。蝎蛕《カルボ》の娼婦ならともかく、一応、妓生と名のつく女性ならば、一見《いちげん》の客とは決して浮気はしないのが、当時の慣習だった。

それに芸者と違って、妓生はすべて自前の営業で、自宅から店に通って来るのであるから、前借の苦しみもなく、客や店に義理立てする必要もないのである。

漢城・朝鮮・鍾路の三検番があったが、これは妓生たちの共同事務所みたいなもので、ざっと千名内外の妓生が、その頃の京城では妍《けん》を競っていたのだった。

線香代は、送り花がついて最初の一時間は一円九十五銭、あとは一時間につき一円三十銭増しである。

漢城検番に一流どころの名妓がいるが、あとで知ると、崔錦珠は、この漢城検番に属するれっきとした売れッ子の妓生であったから、阿久津も駭《おどろ》いたのだった……。

六

朝鮮では古来から、男女七歳にして席を同じゅうせずという、儒教の思想を尚《とおと》んできた。

だから夫の留守中に、男が訪問して来たらたとえ夫の親友でも、妻は直接に口をきかないのが貞女であり、たとえ夫婦であっても家の内と外とで言葉を交わすのが、礼儀とされていたのである。

暑い盛りに、内外の仕切りがなく、直接に面と面を合わせていたとしても、妻は夫の言葉を、下男になった積りで聞き、顔を合わせずに夫から下男にその言葉が伝わり、妻である自分の耳に入る……という態度をとったのだった。

奥床しい貞淑な妻のことを、内外と称する謂《いい》は、ここから来ている。

それほどまでに、男女の仲の厳しい朝鮮である。芸を一応、売り物にしている妓生が、初対面の男をわが家に招くということは、それなりの決意が必要なのだった。

ふつう一流の妓生は、決まった旦那が出来ると、捨てられるまでは、旦那に操《みさお》を立てるのを常とした。

また恋仲となり、客を家に招いても、直ぐには肉体の関係を持たない。客も心得ていて、世間話に花を咲かせ、帰る時に五円か、十円紙幣を紙に包んで、座布団の下にそっと入れて帰ってゆく。

その後は、いちいち祝儀をおかなくても、またいつ訪問しても構わないが、やがて恋が実り、躰の交渉ができたら、最初は二十円なり、三十円のお小遣を、枕の下に入れて帰るのが礼儀である。

阿久津は先輩の記者から、そんなことを耳にしていたから、敦義洞《とんぎどう》の彼女の家にともなわれて、彼女が紛れもなく妓生であることを知った時、いささか呆然となったのだった……。

土と石を混ぜて塗った厚い壁と、瓦葺の屋根とをもった、こぢんまりとした建物ながら温突《オンドル》の内房には、螺鈿《らでん》細工の豪華な衣裳ダンスや文机があって、生活程度の高さを思わせた。

自分の部屋で、阿久津と向かい合わせに坐ると、彼女は、

「私は、崔錦珠という漢城券番の妓生です」

と写真を示して名乗り、

「一郎ちゃんが、とても可愛いから、わざと用事をつくって、会っていたのです……」

と云った。

そして、

「嘘ではありません。もし、疑うんでしたら私の躰で、証しを立てましょう……」

と、小さな部屋の入口を閉めて、内鍵を下ろし、

「あなた……私の恋人になって！」

と叫ぶなり、阿久津にやにわに抱きついてきたのである。

若い阿久津は、錦珠に抱きつかれ、温突の上に押し倒されると、赤堀一郎が途方もなく昂奮したときのような状態になって、荒々しく女の唇を吸った。

接吻しながら、女の真意を窺うように、薄眼をあけてみると、女は恍惚と目を閉じ、小鼻をピクつかせている。

美貌だけに、阿久津は欲情して、自分を制し切れなくなった。

「本当に……いいの？」

彼は、咽喉の奥から、声をふりしぼる。

「いいです。いいんです……」

錦珠は、殉教者みたいに口走った。

「知らないぞ……俺は貧乏だし！」

と呟くと、

「あたし、金持ち！　早く、恋人同士に、なりましょう……」

崔錦珠は、そう云った。

阿久津にとっては、突然、降って湧いたような情事である。

彼は女のスカートを剝ぎ、そして、下穿きを剝いで、固い感触の温突の油紙の上で、錦珠と交わりを持ったのだった。

一方的に、行為は終った。

錦珠は、行為のあと、彼に接吻して、

「あたし達、恋人ね？　恋人ね？」

と、何度も繰り返し、

「一郎さんとのこと、誰にも云わないで下さい。恥しいですから……」

と彼に訴えた。

恥しいと云うのは、一郎に手淫してやったことを意味するのだろうと阿久津は思い、

「誰にも云わないよ……僕だって、こんな素晴しい恋人が出来たんだし、きみの恥は、僕の恥なんだからね……」

と肯いた。

嬉しいことに錦珠は、その夜は勤めに出るのを休むと云い、ビールや料理をとり寄せて阿久津をもてなし、夜になると、

「泊っていって下さい……」

と媚《こ》びを含んで頭を下げたのだった。

温突の上での、あわただしい交接よりは、蒲団の中で情緒纏綿《てんめん》とした情交は、もとより阿久津の望むところである。

錦珠は、妓生にまつわる、いろんな笑い話をして、新聞記者の彼を喜ばせてくれた。

たとえば、船に生薑《しょうが》を積んで売りに来た商人が、平壌の妓生の色香に迷い、すっかり無一文になってしまった。その男の曰く——あいつ、下の口には、歯が一本もないのに、俺の生薑をみんな喰っちまいやがった！

また、ある商人が同じく妓生に入れあげて、無一文になり、家にも帰れず、仕方なくその妓生の家の下男となって、毎日、温突に薪を焚かされていた。

そこへ新しい客が来て、長逗留をはじめたのだが、下男なる男、温突を焚きながらひそかに独語して曰く——莫迦な奴め。また薪を焚く下男が増えやがった！

ある兵士が、任地で年若の妓生を愛していたが、任期が来て京城へ発つことになる。

兵士は、別れが辛いと涙を流すのだが、妓生の方はケロリとしている。妓生の母親は、

手を目にあてて、泣く真似をしろと教えたが年が若いので、何のことか判らない。そこで兵士は立腹して、お前は薄情な女だ……と顔を殴った。すると、その妓生は痛がって泣きだした。兵士は、その涙をみて、ますます自分も泣いて曰く——泣くな、泣くな！　お前が泣くと、わしも悲しくなる。

……まあ、そんな風な他愛のない、笑い話なのだが、阿久津は面白く、そして結構、愉しかった。

午前二時ごろ、阿久津は錦珠の肉体に堪能して、永楽町の下宿に帰ったが、京城へやって来て、はじめて良いことに、ありついたような感じがした。

むろん阿久津は童貞ではなく、よく先輩の記者に連れられて、並木町の蝎蛸や、弥生町の遊廓に、月に一度や二度は出かけていたものである。

とくに弥生町の段々畠状に並んだ朝鮮娼家は、彼のお気に入りで、泊りで三円から五円と手頃であったのだ。

しかし、崔錦珠のような美人の妓生を、しかも偶然としか思えないような形で、抱いたのは初めてだったのである。

彼は、有頂天になった。

錦珠は、恋人になった以上、いつでも訪ねて来て欲しいと云っていたが、先輩たちの話を聞くと、どうも敷居が高くてゆけない。

かと云って、会わないでいると、そのままそれっきりになりそうである。

阿久津は、漢城券番で、崔錦珠が出入りしている料亭の名を調べ、先輩の田崎を誘って散財に出かけたものだ。

鍾路には〈明日館〉を筆頭に、〈天香園〉、〈食道園〉、〈国一館〉、〈朝鮮館〉、〈太西館〉、〈松竹園〉という一流の朝鮮料亭が目白押しに並んでいた。

阿久津は、十円のテーブルと、崔錦珠とを予約して出かけたわけだが、食道楽をもって任じている彼にも、本格的な朝鮮料理は、ほとんど口に出来なかった。

当時、京城には、なかなか美味しい料理を喰わせる店があって、天婦羅なら彼の住んでいる永楽町の梅月、旭町の川長、生駒とか、ウナギなら本町の一丁目の江戸川、鳥料理では本町二丁目の喜久家、スキ焼は旭町のきらくが一番で、小料理なら本町の田吾作、ウドンなら義州通りの松月、太平通りのいろは、新町の露月、高砂、西洋料理は南大門通りの青木堂、千代田グリル、桜バー、旭町のボアギランとか、本町一丁目のニコニコ食堂、支那料理は本町なら福順興、明治町で蓬莱閣、中華亭と多士済々であったのだ。

朝鮮料理は大衆的な温麺《オンジヨン》、五目飯《ビビンパプ》、雪濃湯《ソロンタン》などは一通り食べてみていたが、本式の料理は初めてだったのだから無理もない。もっともそれだけ、他に美味しい物を食べさせる店があったからでもあろうが。

崔錦珠は吃驚したような顔をしたが、ためらわず彼の右脇に坐り、

「どうして、来てくれないのですか」

と、ちょっぴり怨めしそうに訴えたのが印象深かった……。

七

その年の晩秋から、翌年の春先にかけて、阿久津は実に恵まれた生活を送った。

カフェー〈ミドリ〉あたりや、燕の巣、京月、横長、井筒、二文字といった明治町のおでん屋で時間を潰し、それから八十銭のタクシーを拾って敦義洞の錦珠の家へ行く。

そして、ホカホカと暖かい温突の内房で、お互いに素ッ裸になって抱きあって眠るのである。

そして朝食をとって、新聞社へ出勤してゆくわけである。

錦珠はもちろん、一銭も彼に請求しないばかりか、週に一度か、二度――それも不意にやってくる彼のために、日本式の丹前をつくってくれたり、春先には、

「その柄は、地味すぎるから――」

と云って、新しい背広をつくって着せて、自分の家から彼を送りだしたりした。

昼間は、人目があるから、決して訪ねないでくれ……と云われていたので、深夜の訪問となったのだが、夜は彼女の勤めがあってみれば、いたしかたのないことだった。

また、彼だって仕事の関係で、毎晩というわけにはゆかない。

それに、〈ミドリ〉に勤めている女給のカオルとも、割ない仲になって、独身者の彼としては、両手に花……といった状態だったのである。

四月になったばかりのある日、例のごとく酔ってタクシーを降り、錦珠の家へ歩んでいた阿久津は、突如、なに者ともわからぬ怪漢から襲われて、脳天といわず、脚といわず、棍棒で滅多打ちにされて昏倒した。

気がつくと、錦珠の家へかつぎ込まれ、寝かされて治療を受けているところだった。

医師は、

「脚の骨が、折れてます」

と宣告し、当分、動かない方がよい、と彼に云った。

錦珠は、

「新聞社には、怪我をしたことを届けて、休暇を貰うから、安心して私の家にいて！」

と甘える。

頭や、脚や、背中の痛みに顔を顰《しか》めつつ、彼は肯いてみせたのだが、その暴漢の襲撃事件を境にして、彼の運命は、大きく変っていたのである……。

錦珠は、年老いた女中を一人雇っていた。

彼女が、錦珠の不在の時には、用事を達してくれるのだが、日本語が通じないので、夜などは寝ていて腹立たしいことだらけだった。

そして彼が傷ついて四日目の夜——錦珠は敦義洞の家に帰って来なかった。

〈どうしたんだろう？〉

と訝りながらも、阿久津は、職業が職業だけに、あまり気にしないでいた。

ところが翌日の昼すぎになっても、夜が訪れ十二時を過ぎても、錦珠は帰って来ないのである。

どこかで浮気でもしているのか、と思ってみたり、急用ができて故郷の大邱に帰っているのかなどと考えたりしたが、身動きがとれないので、どうにもならなかった。

小用から大便の世話まで、日本語のできぬ老婆の世話にならねばならないのだから、むりもない。

苛立たしい半月がすぎ、医師が松葉杖を使ってなら下宿へ帰ってよろしいと、許可をくれたのを幸い、阿久津はひとまず、永楽町の下宿に戻った。

そして下宿の小母《おば》さんから、新聞社に電話して貰うと、部長は、

「無断で欠勤しやがって！　お前は馘《くび》だ！」

と、カンカンである。

崔錦珠が、医師の診断書と共に、欠勤届を出しているはずなのに、変だな……と彼は思った。

それで、その旨を伝えて貰うと、

「そんなもの、受け取ってない。怪我をしたのも初耳だ……」

と云う返事である。

阿久津は吃驚した。

錦珠が、なぜ、そんな嘘を吐いて、彼を安心させていたのか、それにどうして不意に姿を消したのか、阿久津にはどう考えても合点ゆかなかったのである。

下宿の小母さんは、彼の不在中、西大門刑務所で脱獄があり、未だに犯人が捕まってないとか、明治町のカオルさんが心配して、何度か訪ねて来たとか、留守中のことを、あれこれ報告してくれた。

彼は、何気なく聞き捨てたのだったが、数日後、思いがけぬ問い合わせを、新聞社から受けたのだった。

その問い合わせとは、彼が満州を旅行したかと云うものである。

赴任以来、阿久津は、京城以北には、一度も足を踏み入れたことはない。

〈なにを血迷ってるんだ……〉

と、彼は思った。

ところが、その問い合わせは、大きな意味があったのである。

その電話による問い合わせがあった後、一時間もしないのに、彼の下宿を、私服の憲兵が訪れて来たのだった。

彼は、唖然となった。

憲兵が云うには、国事犯の国外脱出を手伝った廉《かど》で、彼を逮捕すると云うのだった。

「いったい、何のことです？」

彼は蒼ざめて訊いた。

「知らないとは、云わせんぞ！　お前が、崔錦珠の色男だったことは、ちゃーんとネタがあがってるんだッ！」

憲兵はそう云って彼を睨みつけ、

「どうせ、脱獄の采配《さいはい》をふるったのも、インテリの貴様だろう！」

と唇を震わせた。

「えッ、脱獄の采配ですって？」

阿久津は、耳を疑った。

「そうだ！　思想犯の崔弘植が、外からの手引きで、西大門刑務所を脱獄したことを、知らんとは云わせんぞ！」

憲兵は怒鳴る。

〈崔弘植？　すると、錦珠と血の繋りのある人間だろうか？〉

彼は眉根を寄せた。

きいてみると、思想犯の崔弘植は、金鋸で独房の鉄格子を切り、その窓から抜け出してどこをどうしたのか、高さ三メートルもある塀を乗り越えて、姿を昏《くら》ましたのだという。

官憲は、必死になって、崔弘植の行方を追った。

その結果、朝鮮と満州との国境である安東駅で、新聞記者の阿久津某が、身分証明証を提示して越境したが、その者の容貌が、いちじるしく崔弘植と似通っていた……ということがわかった。

税関や、警官たちも、社会の木鐸《ぼくたく》である新聞記者には、一目おいて敬遠する傾向が、当時にはあったのである。

それに旅行目的は満州視察で、美人の同伴者は本人の妻——という申し立ても澱《よど》みなくて、ために看すごしてしまったのだった。

阿久津は、いたいたしい松葉杖姿で、憲兵隊に連行された。

そして種々、弁明したが、崔弘植の脱獄を蔭から助けた……と思い込んでいる憲兵達は、脚にギプスをはめた阿久津を、あくまでも疑ってかかったのだ。

もしも、ソ満国境を越境しようとしていた崔弘植、崔錦珠の兄妹が、警備隊員に逮捕されなかったならば、真相のわからぬ腹癒せに、阿久津は裁判にかけられ、西大門刑務所へ送り込まれていたかも知れない。

……錦珠の兄の弘植は、学生時代から、朝鮮独立運動に打ち込んでいた志士だった。

兄が囹圄《れいご》の人となってから、錦珠は、京城へ出て妓生となった。

そして彼女が夢見たのは、兄を脱獄させてソ連へ送り込むことだったらしい。

この健気な妹は、時間をかけて、西大門刑務所を調べ上げ、外からの手引きがあれば、脱獄の可能性があるとみた。

彼女は、着々と準備をしていった。

赤堀一郎が利用されたのは、すべての準備が終り、実行に移す段階だったらしい。

書物の背文字の部分に、金鋸を入れて、コネをつけた看守に手渡そうとしたら、別人が来て怪しまれて狼狽《ろうばい》し、口説かれるのを振り切って逃げるふりをして、酒幕《スルチビ》（大きな店では、奥に小さな部屋が幾つかあった）を飛び出したのも、そのためである。

利発な彼女は、自分が直接に動いたら、崔弘植の妹だと悟られ、かえってマイナスになると考えた。

それで、何も知らない日本人中学生の赤堀一郎を、手淫で誘惑して、彼を使者にし、顔を覚えられまいとしたのだった。

彼女のような美人は、そうでなくとも、人目を惹くからである。

崔弘植は、捕えられたとき、

「私は、阿久津という記者だ……」

と云い張り、着ている背広すら示して、蒼い顔で抗議したという。

その背広は、新調したものではなく、警備隊でも欺されそうになった。でも警備隊員の中に、知恵者がいて、崔弘植に、

「朝鮮人でないのなら、靴下を脱いで、足の指をみせろ」

と云った。

日本人の足の指――特に親指と第二指の間には、長いあいだ下駄を履いて育った慣習からか、丸い窪みが出来ている。

だから朝鮮人は、日本人の悪口を云うとき二つに岐れた蹄という意味で、猪足《チョッパリ》と呼ん

だものだ。それを、警備隊の知恵者は、逆手にとって、足の指を調べれば、内地人か、朝鮮人か判断できる……と考えたのだろうか。

崔弘植は、そう命じられると、

「チョッパリ!」

と呟き、

「日本人は、人民と天皇とが二つに分れているが、朝鮮人は襪《ポソン》で一つだからね……」

と苦笑して、潔《いさぎよ》く脱獄囚の崔弘植であることを認めたのだという。

阿久津は、そのことを教えられて、自分の棚から牡丹餅《ぼたもち》めいた幸運は、崔錦珠が、自分の行動を怪しまれないための行動だったことを悟ったのである。

彼に、肌を許したのも、そして背広を新調してくれたのも、ただ実の兄を救いたいがためであった。

肌を許したのは、口封じだったたし、背広をつくったのは、阿久津のネームの入った古い背広を手に入れんがためである。

そして錦珠は否認したが、彼を暴漢に襲わせて、脚の骨を叩き折ったのも、敦義洞の彼女の家に、彼を金縛りにして、新聞もラジオもない世界で、自分と兄とが逃亡する期間だけ、彼の耳と口と目とを封じようとする、作戦に相違なかった。

事実、彼はツンボ桟敷におかれ、外界とは全く無縁な環境で、二週間あまりを過している。

そして彼女が、彼の怪我を新聞社に報告しなかったのも、無断欠勤とみせかけ、国境あたりで怪しまれて誰何《すいか》された時、阿久津本人か、ニセ者かの判断を、当局に狂わせようとしたものだ……と考えられるのである。

ともあれ、崔弘植、錦珠兄妹の、越境は失敗した。

朝鮮では、儒教を重んじるところから、孝の徳が大切だとされ、家長でありながら、獄舎にある実兄を、錦珠は父親に対する孝養のごとくに考えて、なにをさておいても助け出そうとしたものであろうか。

……不幸にして、その計画は失敗した。

だが、阿久津は、自分とさほど変らぬ年齢でありながら、西大門刑務所から、実兄を脱獄させる——という計画に熱中し、それを実行に移して成功させた崔錦珠という女性を、立派だと思うのである。

ソ連に越境していたら、阿久津の身の上はどうなっていたかわからない。

無実であることが、錦珠の自供で証明されて、阿久津が釈放されたのは、五月初旬のことで、彼はまだ、松葉杖の厄介にならねば歩行できなかった頃と記憶している。

そして、七月に入って間もなく、蘆溝橋の事件が発生した。

いうまでもなく、日中戦争の端緒である。

阿久津は、年齢もちょうど適当だったからか、事変の勃発《ぼっぱつ》後すぐ、赤紙を貰った。

脚も癒り、健康そのものであった彼は、身体検査の結果、合格させられた。

翌日が入隊……という日、彼は寸暇をさいて、拘置されている崔錦珠に、わざわざ会いに出かけた。

「戦争がはじまって、ね」

そう彼が云うと、錦珠は冷ややかに、

「知っています」

と答えた。

「召集されたんだ……。死ぬかも知れない」

と彼が告げると、やっと錦珠は悲しそうな表情になり、

「そんなことに、ならないように、努力してたんだけど……」

と呟き、

「アンネニカシオ……」

と云った。

「なんのことだい？」

阿久津がきくと、錦珠は苦笑して、

「大事に、お行きなさいと云う、朝鮮語なんです」

と教えてくれた。

「なるほど、アンネニカシオか……」

阿久津はそう呟いたが、自分を騙し、赤堀一郎を弄んだ女性ながら、なぜか憎む気にならなくて、

「無事に、行ってくるよ」

と呟いたのだった。

それから二星霜——阿久津は、中支、北支を転々としたが、なぜだか疲労困憊し切っている時に限って、錦珠の白い顔と、「アンネニカシオ……」という優しい心遣いの台辞《せりふ》とは、彼の瞼や鼓膜の裏で、たゆたいながら阿久津を擽《くすぐ》りつづけたのである……。

解説

四方田犬彦《よもたいぬひこ》
（映画誌・比較文学研究）

梶山季之は22歳のとき、「族譜」を書き上げる。1952年のことだ。彼はまだジャーナリズムのなかで派手派手しく活躍し、戦後社会の隠された面を暴露していく流行作家ではない。職業的な作家ですらない。

梶山はこの中篇を、自分が中心である「広島文学」という同人誌に掲載する。生まれ故郷の京城を追放されて7年目。大学に学び、新聞社の就職試験を受けたところ、両肺に空洞が発見され、自宅療養を余儀なくされてしまった。そこに自殺した原民喜から遺書を託された。経済的には不如意であり、作家としての先行きも見えない。それでも彼はこの小説をどうしても書いておきたいと思う。

日本が終戦を迎え、「内地」広島に引き揚げてきたのは15歳のとき。中学生だった。いや、「終戦」「引き揚げ」などという言葉は微温的すぎて真実を隠してしまう。ちゃんと書こう。日本は戦争に敗北し、あらゆる植民地の放棄を余儀なくされたのであり、梶山は旧統治者の家族として、ソウルの日本人高級住宅地から追放されたのだった。

それから27年後の１９７９年、わたしはソウルに外国人教師として滞在している。わたしは26歳で、韓国で映画化された『族譜《チョッポ》』を南山《ナムサン》の映画振興公社で観たばかりだ。『族譜』は前評判が高い。前年に制作され、惜しくも次席に留まったが、大きな映画賞にノミネートされていた。映画ポスターの中央には、父親の葬儀のため白い麻の喪服を身に着けた若い女性が描かれ、「これが韓国版〈プリ〉（ルーツ）なのだ！」という惹句が添えられている。わたしはフィルムを観終わった後で、脚本を担当した韓雲史《ハンウンサ》氏と話をした。梶山さんは本当に朝鮮の心を知っていた人でしたよと、彼は生前に親交のあった原作者について語った。戦争の前の、落ち着いた、しっかりした日本語だった。

わたしは南山を下りると、明洞《ミョンドン》から忠武路《チュンムロ》を抜け、鐘路《チョンノ》へ出、二街《イガ》にある日本語書店に向かった。梶山が中学生時代、学校からの帰りによく寄り道をした、明治町から鐘路へ向かう道のりである。当時、鐘路はもっぱら朝鮮人のテリトリーで、日本人が往来を行く姿はほとんど見かけなかったはずだ。それでも彼は臆することがなかった。

鐘路二街では「李朝残影」と「族譜」が収録されている文庫本が見つかった。何という幸運だろう。わたしはこれまで作者の小説を一冊も読んだことがなかった。わずかに『黒の試走車』や『黒の超特急』といった大映映画の原作者というほどの認識しか持っていなかった。下宿先のアパートに戻ったわたしは、ただちにこの二篇の中篇作品を読み始めた。そしてそこに、わたしが抱いていた、現代日本社会の実業界に蠢《うごめ》くさまざまな陰謀や謀略を暴露する中間小説家といったイメージとは、まったく異なった作家が存在していることに気付いたのだった。読んでいるうちに、このことだけはどうしても書いておきたいという強い動機が、強く感じられてきたのである。

梶山が生きた1940年代の京城と、わたしが生きた1970年代のソウルとは、どこが違っているだろう。30年以上の時間のなかで日本は敗戦の結果、植民地を放棄し、韓国は（不幸にして南北に分裂しながらも）独立を達成した。滅びゆく亡国の民とひとたびは信じられた民族は、みごとに言語と文化的伝統を回復し、現在ではそれを力強い形で世界に向け発信している。彼らはもはや日本語を強要されることもなく、自分たちの文化的伝統に深い矜持を感じている。

長じて流行作家となった梶山にとって、京城は尽きせぬノスタルジアが跳梁《ちようりよう》する空間であった。ひとたびは、二度と足を踏み入れることがないだろうと断念した故郷だったのである。わたしはといえば、いかなる意味でも感傷はなかった。わたしが訪れたのは朝鮮ではなく、大韓民国である。ただ眼前に存在する巨大な都市ソウルが、わたしを圧倒するばかりだった。

梶山季之は1930年（昭和5年）に京城に生まれた。父親は朝鮮総督府の官吏。母親はハワイ、カフク（オアフ島）に生まれ、少女時代に日本に引き揚げてきた女性である。彼女は真珠湾攻撃の報《しら》せを聞いて、故郷が燃えていると涙を流した。二人は植民地朝鮮でようやく人並みの生活を営むことができたが、そこを追放されると、原子爆弾で破壊されてまもない広島で生活を始めた。いったい何という家族物語だろう。近代日本の帝国主義と植民地主義の残滓《ざんし》のなかで、一家は身を寄せ合うようにして生きてきたのだ。梶山季之とは約《つづ》めていえば、近代日本社会が周縁として排除し、目を逸らそうとしてきた者たちの裔《すえ》であった。そして、そうした複雑な出自をもつ青年が、結核を患いながらも運命に召されるかのように執筆したのが「族譜」だったのだ。

植民地生まれの日本人作家は少なからず存在している。彼らを簡単にひと括りにすることはできない。生年の微妙なズレや居住していた場所、さらに引き揚げ時の事情が手伝って、どの作家も朝鮮体験をめぐり異なった、しかし代替できないような固有の像を抱いている。

五木寛之は梶山季之より2年年少で、京城南大門公立国民学校では梶山の三級下に当たっている。彼は中学一年生のとき平壌《ピョンヤン》で敗戦を迎え、ソ連軍侵攻の混乱のなかで母を亡くすと、壮絶な苦労の末に「帰国」した。五木と同年齢で北朝鮮の元山《ウオンサン》で育った後藤明生は、これもまた引き揚げのさなかに祖母と父を亡くすという、傷ましい体験をしていた。こうした悲痛な記憶は、彼らの小説に複雑な屈折を与えている。五木は朝鮮での体験を語ることに長い間躊躇し、作家としての経歴を重ねた後になってようやく重い口を開くに到った。後藤は独特の韜晦《とうかい》術を駆使しながら、夢とも現実ともつかぬ、虚実の定かでない、朦朧《もうろう》とした回想という形でしか、少年時代の体験を語ろうとしなかった。

梶山季之の場合はこの二人とははっきりと違っている。彼が朝鮮を舞台に小説を書くにあたりまず主題としたのは、〈他者〉として眼前に立っている朝鮮人の、圧倒的な現前ぶりであった。五木が敗戦国民の悲惨と屈辱を語り、後藤が記憶と忘却の境界に立ちながら、すべての認識を非確実性の側へと追いやろうとするとき、ただ一人、梶山だけは、日本人であることの無力さと無意味さを、とり憑《つ》かれた者のように描き続けた。五木や後藤と違い、みずからの引き揚げに際し、その困難と悲惨を安定した距離感をもって描き出す術を知らなかった。本書に収録されている「闇船」を読むと、なんとかその体験をピカレスクロマン風の喜劇として語ろうとしながらも、結局のところそれに徹しきれず、途中で放棄してしまっていることが判明する。

植民地にあって統治者側に立っていること。それは政治的にも、法的にも、経済的にも、文化的にも、あらゆる意味において優位にあり、無意識に抑圧的な行動へと促されていくという意味である。梶山はあらゆる意味において、この事実に自覚的だった。日本人であることの後ろめたさ。罪悪感と無力感。良心と理性に鑑《かんが》みたとき、どうしても納得ができないものの、かといって自分から異を唱えることもできないという状況。これは戦争における敗北とは次元が異なるとはいえ、人格的な意味での敗北の意識であり、屈辱といった便利な言葉にはいまだに結実できずにはいるものの、けっして逃げ切れるわけもないといった未決定状態のことであった。梶山はそうした日本人の状況を、植民地における支配／被支配の構図を縦糸とし、中学生であった自分の無垢と怯懦《きょうだ》を横糸にして、一連の中短篇を執筆したのだ。

本書に収録されている個々の作品について、簡潔に記しておきたい。いずれもが京城に生きる日本人が主人公である。彼らは中学生であったり、徴用逃れで総督府に職を見つけた画家志望の青年であったり、実にさまざまであるが、どこかに作者である梶山の自己投影が見受けられる人物である。

「李朝残影」は、伝統的な技芸の継承を求める妓生《キーサン》と、彼女をモデルにどうしても絵画を描きたいと望む日本人青年の葛藤を描いている。最終的に妓生は青年の願いを拒絶する。彼の父親が水原で起きた日本軍による住民虐殺事件（いわゆる1919年の「水原事件」）に深く関与していることが判明したからである。この中篇では、古代ギリシャ悲劇のときからつねに繰り返されてきた主題、すなわち息子は父親の罪を継ぐべきであるかという主題が根底に置かれている。青年は過去に父親が軍人として犯した罪の大きさに深い衝撃を受け、その先に進むことができない。一方、妓生の側も、父親の非業の死を乗り越えることができない。アイスキュロスの悲劇に喩《たと》えてみるならば、彼女は親族の葬儀をできずに留め置かれているエレクトラである。

「族譜」において、この主題はより広く、朝鮮における皇民化運動とその一環としての創氏改名運動を背景として展開されている。父親の代役として登場するのは、主人公の青年が勤務する京畿道庁で上司にあたる課長であり、その人格の権威主義的な卑屈さと好色さは、背後にある日本植民地主義の道徳的欠落に対応している。主人公はここでもう一人の、きわめて強靭な父親に出逢う。それは親日家として大量の米を日本軍に奉納しながらも、断固として創氏改名を拒む、大地主の老両班《ヤンバン》（貴族）である。彼は悲しみの眼をもって事態を察している。この温厚なる老人は、主人公に対し丁重に接し、二人の間には信頼関係が芽生え始める。だがこの両班は、いよいよもって日本姓を名乗ることを強要されたとき、先祖伝来の族譜（家系図）の末尾に、申し訳がたたぬと一言記して自決する。

いかに親密になろうとも、また親交を重ねようとも、けっしてその心のうちの悲嘆と絶望を覗き込むことのできない人物。梶山が描く朝鮮人とはそのような存在である。「性欲のある風景」の主人公は、中学校の同級生である金本が、日本の敗戦の日、教室ではけっして見せたことのない悠々たる姿を自分に示すことに驚く。彼は「哀願するよう」な素振りの主人公を「憐れむような瞳の色をうかべて」覗き込むのだ。

「京城・昭和十一年」の新聞記者、阿久津も同じような体験をする。いくたびも肌を重ね、すっかり恋人だと思い込んでいた妓生が、実は独立運動で拘留されている実兄の脱獄のために彼を利用していたと知らされ、仰天する。日本人はいかに近傍にいたとしても、朝鮮人の真の意図と感情に到達することができない。彼らが胸襟を開いてくれたと思い込むのは傲慢な誤認であり、植民地支配が続いているかぎり、両者の間の距離を越えることは不可能である。朝鮮人たちは絶対的な〈他者〉として、われわれ日本人を少し離れたところから眺めているのだ。

朝鮮に材を得た梶山の中短篇に登場する朝鮮人は、こうした点において共通している。「族譜」の老両班も、「李朝残影」の妓生も、その意味でいささかも変わりはない。彼らはいかに親密で親し気な振舞いを示そうとも、心中にある堅固な蟠《わだかま》りを解くことがなく、最終的に主人公の日本人たちの手の届かぬ世界へと去っていってしまう。主人公たちは償うことのできない負債を前に、意気消沈して立ち尽くすことになる。

梶山季之はライフワークとして、『積乱雲』という自伝的長篇の執筆を計画していた。広島の貧しい農村に始まり、ハワイと朝鮮を交互に舞台とするという創作ノートが残されている。45歳の彼が香港で客死したときには、わずかにその冒頭が執筆されていただけであった。もしそれが完成していれば、「李朝残影」や「族譜」の悲痛な結末のすべてを凌駕《りようが》するような歴史小説となっていただろう。そのあまりに早すぎる死は今なお惜しまれる。

◎初出

族　譜　（初稿版）「広島文学」一九五二年五月／（改稿版）「文學界」一九六一年九月

李朝残影　「別冊文藝春秋」一九六三年三月

性欲のある風景　「新思潮」一九五八年二月

闇　船　「別冊文藝春秋」一九六三年九月

京城・昭和十一年　「小説現代」一九六八年十月

本書の校訂にあたっては、以下の参考図書を参照し、新たに編集しました。

◎参考図書

『李朝残影』講談社文庫　一九七八年

『性欲のある風景』河出文庫　一九八五年

『李朝残影　梶山季之朝鮮小説集』インパクト出版会　二〇〇二年

『族譜・李朝残影』岩波現代文庫　二〇〇七年

本文中に、「淫売」「女給」「女中」「女工」「下男」「小使」「鉱夫」「乞食」「妾」「父《てて》なし子」「片親」など職業や身分等に関する不快・不適切とされる用語や、特定の地域・民族について「支那」「鮮人」「ヨボ」「半島人」、日本の朝鮮半島植民地統治下（一九一〇年～一九四五年）にのみ存在した呼称である「京城」（太平洋戦争終戦後、大韓民国はこれを排し「ソウル」としました）など、今日の観点からは使用されるべきでない表現が使用されています。

また、言い淀む状態を指して「どもりながら」、情報から遮断されている状態を「ツンボ桟敷におかれ」とするほか、「気も狂わんばかり」など身体・精神障害への偏見や差別を助長するような記述も用いられています。

しかしながら編集部では、本作が成立した一九五二年～一九六八年当時の時代背景、および作者がすでに故人であることを考慮した上で、これらの表現についても底本のままとしました。それが今日ある人権侵害や差別問題を考える手がかりになり、ひいては作品の歴史的価値および文学的価値を尊重することにつながると判断したものです。差別の助長を意図するものではないということを、ご理解ください。

【編集部】

光文社文庫

李《り》朝《ちよう》残《ざん》影《えい》　反戦小説集《はんせんしようせつしゆう》

著者　梶《かじ》山《やま》季《とし》之《ゆき》

2022年8月20日　初版1刷発行

発行者　鈴木広和
印刷　堀内印刷
製本　榎本製本

発行所　株式会社　光文社
〒112-8011　東京都文京区音羽1-16-6
電話　(03)5395-8149　編集部
8116　書籍販売部
8125　業務部

ISBN978-4-334-79402-6　Printed in Japan

組版　萩原印刷